U0901850

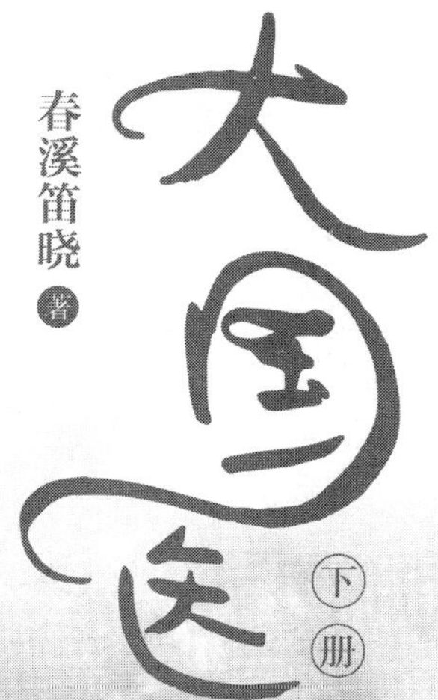

大国医

下册

春溪笛晓 著

青岛出版社
QINGDAO PUBLISHING HOUSE

第十一章

恰恰很喜欢

陆则安顿好陆爸爸，裴舒窈也接到造型设计中心的电话，说网上出现了一些不太好的言论，有的放出了陆爸爸的照片。

造型设计中心本来不在意这些小非议，但客户被拍还被放到网上就涉及泄露客户隐私的问题了，这一次不处理恐怕会影响他们的声誉。

造型设计中心再三向裴舒窈道歉，表示他们中心也是第一次遇到这种蛮不讲理的明星粉丝，他们准备让法务去一一发律师函，只是处理起来还需要一点儿时间，希望可以原谅他们这次的疏忽。为了表达歉意，他们还退回了收的钱。

裴舒窈挂了电话，把那边的道歉诚意向陆则说明。陆则经常被偷拍，被随手发到网上的次数也不少，只要不影响正常生活他都不去理会。

不过此次事关陆爸爸，陆则还是去书房把这事和陆爸爸这个当事人说了。

陆爸爸说："不是他们的错。"

除非真正的涉密部门，很多地方的安保都是"防君子，不防小人"，有人有心潜入还真很难拦得住。比如几个看起来柔弱无害的女孩子说想借用一下厕所，开门做生意的人还能拒绝这点儿小要求不成？

陆爸爸一向就事论事，不会随意迁怒别人。

就算店方在安防方面真的有疏漏，在第一时间诚意十足地赔礼道歉也足够了，他不至于还咄咄逼人。陆爸爸说完看了眼陆则，意思是“还有事吗？没事我要接着看书了”。

陆则没再说什么，便和裴舒窈一起离开了书房。

陆爸爸等儿子出去了，才抬起头看向书房门口。书房门已经关上了，他已经看不到儿子的身影。他回想一下，儿子已经比他略高了。一开始他不太愿意让人送他来找儿子，可自己的父母都不在了，妹妹又天天带着手底下的女孩们到处飞，助手也有自己的家要回，放假这么久，他还真不知道自己该去哪里，只能接受助手的提议。

他儿子长高了，也长大了。记得儿子小时候小小的一团，年纪稍长一些，脾气就和他一模一样了。离婚后儿子跟着他过，他觉得儿子虽然小，但平时每天就吃个饭、去学校，也没什么难应付的，有时甚至留了钱让儿子一个人在家。直至有人告诉他这样不行，他才把儿子带在身边天南海北地跑。

随着身边的人陆陆续续回归家庭，他或多或少才意识到自己以前养儿子的方式没一样是对的。只是儿子早已不是那个需要爸爸庇护的小孩儿，甚至已经能反过来照顾他。他依然不知道怎么做一个合格的爸爸。

陆爸爸轻轻抿了抿嘴，目光转回书上，继续看起书来。他乖乖待在儿子的老师家，每天有自己的事可做，儿子就不用为他费心了，他的助手一向很喜欢他这样。

陆则和裴舒窈刚出书房，裴舒窈的手机就振动了一下。裴舒窈拿起手机一看，竟是造型设计中心那位店员发的消息：“裴小姐，打扰了，刚才我朋友说车牌摇号结果公示了，他第九次摇号失败，不知道陆先生摇中了没有？如果摇中了我告诉我朋友，好让他沾沾你们的喜气！”

裴舒窈对这位能言善道的店员不反感，也对他那位倒霉的朋友非常同情：摇号九次都摇不中就算了，还要被朋友往伤口上撒盐，一刀子扎心口，太惨了。

裴舒窈转头对陆则说："刚才那个店员说车牌摇号结果公示了，你看看你摇中了没有？"

陆则点头，打开手机查询了摇号结果，非常平静地说："中了。"

裴舒窈也给那位店员回了两个字："中了。"

那位店员说了句"恭喜"就没声了，明显是去扎他朋友的心了。

反正都请假了，车牌也有了，陆则当即决定去买车，接下来这段时间往返医院和裴家也方便。裴舒窈和家里的阿姨打了招呼，让阿姨没事不要去书房打扰陆爸爸，只需要注意他有没有什么需求就好，然后两个人就一起出了门。

陆则像个没事人一样去看车，网上却闹翻了天。这次高逸的粉丝挂了一张胡子刮到一半的"因纽特人"照片，一副自家偶像被一个不知哪里来的"十八线"欺负了的委屈模样，不少人抱着瞧热闹的态度点开看了看。主要是从刮干净的那半张脸来看，这位"十八线"长得可比高逸好，虽然年纪可能有点儿大了，但说是明星绝对有人信啊！

高逸的粉丝一向行事非常高调，得罪的人可不止一两个明星的粉丝群体，"路人缘"被他们败得很彻底。于是，大伙哪怕认不出这位"十八线"是谁，也纷纷跑到照片底下拱火，说"人家十八线可比高逸帅多了"！

高逸的粉丝气坏了，一拥而上，各种激愤谩骂，不是说这"十八线"是老腊肉、一把年纪还出来博关注，就是说这"十八线"眼睛不好、鼻子不好、胡子头发邋里邋遢不像样，总之把陆爸爸从头到脚攻击了一遍。

事情就这样闹开了。

很多不明真相的网友也注意到了这个话题，看完事情始末后都觉得十分“无语”——

“我记得这家造型设计中心是要预约的，高逸没约上还过去，是觉得报出自己的名字别人就会乖乖让出造型师吗？”

“要不怎么说‘粉随正主’？正主脸皮厚，粉丝当然也这样，还攻击别人的长相和打扮！”

“我不管高逸是谁，我只想知道这个‘十八线’是谁！”

“如你所愿。”这条评论附了一张《荒野大冒险》的海报图。

“不知道为什么，我总觉得这个‘十八线’有点儿眼熟……”

网友们纷纷关注“十八线”到底是谁的时候，造型设计中心也行动起来了，他们整理了一下，在自家微博账号上发出粉丝潜入闹事的打码视频，并配文字描述了事情的完整过程，严厉谴责这种不请自入、诬蔑店方的违法行为，又一次性发出一百三十份律师函，将在网上抹黑店方和他们的客户的人一网打尽，要求他们公开道歉并赔偿店方、客户的名誉损失。

网络诽谤也是犯罪行为。

店方这动作干脆利落，吓得一些涉世未深的小粉丝当场退缩，删除了自己的相关微博。还有一些人觉得法不责众。很多人这样说了，难道真能将他们一个个告上法庭？要求赔偿损失只是网上说一说而已。他们敢一下子告这么多人，以后不想做生意了吗？这些人在群里相互打气，表示自己绝对不会删除微博，为了“哥哥”，他们不能认输！高逸的助理被这些粉丝感动了，怂恿高逸空降粉群安抚一下他们。律师函而已，花几块钱就能买一沓，怕什么？经此一事，他和这群粉丝就是同甘共苦、共度风雨的人了，他们以后一定会成为忠实粉丝，自发地推荐高逸、扩大粉群！

高逸听助理兼表姐这么一怂恿，当下在她的安排下现身粉丝群，对粉丝们的行为予以鼓励。转眼间，高逸空降粉群的话题被刷上了热搜榜前排。

闹出这么大动静，原本去深山老林替另一个艺人处理突发问题的经纪人终于也得知高逸和他的粉丝都干了什么。

看到热搜榜的最新话题，经纪人差点儿没气晕过去。你的粉丝闹出这样的事，你不说诚诚恳恳地去和店方以及受波及的顾客道歉，好好商量一下如何把事情压下去就算了，竟然还跑去鼓励粉丝接着闹，这不是要把自己坑死的节奏吗？

经纪人火急火燎地往回赶，路上不忘和相熟的好友打听店方的态度。得知店方真打算告一批粉丝以杀鸡儆猴，经纪人愁得头都要秃了。虽说这种程度的网络暴力，即使店方真打赢了官司，粉丝也就赔一点儿小钱，也许还会被拘留十天半个月，但如果真是这样，难道高逸的脸上还能有光不成？

看来他接下来带新人，任用助理时一定要把好关，不能让脑子不行的人仗着亲戚关系钻空子走后门。没错，在经纪人心里，高逸已经不是他的艺人了。高逸不是一直觉得自己这个经纪人一直扒着他“吸血”捞好处吗？经纪人决定，这一次放高逸自由，从今以后高逸想干什么都随他去。

随着各种段子手、修图高手加入，一堆类似《荒野大冒险》海报的图片横空出世，陆爸爸这个“十八线”的照片已经满天飞。网友们惊呼，这年头儿的素人居然这么帅的吗？

然而，在高逸加油鼓劲之后，他的粉丝更疯狂了，别人做大片海报，他们就做丑图到处发，一点儿都没有悔改的意思，甚至觉得除了他们，全世界都在针对他们的高逸哥哥。这种只有自己能守护偶像的感觉让他们一点儿都不害怕了，闭起眼睛义无反顾地扎了进去。

很快有人认出照片上的人是谁，马上层层上报。

陆爸爸这人吧，是个怪胎，从来不要什么好处，也不想露脸，更不会抓住机会往上爬。只要给他人手，把他往最困难、最艰苦的旮旯一扔，他就很满足了。

他还是个刺儿头，只要是他负责的工程，每一个小细节都必须严格按照他的要求来，但凡有一点儿偏差他就会强令停工。他没什么交际能力，性格又执拗，人缘真说不上好。他也不会教学生，因为有些东西真的是天赋，他看到相应的地形、地貌、地质就能构思出具体方案，却不知道怎么教会别人这样思考。

陆爸爸的助手虽然回家了，不过还是时不时拿出手机看看陆爸爸的定位。他算是跟着陆爸爸最久的助理了，以前跟着陆爸爸的人不是往上走了，就是被陆爸爸逼到转行，他算是比较能坚持的一个。

哪怕是难得的假期，他也得关心一下陆爸爸有没有走丢，眼瞅着陆爸爸待在一个地方不动了，助手才稍稍放心。这应该是他儿子家吧？

助手刚放下心来，他女儿拿着手机跑出来说："爸，你看这人穿得和你回来时一样，是不是你的同事啊？"

助手摸摸女儿的头，接过手机一看，结果看到一堆不堪入目的言论。那个胡子剃到一半的人，确实是他的同事没错，还是他一天到晚守着的陆爸爸！助手立刻坐直了身体，问女儿这是怎么回事。女儿绘声绘色地把持续了小半天的"战斗"给她爸讲了。

助手听得气不打一处来。这些人根本不知道陆爸爸是什么样的人，怎么能这么说他？

助手打开工作群把截图一发，群成员们满脑子问号。

他们平时虽然觉得陆爸爸"龟毛"，但是搞工程的，追求完美并不是缺点，尤其是一些风险比较高、预算非常大的工程，一旦出问题不仅损失大，还可能造成人员伤亡，所以在动工时认真点儿、较真儿一点儿能说是缺点吗？虽然天赋是学不来的，但态度学得来，群里跟过陆爸爸的人并不少，把陆爸爸视为死敌的人也不少。

总之，群里的人大多经历过被他逼疯又转头去逼疯别人的阶段，对陆爸爸可谓又爱又恨。正因为他们对陆爸爸的感情这么复杂，所以自己人说他两句可以，外人胡说八道就不能忍了！

很快，群里有人发了微博，发了一张众人送别陆爸爸的照片："我做证，陆工是一线工程师。"照片上，一群人都裹得严严实实出来送人上船，那船又高又大，照片里根本看不清全貌，但光是露出来的一部分瞧着就不是私人能拥有的。虽然大家的打扮都差不多，不过陆爸爸绝对是人群中最亮眼的，浓密的头发和胡子没挡住他那双极具辨识度的眼睛。

接着其他人都转发了这条微博，不过每个人都附带了一张不同的照片，都是他们从相册深处翻出来的"美好"回忆。这动作惊动了不少在读的和已经大学毕业的工程生、工程师。"这一个两个的，不都是老师上课时举例用的前辈吗？"

众人再看看这些人的配图，简直五体投地："这一个两个的都是什么神仙工程啊？"这些工程这位陆工都有参与吗？这位大神也太低调了吧？他们根本没听说过啊！

工程院的官方微博由一个妹子管理，平时没什么事，就是发布一下单位活动以及跟友好单位互动一下。这个妹子看到互关列表里一堆大腕突然活跃起来，十分惊讶。等了解完事情始末，妹子觉得太新鲜了，工程院一向闷头做事，在网上算是走低调路线的单位，结果居然有人找事找到他们的镇院之宝陆工头上！

她第一时间把事情上报，并迅速发微博联动："我做证，陆工是一线工程师。"

有了官方认证，大家终于回过神来，纷纷转发留言。

高逸粉丝："我哥哥片酬一个亿！"

甲工："看看这个工程，你知道要多少亿吗？"

乙工："这样的工程，我们陆工还有！"

丙工："何止还有，要多少有多少！"

"只有我一个人去百度了高级工程师吗？这么年轻！"

"这位工程师姓陆，我们小陆医生也姓陆，姓陆的都这么牛的吗？"

“又来了，那个陆什么医生的粉丝能不能消停点儿，到处都能看到你们？”

“看到前面那一位，我突然想起来为什么觉得熟悉了。你们快看看没了胡子的陆工！太像了吧？”

“@陆则后援会，快来看看，真的像陆哥，不骗你！”

陆则后援会背后不是一个人，而是一大群人，他们也有人觉得像，只能先叫联系得上陆则的人去询问一下。陆则后援会里还真有联系得到陆则的人，比如单小云。

自从入学之后，单小云不管是精神状态还是身体状况都好了很多，虽不能时常回去看外婆，但也经常会用兼职赚来的钱买些东西寄给她。一切都在变好。陆则后援会的群是室友拉她进的，在他们学院，把陆则当偶像追不是异端，不追才是。单小云有陆则的微信，很多人羡慕得很。

由于两个人确实长得挺像，微博评论中提到陆则的越来越多，说陆则“碰瓷”的也越来越多。单小云怕这事给陆则带来不好的影响，再三犹豫还是给陆则发了微博截图：“陆师兄，你和这位陆工有没有关系？现在网上都说你们长得像。”

此时，陆则正好试完车，觉得还不错。他爽快地付了钱，委托店方帮他办其他手续。刚刷完卡，单小云的微信就发了过来。陆则点开一看，发现是他爸的“马甲”掉了。

陆则简明扼要地回了句：“是我爸爸。”单小云那边没声了。陆则收起了手机。

裴舒窈问：“怎么了？”

陆则把事情告诉了裴舒窈。裴舒窈刚才一直在陪陆则选车试车，这才知道造型设计中心的事竟还有这么跌宕起伏的后续。不过官方都“认领”陆爸爸了，这事应该结束了。两个人都没在意，一人开着一辆车回了裴家。

单小云把陆则的回复告诉了后援会的小伙伴们。得知陆爸爸也是位“大神”，陆则后援会的小伙伴们竟也不觉得震惊，能生出这么一个儿子，爸妈当然也不会是普通人。

陆则后援会的微博账号马上转发了工程院的微博，简明扼要地发了三个字：“陆爸爸！”儿方下场之后，不管高逸的粉丝有什么感想，微博一下子成了狂欢的海洋。老天似乎还嫌高逸摔得不够惨，中午十二点整，网络和电视上都出现了一个预告片——

《国家工程》系列纪录片特约篇——国家高级工程师陆和光。今晚八点，电视网络同步播出，欢迎准时收看。

“吃瓜”网友们表示：“完了，我宣布高逸凉了，凉得透透的。”

陆则回到裴家，裴正德正巧也回来了。裴正德看了眼陆则那辆还没上牌照的新车，第一反应是给它估个价，然后看看性价比。都评判完了，裴正德才在心里自夸：我女儿眼光不错。再看向陆则，裴正德又在心里想：这小子是我先看上的，不过女儿真要喜欢上了，说明我们父女俩眼光一致。

裴正德心理活动十分活跃，面上却没泄露分毫，只笑呵呵地说：“动作挺快啊，这就把车买好了。”

陆则说：“正好请了假，就顺便去买了。”

裴正德关心地问：“车牌摇中了吗？”

“摇中了。”陆则说，“今天正好出结果。”

裴正德一阵沉默。

他女儿是一次就摇中，陆则也是一次摇中，难道一次摇中才是常态？那他的同事群里那些哀号“这次又没摇中”的是怎么回事？是他们运气太背了？

裴正德没再继续聊这个话题，对二人说：“你们回来得正好，帮忙拿点儿东西。”他打开后备厢，满满当当一后备厢的食材出现在陆则和裴舒窈眼前。

陆则和裴舒窈按照裴正德的指示上前拿东西。裴正德还特别指明让他们分别拿哪些、分别放到哪里，免得他一会儿不好找。

疑似未来亲家公的人第一次登门，裴正德准备得十分充足，大有大显身手，做出一桌子满汉全席的意图。

裴正德指挥完二人放好东西，莫名有些紧张。没办法，照他目前观察到的情况来看，是他女儿看上人家的儿子，人家的儿子还没开窍。他这个当爸爸的虽不好豁出脸去“助攻”，但总不能拖后腿啊，女儿都把人家的爸爸请到家里来了，他自然得好好招待。

裴正德一脸严肃地说：“小陆啊，带我去和你爸爸见个面？”陆则点了点头，领着裴正德去书房。这书房是裴正德和裴舒窈共用的，裴妈妈自己拥有一个书房，因为裴妈妈一看到里面驳杂无比的专业著作就头疼。

陆爸爸正坐在陆则指定的位置上看书，听到有人敲门进来，不由得抬起头看向他们。见陆则和裴舒窈身边跟着个陌生的中年男人，陆爸爸顿了顿，猜测这人应该就是陆则的老师裴正德。听他妹妹说，裴正德一直对陆则很好，瞧着比他这个亲爸还像亲爸。这次他回来，陆则也是一口就答应裴小师妹带自己来裴家暂住。如果不是打心里亲近裴正德一家，陆则是不会答应得这么快的。

陆则和他的裴小师妹也很要好。陆爸爸不想在裴正德面前失礼，站起身和裴正德打招呼：“你是小则的老师吧？我是小则的爸爸。”

看起来不是还挺正常的吗？裴正德暗暗感慨了一句传言不实，上前和陆爸爸握手，甚至还有点儿毛头小子时期才有的小激动。

明明是同龄人，眼前的陆爸爸看起来却比自己年轻十几岁，很难想象他会是许多人口中的“陆工”，更难想象那么多瑰丽宏伟的大工程都是出自他手。

兴许是因为自己选择了安逸，对那些甘愿到许多艰苦偏远的地方去做旁人不愿做的事的人总是怀有几分敬慕。

陆爸爸到底只有模有样地憋出刚才那句话，再不知该说点儿什么。好在裴正德性格热情，既然陆爸爸都起了头，他自然能顺顺当当地和陆爸爸聊起来。不愧是搞教育的，裴正德三两句话就把陆爸爸这次回来多久、有什么安排都给摸清了。

得知陆爸爸这半个月都在休假，也不打算去哪里，裴正德热情地邀请陆爸爸来他们学校开个讲座。这就有点儿为难陆爸爸了。陆爸爸从来没在那么多人面前露过脸，更没有开过什么讲座。

涉及专业方面，他倒不算是交流障碍，否则很多东西他也不可能学到手。只要他心里有一个主题或方向，他就可以明明白白地把想法和要求表述出来，其他时候他都是能不说话就不说话的类型。

陆爸爸犹豫着说："我不擅长这个。"

裴正德一拍陆则的肩膀："不怕，这不是有擅长的人吗？"

裴正德开始向陆爸爸说起陆则从大一开始就被他当劳动力压榨。整理讲义、制作PPT（演示文稿）对陆则来说完全不是事，如果再加上他女儿，甚至还能插入自制动画。给他们三两天时间，他们就能把讲座需要的东西准备好。

陆爸爸认真听着，时不时看陆则一眼。

还是裴正德会办事。想想要是靠自己，陆则还真想不出可以陪陆爸爸做什么，他们父子之间不亲近，主要是平时的生活着实没什么交集。他不是爱玩的人，陆爸爸更不是，现在还连专业都不一样。难得爸爸放假，他只把人家当个麻烦扔在裴家确实不太好。

陆则说："没错，我们可以一起准备。"

裴正德十分欣慰，对如何和陆则这样的年轻人建立感情他是很擅长的，师生、父子之间的感情不就是在"奴役"与"被奴役"中逐渐加深的吗？

裴正德说："那你们好好讨论一下，我先去煲个汤，回头我再定个大阶梯教室，提前宣传宣传。”

陆爸爸感激地目送裴正德离开，想到要开讲座，心里还是有点儿没底。陆则和裴舒窈拉过椅子，齐齐坐到陆爸爸身边宽慰：“放心，讲座都很简单。”只是开一次科普性讲座而已，不需要挑战高难度的知识，他只需要给想选工程方向的未来工程师们说一下将来要走的路就好。反正省内也没几个专业水平能和陆爸爸比肩的人，不怕有人来找碴儿。总而言之，这个讲座非常安全。陆则推己及人地想着。

不过开讲座的人是爸爸，整理工作可以由陆则来做，主题和思路该由陆爸爸自己想，他只提出了大概方向。裴正德鼓动陆爸爸的时候说过，开讲座是为了让有志向的年轻人坚定入行的心，最好能帮他们少走弯路。

要是能多拉点儿“新鲜血液”就更好了。手底下的人才多了，以后工作起来会更轻松、更舒坦不是吗？陆爸爸想到自己这些年遇到的“笨蛋”比例，顿时觉得这件事要认真对待。陆爸爸略一思索，认认真真地和陆则讨论起自己讲座的整体思路来。

裴正德把汤料逐一放进瓦煲，又做了好几样拿手好菜，才去招呼陆爸爸和两个年轻人出来吃饭。

只要工作不忙，裴正德还是很喜欢为家人下厨的，一般只让用人负责打扫和清洁。

陆爸爸看着还系着围裙的裴正德，想了想，跟着去盛饭。陆则和裴舒窈也进厨房帮忙端菜，瞧着很有一家人的模样。

裴正德的厨艺很不错，哪怕食材搭配经常横跨海陆空，但味道出奇地好。四个人吃得其乐融融。裴正德还有些遗憾：“早知陆老弟你要来，我早上就把汤炖上了。”陆爸爸已经听裴正德提到好几次汤，对裴正德心爱的老火靓汤还真有点儿好奇：“晚饭时再喝也一样。”

一顿饭进入尾声，陆爸爸以要准备讲义资料为由让陆则回去工作，有空再回来帮他整理讲座PPT。陆则对此也没意见，开着上了临时牌照的车回了医院。

最近比较忙的裴妈妈伍心慈正在国外开会，裴舒窈父女俩都和她通过气说陆爸爸要暂住他们家。裴正德还私下和伍心慈说，他感觉女儿喜欢上陆则了，让她暂时不用再给女儿介绍对象了，先看看二人能不能成。伍心慈觉得陆则人品过得去，能力也不差，但性格实在让人不放心。

她虽然是个女强人，但是从来不要求女儿跟她一样，相反，她倒希望女儿能更依赖他们一些，像其他小女孩儿一样没事撒撒娇。可惜女儿虽然长得甜美，性格也温柔，却很有自己的主见，十几岁的年龄自己到处飞也从不害怕。伍心慈希望女儿能找一个温柔深情的丈夫，处处对她好、时时宠着她，让她能无忧无虑地过一辈子。对方能像裴正德这样顾家又包容就更好了。这一点，陆则是不符合她的期望的。陆则虽然人人夸，但绝对不是一个温柔体贴的人。

再加上医生这个职业的忙碌也是尽人皆知，尤其他还想成为外科医生。可丈夫都开口了，伍心慈也不好再把心里的想法说出来。再者，将来要恋爱、要嫁人的是女儿不是她，她觉得不够好，兴许女儿却恰恰很喜欢。伍心慈说：“好，先看看。”

陆则回到医院，跟完一台手术就到下班时间了。

阎医生抽空和江老聊了聊，把新的实习安排表发给陆则，让他协调好两边的时间，不要顾此失彼。得知陆爸爸回来了，阎医生也没留他，一下班就放他回裴家去了。

陆则开车去裴家，进小区大门时还遇到了卫家的司机。司机放下车窗招呼：“小则回家吗？”陆则已经和徐淑珍说过这半个月陆爸爸休假的事，说道：“不回，你别和妈说遇到了我。”有些事他们默契地不经常提及，陆爸爸在裴家暂住这事说一次就够了，不必反复提起。

司机也听说了陆爸爸回来的事。要是陆爸爸也再婚了还好，说不定两家可以走动走动，但陆爸爸现在还是单身，两边见面难免尴尬，能不见还是不见的好。司机点头说："好，我不会多嘴的。"

陆则把车开往裴家，停好车一进屋就闻到了食物的香味。陆则在很多地方住过，有对他好的人，有对他不好的，有他喜欢的，也有他不喜欢的。不过真正给他带来家的感觉的只有裴家。

裴家不是传统的"男主外、女主内"式家庭。裴正德和伍心慈二人在自己的工作领域都非常优秀，他们都有自己的抱负，也看重自己的事业，但他们也都愿意为家庭做出牺牲和妥协。他们非常相爱且珍视彼此。卫家的气氛现在也算融洽，但有没有真感情，给人的感觉还是不一样的。

陆则刚到卫家时，卫子安还在一干堂兄弟的教唆下敌视他。现在这小孩儿的性格虽然已经掰正了，却还是有点儿纨绔习性，好在还对陆则怀着一点儿心虚和愧疚，哪怕他按头让这小孩儿做题，这小孩儿都会乖乖地做。

而一开始就让他觉得很自在的，唯有裴家。裴正德对他的关爱自不必说，裴舒窈也是少有地能和他处得好的同龄人。虽然两个人相差几岁，但他们的想法和偏好相近，你说上句我就能接下句，有时哪怕不说话只安安静静地待在一起也不会觉得沉闷或者尴尬。

陆则进去和在厨房忙活的裴正德打了招呼，便去找陆爸爸。

陆爸爸是个不做则已、一做就要做彻底的人。他思考了一下午，终于敲定了主讲方向：细数工程师千万不能犯的错误。他想展示一下自己的"学生"曾经出现过的问题，希望新入行的年轻人引以为戒，少走弯路。陆则心想，光看这个主题，就觉得这是一个会得罪无数人的讲座。陆则又翻了翻陆爸爸倒腾出来的珍贵资料，不少"例子"中出现的名字在单小云发来的微博截图上出现过，那全是第一时间站出来力挺陆爸爸的人。都是这么好的人，怎么会在意陆爸爸拿他们举个例子呢？陆则给他们扣上了"好人的帽子"，面带赞同地对陆爸爸的选题予以肯定。反正如果真得罪人了，还不是他爸的助手头疼，他爸照样安安心心地做自己想做的事。陆则自然看热闹不嫌事大："那就这么定了，你想想到时候怎么讲，我和师妹可以先帮你整合一下素材。"

陆爸爸感觉今天和陆则说的话比过去的好几年说过的都多，他隐隐约约明白裴正德为什么会建议开这个讲座了。主题方向得到儿子的认可，陆爸爸压根儿没想起要跟助手商量这件事。吃过晚饭，陆爸爸就把主题告诉裴正德，拜托他帮忙把讲座方案送上去。

二人还商量了一下其他细节，正式把这个讲座敲定下来。

转眼到了八点。裴正德下午上班时听人说起了网上的事，对陆则说："今晚你爸的纪录片要播了，不如你先别回医院，留下一起看看。"

陆爸爸还不知道这事，疑惑地问："什么纪录片？"

裴正德知道陆爸爸去的地方有的连网都上不了，不习惯关注网上的事也正常。他便把白天网上闹得沸沸扬扬的事简明扼要地给陆爸爸讲了讲。裴正德说："拍这纪录片时应该采访过你才是。"他看过几期《国家工程》，对在某项工程中起重要作用的工程师，官方都会进行单独采访。陆爸爸的名字都写在标题上了，不应该被落下才是。

陆爸爸想了想，还真想起有过这样的采访邀请："他们确实说过要采访我，不过我让人回绝了。"当时他刚到新地方，一心扑在新工程上，哪有时间接受采访？他直接让助手帮他婉拒了。

裴正德对陆爸爸真心佩服。这下他倒是来了兴趣："那我要看看这特约篇没采访到你怎么还顶着你的名字。"裴正德还让裴舒窈一起看，其实是想要"奴役"裴舒窈给讲座做宣传图。她看纪录片了解一下主讲人，做出来的宣传图才能更吸引人啊！于是四个人分坐在沙发上看起了这部以陆爸爸为主角的纪录片。

与此同时，高逸和他的助理慌了。经纪人回来后以雷霆手段删掉了网上的一些过分言论，又要求高逸立刻公开道歉，并表示这是他最后一次替他们擦屁股。

高逸一开始还不情不愿，后来看到那么多人出来“认领”陆爸爸，渐渐发现自己可能踢到了铁板。

等中午那则预告一发出来，高逸第一时间公开道歉。

可惜已经迟了，以前他仗着粉丝多欺压过不少小艺人，现在不少人开始翻旧账，网上开始流传他要大牌欺负人的种种事迹。网友们算是看明白了，这次要不是欺负到惹不得的人头上，高逸是绝对不会认错的，甚至不觉得自己有错！

事情经过一天的发酵，已经足以让高逸声名狼藉了。娱乐圈是“捧高踩低”的地方。虽然没有人说要封杀高逸，但整个下午高逸不断接到解除合作关系的电话。不少合作方甚至说没有向他索赔违约金是最后的情分。

高逸气急败坏地砸了不少东西，却又无可奈何。哪怕自视甚高，他也清楚自己能有今天的地位，离不开眼光精准的经纪人替他谋划和包装。现在经纪人都要放弃他了，他还有什么未来可言？

一想到自己在圈子里连个说得上话的朋友都没有，将来还要辛辛苦苦地去和新入行的“小鲜肉”竞争资源，高逸就觉得自己要完了。他把助理递过来的水杯狠狠地往其身上一砸，骂道：“都怪你！要不是你怂恿，怎么会闹成这样！”

助理被泼了一身热水，水杯也哐当一声碎在她脚边，吓得她惊叫出声。她抽泣着说：“我也是气不过他们不给你面子。”两个人当即争吵起来。他们不知道的是，高逸往助理身上砸杯子这一幕又被娱乐记者偷拍下来，并很快传播到网上。

这会儿许多原本坚持表示“哥哥我爱你”的粉丝们沉默了。他们一直挺讨厌这个助理的，觉得对方离高逸那么近，简直让人妒忌。现在看到高逸这么对待自己的助理，他们发现自己其实一点儿都不了解真正的高逸。这样的高逸值得他们爱吗？不少人开始默默“脱粉”。

晚上八点，不少人蹲守在屏幕前，等着《国家工程》开播。

这是国家出资录制的纪录片，场面自然恢宏雄壮，纪录片开始时介绍了五大“神秘工程”。这些工程所在之处大多人迹罕至，生活条件十分艰苦，可是自从建设了这些工程，周围经济高速发展，受益的人数不胜数。千里沃野、万里长河都曾由这些人细心改造而越发美丽。整个纪录片，除了拍摄在建工程时，让主角陆和光露过脸之外，其他时间他大多只出现在别人提供的照片上。旁白表示由于陆工不愿意放下工作接受采访，所以只采访了与他一起参与过各个工程的工程师们。

也许是这纪录片拍得太扣人心弦，不仅画面好，各项工程也介绍得精彩至极，纪录片播放过程中很少有弹幕，网上也没有讨论。等全片播完了，弹幕和讨论才开始疯狂刷屏——

“啊啊啊，我宣布，我是陆工的粉丝了！”

“说出来你可能不信，我看纪录片看哭了！”

“我发现陆工虽然出场不多，但是被采访的工程师大佬们三句不离他，怪不得标题是‘国家高级工程师陆和光’了！”

“我觉得所有人提起陆工时的语气都又爱又恨，太可爱了！这个纪录片我可以刷一万遍。”

《国家工程》系列纪录片在网上本就反响不错，各个视频网站都有单集点播破百万的好纪录，只不过静下心来看纪录片的人还是少数，比起动不动破亿的综艺节目显得有些冷清。

今天却不一样，今天等《国家工程》特约篇开播的人员情况十分复杂：准备负隅顽抗、挑挑刺的高逸的粉丝，准备趁这机会攻击高逸的其他艺人的粉丝，还有万分想要围观陆爸爸的陆则的粉丝……

高逸这人作品不多，但得罪过的人特别多，同期的、同剧的、同龄的都被他的粉丝拉出来“斯杀”过，所以三拨粉丝汇聚起来数量极其庞大。再加上白天的几个热搜话题反复带起的热度，围观群众越来越多，这更是让纪录片开播之后的点播量直线上升。

大部分看完纪录片的人又点开社交软件大力推荐，那热忱劲儿让人觉得陆和光可能是什么横空爆火的黑马艺人。

很多没关注网络话题的人蒙了：陆和光？谁啊？什么时候出道的？等等，刚出道就上纪录片频道是怎么回事？

还有个别高逸的粉丝不死心，倔强地表示这纪录片是在蹭高逸的热度。要是没有高逸，这破纪录片能这么火吗？这些言论被有心人利用，煽动大家跟风，后来还是高逸的经纪人让粉丝头目和水军引导正面走向，才渐渐平息。

这样一部时间跨度巨大的纪录片，当然不是因为这场纷争凭空出来的。只是因为看到网上的歪风邪气，官方才特意把这一集提前播出，让人知道不是什么人都能用来娱乐的。

陆则依然没有管网上的风风雨雨，正襟危坐地陪着两个爸爸看完纪录片，开车回了医院。

裴正德随即打电话和工程系领导联系了一下，那边一听陆爸爸要来开讲座，简直被这天降的喜讯砸蒙了，过了老半天才激动地回过神来，一口答应下来，表示时间和场地都没问题。

就算有人要来抢场地，他们工程系也不怕！体力不好的人，谁选工程系啊？

只是教室还是太小了，连本系的学生都坐不下……好在现在阶梯教室都有直播系统，既可以把讲座录下来当网络公开课，也可以即时直播到所有教室。

挂了电话，工程系连夜安排，参加讲座首选的人自然是他们系的这些老师了。

学生来听的话，万一听不懂岂不是浪费机会？他们来听完了，回头自然能讲给一批又一批的学生听……工程系的导师们在工作群里如是讨论。甚至已经有人在高校联盟同行群吹起了牛。

转眼间，工程系的负责人的电话被各方来电打爆了，都说票已经买好了，位置看着安排，角落也行，要是不让进可就带学生来闹了。

这下好了，学生们原本还有一点点机会亲临现场，现在彻底没戏了。

裴正德不知道工程系那边嘴这么快，还在催裴舒窈赶紧把宣传图搞出来，趁着纪录片开播的热度还在，赶紧发到学校的官方账号上。

工程系也有不少学生刚看完《国家工程》，正心潮澎湃，看到这个讲座宣传都乐疯了。

不管是为了陆师兄还是为了陆爸爸，他们都要踊跃参与！虽然陆师兄不是他们系的，但他们系流传着关于陆师兄的传说！

就在他们激动地在微博下狂刷“一定去，一定去”的时候，官方对这条宣传微博进行了修改，补充了一句话：“本次讲座有三个学生参与名额，将在这条微博的转发中抽取。”

多少个名额？在高校开讲座，给学生多少个名额？负责人你出来，给我们说清楚！一群人开始激情转发，辱骂工程系“飘了”，不爱学生了。三个名额，一个班一个都不够分，还搞转发？万一全被外系的人抽到了，本系的学生还一个都不能去了不成？

官方账号又说，教室的新媒体设备会有高清直播，到时候大家可以准时到班上观看。

一个圈子里有个风吹草动，不出半个小时往往就会传遍整个圈子。陆爸爸的助手正在家享受难得的天伦之乐——开开心心地陪着儿子玩乐高，结果被一个电话召唤上网，接着他就看到一个标题——《细数工程师千万不能犯的错误》！助手心里咯噔一跳，有种很不好的预感。

他就是想好好放个假才把陆工送去找儿子。怎么才分开不到一天，陆工就要去开讲座了？而且这个标题给他的感觉非常不妙。以前那么多采访邀请、讲座邀请都被陆爸爸推辞了，这次的讲座怎么这么快就连时间、地点、主题都定下来了？

他的眼皮跳个不停。

面对疯狂轰炸的留言，助手赶紧打电话给陆工。

陆爸爸已经洗完澡，穿着儿子给他买的柔软睡衣准备睡觉。听到手机响了，陆爸爸愣了一下，拿起手机看了看，接听。

“陆工，你要开讲座？怎么也不和我说一下？”助手开门见山地问。

“想开。”陆爸爸言简意赅地说，还反问助手，“你不是放假了吗？”

助手被陆爸爸噎了一下，只好说：“随你喜欢。内容都定下来了？”

陆爸爸激动地和助手分享起来：“小则帮我整理了，我今天和小则说了很多话。”

陆爸爸鲜少有情绪化的时候，乍一听到他那么高兴，助手还怔了怔。虽然有时候被陆爸爸折磨得要疯，但他还是挺为陆爸爸开心的。

这选题危险就危险吧，反正陆爸爸让同行抓狂也不是一天两天了。

助手说：“那你好好准备，有什么需要可以找我。”

陆爸爸答应了，又想了想，点开朋友圈发了个资料文件夹截图，还配上文字：“儿子帮我整理的。”

陆爸爸的朋友圈从来没有发过半条动态，突然刷出这么一条，大家都很惊讶，纷纷留言——

“盗号？”

“等等，你这是要开讲座？”

“刚刚有人发群里了，给我留个位置？”

留言瞬间刷了上百条。

陆爸爸认认真真地一条一条地回过去。问盗号的，回“不是”；问讲座的，就回“是”；请他留位置的，就回“不归我管”。回着回着发现时间不早了，陆爸爸直接说了句“睡了”，然后关掉手机安心地睡觉去，留下一群不知所措的同行。

要知道大伙加陆爸爸的微信只是出于礼貌，平时陆爸爸既不找人聊天，也不在朋友圈发动态，单纯的问候他从来不回，有事找他还不如直接联系他的助手更快。这突然来的动态，还真是让人惊讶，尤其是陆爸爸竟还“秀”起了儿子。

大伙都知道，其实陆则小时候也挺怪的，别人逗他他不爱理，倒是爱往一些脾气古怪的人身边凑。

要不是亲眼见了，他们都不知道世上有那么多稀奇古怪的人，什么深山采花的、沙漠种树的，一个个都有和旁人大不相同的爱好。陆则去读大学那几年，他们还觉得有点儿寂寞，不能再看他搞东搞西搞出一堆事了。直至去年，陆则又重新出现在他们的视野内。看着陆则的粉丝群体日益壮大，大伙心里都酸溜溜的：同样有小孩儿，怎么人家的孩子就这么优秀呢？有这样的儿子，换成他们得一天“秀”个百八十回！

这个讲座竟还是陆家父子俩的合作结晶，那这个讲座他们听定了！不少人当即和学校联系。

换成平时，学校早高兴坏了：这么多大佬要过来，这讲座简直可以媲美工程界的学术大会！现在校方却开始犯愁：这么多人坐得下吗？全都是业界名人，得罪哪个都不好啊！他们琢磨了一宿，第二天委婉地找老师们谈话，让他们在教室带学生看直播，主场还是留给大佬们。

老师们心里泣血，可还是无奈地答应下来。毕竟，这里面任何一位要过来，都是可以单独开个讲座的。

就这样，继学生被剥夺现场听讲资格之后，老师们也被剥夺了资格，众师生上课提起这件事都伤心得不行，讲的人讲不下去，听的人听不进去。

陆爸爸对此一无所知。所以在预定日期走进讲座会场时，陆爸爸着实蒙了。

怎么回事？现在的大学生，都这么显老的吗？

这么要紧的日子，陆则当然不会缺席。陆爸爸和裴正德选的是他休假的时间，陆则开车护送陆爸爸来讲座场地，还客串一把助教。这事他不是第一次干，做起来驾轻就熟。

陆则随着陆爸爸的目光往下一看，这些人有点儿眼熟。

陆爸爸也觉得眼熟，再仔细回忆一下，这些人之中竟有很多是他要举的“例子”。要知道一个真正的大工程，不可能只靠一个工程师来完成，他每次都能带上一群人，这些人里难免有几个或者全部被他批评得体无完肤。

陆爸爸眨一下眼，有些弄不清状况。这不是面向大学生的讲座吗？学生在哪里？

负责人见陆爸爸一脸迷茫，赶紧上前解释了一下，说这些业界翘楚一定要来听，所以学生们都在教室看直播。教室的屏幕很大很清晰，去年刚换的，和现场看没区别，学生们都在等着开讲呢。

陆爸爸“哦”地应了一声，下意识地转头看向陆则。

陆则一脸平静地说：“没关系，不就是现场点名批评吗？你以前常干的。”

陆爸爸想想也对，自己是对事不对人。他想通了，也不再犹豫，按照原计划开讲。

这一讲，原本想来瞅瞅陆爸爸是怎么开讲座的大佬们脸色都不太对了。陆爸爸像是没意识到他们在场一样，摆证据、摆照片展示他们当年跟工程时出现的疏漏，还贴心地推演了一下每个疏漏可能带来的损失和危险。陆爸爸每讲一个案例，熟知内情的同行就往某个人身上看一眼，那眼神大概是“没想到你会犯这样的低级错误”。

没办法，大家都是同行，写履历时谁不填上过去参与的工程？要是有个竞争什么的，又有谁不去关注一下对方的履历？时间久了，大家对彼此做过什么都门儿清。在座的很多人无比羡慕现在正在跟工程的熟人，他们真幸福，没有亲临现场再听一遍陆爸爸的残酷批评。

大家左看看右看看，觉得大家都一样，没谁例外，也就厚着脸皮接着听，并再给被点名的人一个嘲笑的眼神。自己都被嘲笑过了，一定也得好好嘲笑一下别人！谁年轻时没犯过错？犯过错误后及时改正，又是一条好汉！

在讲座“愉快”地接近尾声时，有人举手提问：“陆工，你觉得自己有没有犯过错误？”

陆爸爸知道会有提问环节，看到这有点儿眼熟的同行直截了当地问自己有没有犯过错误，愣了愣，还真开始认真数起了自己曾犯过的错误来。与人起争执时他也不全是对的。有时候他和人吵了一天，没吵出个结果，翻来覆去地想了一晚上，第二天天一亮发现自己不对，立刻改了口。

陆爸爸检讨了一遍，发现眼前的那一片有些眼熟的面孔竟变得鲜明起来。这些不就是那些跟着他反复修改方案、来回巡查工地的人吗？陆爸爸忽然说：“谢谢你们。”他微微一顿，又转向立在一旁的陆则：“谢谢小则。”

不是谁都受得了他一进入工作状态就六亲不认、什么都不管的性格。他们不是经常陪着他熬到半夜，就是深夜被他从被窝里拉出来干活儿。他们不一定喜欢他，但都陪着他忙活。还有他的儿子，从来不让他操心，从来不怪他不是个好爸爸。

陆则听爸爸突然道谢，愣了一下，然后上前张开双臂给了爸爸一个拥抱。千里迢迢来听讲座的观众们齐齐起立鼓掌，而后也一个个上前和陆爸爸拥抱。这个人啊，一直让他们又爱又恨。要不是被他严苛的要求、执拗的脾气折磨过，他们可能只会庸庸碌碌。见过最雄伟壮丽的风景，谁又会继续甘于平凡？回忆起过去的日子，他们大多“痛并快乐”着。

陆爸爸不太习惯和别人肢体接触，不过抱着抱着也就习惯了，乖乖地和每个上前的人拥抱。

这场特殊的讲座就此落下帷幕，直播结束后，陆爸爸还被人拉着合影，折腾了好一会儿才被放走。

陆则原以为陆爸爸这一次会得罪不少人，没想到被他点名的人大半在现场，气氛还因为最后神来一笔般的道谢而改变。

陆则在心里对爸爸肃然起敬。原来还可以这样，爸爸不愧是自己的爸爸。

陆则问："爸，你还想开讲座吗？"陆爸爸摇头。这几天，陆则天天过来陪他准备讲座，两边来回跑。见到儿子他很高兴，但不想太影响儿子的工作和生活。

陆爸爸说："听你的老师说你新拜了个师父，要好好学。"

陆则多少也明白爸爸的想法，没再多说什么，只载着陆爸爸回裴家。难得陆则也休假，他和裴舒窈带着陆爸爸玩游戏。陆则以前不玩，不过裴舒窈爱好广泛，不管是单机游戏还是端游、手游都玩得厉害，偶尔想有人陪着玩时会拉陆则凑数。

陆则想着爸爸天天看书，想给陆爸爸找找有没有适合他放松的游戏。

裴舒窈有专门放游戏光盘和游戏设备的游戏室，老游戏、新游戏她都有，游戏设备也管够。陆爸爸一开始还不太会玩，不过裴舒窈和陆则展示了两回他就能上手了。见陆爸爸玩得不错，裴舒窈和陆则又带陆爸爸玩手游，一人一台手机组队玩得非常开心。当然，他们偶尔也会遇到玩着玩着就爆粗口的小学生玩家。

陆爸爸皱着眉头教育："说脏话不好。"然后一枪把人崩了。

不愧是陆则的爸爸，准头还真不错，裴舒窈这样想着，和陆则默契地配合着"拿人头"。三个人沉浸在游戏世界里，外界却在疯狂地讨论着陆爸爸的讲座。

工程系的师生们在教室看了讲座直播。校内的实时直播技术已经非常成熟，他们和现场听到的内容是同步的。至于其他系和其他学校的人，就得等官方把讲座视频当公开课放到网上后才能看到。

最先把话题发酵开的自然是工程系的师生们。

不得不说，陆则那天带爸爸去做造型是非常有先见之明的举动，一个人长得帅，说的话听起来都格外有道理。

讲座一结束，工程系的师生们就开始上线夸。陆爸爸讲得确实好，都是“干货”，举的例子既鲜明又具体，有点儿底子的人全都一听就懂。讲座尾声更是莫名煽情，让人感动，等看清楚上台和陆爸爸拥抱的人都是谁，很多老师直接激动得哭了出来。学生可能认不出这些人是谁，但老师们知道啊！

这种有“干货”又有爆点的讲座，肯定会火的，他们得赶紧去烧第一把火！

于是工程系师生齐齐出动，在线狂吹陆爸爸，画风狂热得让人以为他们被盗号了。

校方紧锣密鼓地处理起讲座视频。阶梯教室的公开课录制系统简单粗暴：前面装一个摄像头，拍的是学生；后面装一个摄像头，拍的是老师。在这个公开课录制系统下处理视频也很方便：老师讲话时一镜到底，直接对着老师和显示屏狂拍；互动环节，切到前方摄像头的画面，给学生一个镜头，这样就完美地展示了师生间的互动。

学校对这次讲座非常重视，让工程系的老师和宣传部门的人鼎力合作，尽快处理好讲座视频放在高校联盟官网和APP上。整个讲座视频没费多少工夫就处理好了，又给宣传部门的领导审核了一遍，确定没有问题后正式上传到网站和APP上，并在学校微博账号上发出链接宣传。

不是所有的讲座都会引起关注，哪怕他们学校在高校联盟排名非常靠前，但平时发的一些讲座转发的人依然不多。这次不一样，这次已经有了几次预热，不少人早就翘首以盼，眼巴巴地等着讲座放出来好一睹为快。

不管内行外行，大家都期待陆爸爸再给他们带来点儿惊喜。于是讲座链接一放出来，蹲守学校官微的网友们都激动地点开。比起工程系师生，这些人的身份就复杂多了，关注点自然也不全在讲座内容上，一开场就疯狂刷起了弹幕——

“这就是让高逸‘凉了’的造型吗？”

“不错，今天的陆爸爸看起来好帅啊！”

“那个造型设计中心离我家近！马上预约去！”

“关注什么造型，你们真肤浅，陆爸爸的声音好好听啊！”

“等等，是我眼花了吗？怎么感觉PPT上那张照片上的人和讲座现场的那个人长得有点儿像？”

“倒回去看了看，不是像，就是同一个人吧？”

“看看其他人的眼神，都往他身上去了！”

“我也注意到了，还有啊，这难道不是高校讲座？到场的人怎么只有三个学生？”

“你们截的表情包真传神！”

第十二章
你离我近了

陆爸爸的讲座引起的反响非常大，尤其是最后大家和陆爸爸的拥抱，给人留下的印象十分深刻。工程师需要扛的事很多，在工作的时候，为了保证工程的质量不留情面、不近人情，可是在工作之外，他们感激每一个陪着他们日夜鏖战的合作者，以及每一个指出自己的错误的伙伴。这一场别开生面的讲座展现了工程师们温情的一面。

由于观众们截取了一批表情包，这个讲座在接下来的好几天都很有存在感。

然而陆爸爸又低调地消失在众人眼前，仿佛前些天红遍半边天的人不是他一样。这也是许多人预料到的事，陆爸爸要是能连开几次讲座，也就不会有那么多人不远千里赴会。熟知他的人都很清楚，他能答应开一次讲座已经非常难得！

裴正德怕陆爸爸无聊，回家煲汤时会找陆爸爸聊聊天。不过陆爸爸不是会寂寞的人，难得休假一次，确实有很长的书单要补，看书看累了还能打游戏放松放松，瞧着很自得其乐，丝毫不受外界影响。

转眼到了周一，江老正式返聘上岗。

陆则在裴正德的嘱咐下，一大早开车去接江老回医院。

中医科的人眼馋陆则好久了，盼着江老回归也很久了，瞧见他们过来都激动不已。不用等陆则跑腿，已经有身为学徒兼实习生的小年轻把江老的专属值班室收拾出来。

既然接受返聘，一切都按程序走，江老在特需门诊，特需号一天有六十个。经院方提前宣传，刚开始放号，江老今天的号就被抢光了，不说其他人，就是本院职工及其熟人谁家没几个老人？人老了就跟机器旧了一样，多少有些小毛病，没有急性病的，中医调理调理也是好的。

只是当初江老一退，很多人不太信任省院的中医科了。现在江老重新出山，得了消息的人都第一时间让儿女帮忙抢号。

陆则陪着江老在值班室坐了一会儿，病人就陆续到了，陆则安安静静地坐在一边看江老望闻问切。老人们的病症大同小异，江老开的药方却各有不同，同样的病症他可能会用不同的方子，即使是同一个方子，他在剂量上也会略有增减。

江老用药还有一个特点，那就是简单。能用最简单的方子，他就用最简单的方子，病人揣着几百上千元进来，最后还是带着几百上千元回去，医药费竟只需要付个零头儿。

上午的四十个病人没什么疑难杂症，江老开的都是调养身体的寻常药方。陆则观摩了半天时间，感觉跟看书大有不同。

每个人的身体情况都不同，想要下对方子，就得结合病人的全身情况进行推演，确定一剂药下去病人的身体能往好的方向转变。这对医生的要求非常高，既需要全面掌握中医理论，又需要有敏锐的洞察力，有任何错漏都会导致治疗失效。

对有挑战性的事，陆则的第一反应当然不是害怕，而是满心期待。

吃过午饭后，陆则依然跟着江老见病人。和早上不一样，江老给人诊脉，他也试着诊脉；江老给人开方子，他也坐在旁边开方子。开完方子他也不急着请教，先摆到一边放着，等着下一个病人进来。

等到下午的二十个病人看完，不少人知道江老这次是回来带学生了。

陆则见江老忙完了，才拿出自己开的方子给江老看。别看药方都是现成的，可该怎么用这些方子、该怎么增减药材和剂量，全都是学问，没经验的人不可能开得准。现在网络发达，早就不是“一方走天下”的时代，方子不能乱开，否则你治着没效果就是自砸招牌。

江老喝了口温开水，接过陆则开的二十张方子看了起来。

陆则确实有天赋，方子开得准，不好也只是剂量上有点儿小偏差，对药效的影响并不大。如果说这是一场考试，陆则交上来的算是一份接近满分的答卷。

不过陆则不知道的是，江老早就看过他给单小云开的调理方子，知道陆则的“实力”。看完陆则写的方子，江老微微颔首，平平淡淡地夸了一句：“不错。”陆则敏锐地察到觉江老并不是特别满意自己的表现，也不气馁。把江老送回了家，他绕道去裴家蹭饭。

“今天去江老那边实习了吧？感觉怎么样？”饭桌上，裴正德问起陆则的实习表现。

“感觉不错。”陆则说，“很有挑战性。”他在外科，考虑的更多的是怎么让相关脏器正常运转、怎么把多余或有害的部分切除，很少从整体考虑问题。

今天一天跟下来，陆则在等红灯时都会看看站在指挥台上的交警，琢磨对方的身体情况，需不需要开个方子调理一下。比起解决局部问题，从整体来考虑疾病问题更加复杂、更加让陆则觉得新鲜和有趣。

裴正德知道陆则会喜欢，也不再多问，只站起来给他和陆爸爸都盛了汤，还热情地介绍：“这汤加了一些药材，补脑又护眼，你们最近不是看书就是忙，多喝点儿啊。”

饭后，出差多日的伍心慈终于回来了。看到两大两小坐在沙发上拿着手机打游戏，伍心慈还以为自己进错了门。还是裴正德最先看到妻子回来，马上放下手机，对伍心慈说：“心慈，你回来了啊？我去给你盛汤！”

陆爸爸三人也放下手机。陆则站起来给伍心慈介绍：“师母，这是我爸爸。”

伍心慈对陆则还是很喜欢的，上前朝陆爸爸伸出手：“陆爸爸你好。”

陆爸爸很喜欢“陆爸爸”这个称呼，和伍心慈握了一下手：“打扰你们了。”

“打扰什么，客房空着也是空着。”伍心慈不着痕迹地看了眼女儿，见女儿脸上没有半点儿心虚，接着说，“平时小陆对我们窈窈非常照顾，窈窈出去我们把她托付给小陆才放心。”

陆爸爸认真地说：“照顾师妹，应该的。”

陆则悄悄地看了裴舒窈一眼，想知道裴舒窈什么时候让裴爸爸、裴妈妈不放心了。师妹难道不是可以一个人下古墓的吗？

好在裴正德把汤端了出来，成功地打断伍心慈和陆爸爸的对话。

陆则跟着陆爸爸回房间，和陆爸爸提了件事。

卫爸爸前两天在他们医院周围搞拆迁，他找卫爸爸弄了块地，准备建个带图书馆的别墅式公寓。建好以后陆爸爸回来好有个去处，他平时也可以带小伙伴在里面玩，而且有个单位挂靠，以后想集齐新书也更便捷，一举三得。

现在陆爸爸的假期还有一半，画个简单的设计图不是难事。陆则把那块地给陆爸爸圈了出来：“爸，你这几天能把它设计出来吗？只要一个大致框架就好，具体的可以交给别人弄。”

陆爸爸一口答应：“没问题。”

陆则把自己的要求告诉陆爸爸，陆爸爸连连点头，通通牢牢记在心里。难得儿子有需要自己帮忙的地方，他当然得好好地表现。他知道陆则有钱，也从不干涉陆则怎么花钱，听了陆则的想法并不觉得陆则在败家，还很期待陆则把它建好。

父子俩说定了，陆则才去和裴舒窈说起这个小计划，毕竟裴舒窈正好在他想要邀请的小伙伴之列。

“我让我爸在主楼两侧分别搞两个展馆，一个用作搞医学史的展示，另一个留给你，到时你可以在里面搞展览，你想把里面的展厅修成古墓都行。”

陆则的这个想法并不是突然产生的，他准备建的展馆与其说是展示医学史，不如说是把药庐里那块灵玉向他展现的东西搬出来。到时他不时开个讲座，展示一下自己整理出来、感悟出来的内容，勉强也算广收门徒。

至于他为什么还单独留个展馆给裴舒窈，当然是因为传统建筑是讲究对称的，对称才好看！

陆则还是很尊重裴舒窈的意见的，讲完后，转头问裴舒窈的想法：“怎么样，你要不要和我一起弄？”

裴舒窈不答反问：“要是我不想弄，你准备找谁？”

陆则下意识地想了想可能找的人，数了数还真不少。他正要开口，却冷不防对上了裴舒窈笑意盈盈的眼睛。陆则忽然有种强烈的预感：自己这个时候不该提别人的名字。

陆则非常相信自己的直觉，立刻一本正经地摇头说：“没有，不找别人。要是你不想弄，我就一边搞成中医展馆，一边搞成西医展馆，不会另外找人了。”

陆则在过去二十一年的人生里，很少有隐藏内心真实想法的时候，一来他本来就不太爱搭理人，二来他觉得没什么必要，直接说清楚就好的事情，绕来绕去反而会变得复杂。

复杂的人际关系，不在陆则大脑的处理范围之内。

陆则说完，心里生出几分疑惑，看向唇边抿着笑、颊边露出两个浅浅酒窝的裴舒窈。他们认识好几年了，裴舒窈已经十九岁，他凑近这么一看，她的眼睫毛长长的，掩住一双亮得出奇的眼睛；她的皮肤很白，隐隐透着健康的红润，哪怕是近距离盯着看也挑不出半分瑕疵；因为常年锻炼，她身材匀称苗条、四肢修长有力。

裴舒窈一向是很有计划的人，现在已经过完年，却一直留在家里，透着一股子不寻常。

陆则斟酌着问："你不喜欢考古了吗？"他想来想去，只能想出这个可能性。要是还喜欢的话，她这么久不回去跟导师跑项目怎么受得了？他很少过问别人的私事，不过感觉裴舒窈是不一样的，具体哪里不一样他却想不明白。

裴舒窈说："当然还喜欢，我怎么可能会半途而废。只是有要紧事要忙，请了个假。"她对陆则太熟悉了，熟悉到能够从陆则一瞬间的语音停顿里判断出他的想法，也判断出她在他心里是不同的。

有这样的进展，对她来说已经很足够了。

裴舒窈说："过几天我就该去导师那里报到了。"她仰头看陆则，"展馆有图纸之后你发给我？"

陆则点了点头，目光不知怎么就落在裴舒窈近在咫尺的唇上：她的唇色偏粉，唇天然带着几分润泽，唇形饱满漂亮。陆则很少注意别人的长相，今天却莫名地多关注了好几回。他在心里琢磨了一会儿，直接开了口："我感觉怪怪的。"

裴舒窈眨了一下眼，退开一些，含笑问他："哪里怪？"

"你今天离我近了一些，不是正常社交距离。"陆则把自己琢磨的事说了出来，"你在家里没出去，还化了妆。"

说好的直男会把淡妆当素颜呢？裴舒窈说："家里有客人，我化妆是礼貌。"

陆则觉得这个理由说得过去。见裴舒窈看过来的眼神不太对，陆则迅速夸了一句："你不化妆也好看。"这是他根据经验总结出来的答案，至于是对谁的经验，那当然是他那位热爱舞台的小姑姑。

裴舒窈知道陆则虽然情感反应迟钝，观察力却非常敏锐。她问陆则：“你讨厌我离你太近吗？”

这个问题陆则不用思考就能回答：“不讨厌。”

裴舒窈说：“你讨厌有人喜欢你吗？”

陆则一顿，心生警惕，觉得这是道陷阱题。面对这种连答题，他肯定不能不假思索地回答，否则很容易上套。陆则给了个稍长一些的答复：“被人喜欢当然不会讨厌。”

裴舒窈说：“我喜欢你。”

陆则本来正严阵以待，乍一听到这句话有些措手不及。他有些迟疑地看向裴舒窈。师妹，喜欢他？

是什么样的喜欢？

“就是女性对男性的那种喜欢。”

裴舒窈看着陆则，他长得好，五官俊秀得连明星都该艳羡。也许是因为早年目睹了父母的离异，他一直努力地融入正常的生活。他平时看起来冷淡，其实最容易心软，像是只外表冷酷内里柔软的小动物，总是小心地探知广阔的未知世界。

他今年二十一岁，同龄人早过了情窦初开的年纪，可能男朋友或女朋友都换了几轮，他在这方面却始终没开窍。他有太多感兴趣的事，也有太多想做或者要做的事，根本不会主动把注意力放到这方面上。

既然已经被陆则察觉出来，裴舒窈直截了当地坦白：“我想一直光明正大地占据你身边的位置，想光明正大地和你站在一起。将来某一天，我们可能会结婚，有一个或两个孩子，他们可能像我，也可能像你。”她一口气说完，仰起头问陆则，“我这样把话说出口，会给你带来困扰吗？”她并不想逼迫陆则接受她。

陆则说：“没有。”他一点儿都没觉得困扰，甚至隐隐有点儿高兴。他没有想过自己会喜欢什么样的人，将来会娶什么样的妻子，一直觉得自己和爸爸一样，不会有太多情绪，不会太懂感情，对女生明里暗里的示好都会直白地拒绝。因为当年父母的婚姻曾给他做了示范，让他知道他和爸爸这样性格的人其实并不适合婚姻。但师妹是不同的。师妹总是能接上他的话，总是能明白他的想法，总是能和他玩到一起。如果是师妹的话，情况也许会不一样。

陆则有些生硬地说："我没当过别人的男朋友，可能当不好。"

裴舒窈得到这句回应，心怦怦地乱跳，眉眼顿时染上笑意："我也是第一次当别人的女朋友。"她悄悄将手伸向陆则，与陆则十指相扣，"我们可以慢慢学，不着急。"

陆则与一只温热的手握着，感觉还有点儿不真实。他这是有了女朋友了吗？两个人正感受着第一次悄悄牵手的新鲜感，裴正德的声音把他们拉回现实："小陆啊，你来帮我看看这份报告有没有什么需要改的地方。"裴正德边说着边从书房往外走，手里还拿着沓A4纸，显然是刚打印出来的文档。

等裴正德走出书房时，陆则和裴舒窈已经把手分开。陆则毫不心虚地站起来接过裴正德手里的报告，一本正经地说："我这就帮您看。"

裴正德对陆则非常放心，把报告交给他之后才转向女儿。他见裴舒窈有些脸红，关心地问："是不是地暖太热了？我这就让人给调调。今年天气暖得挺快，刚过完年没多久屋里屋外都暖和起来了。"裴正德说着说着又高兴地感慨起来，"窈窈今年你可比前两年在家里留得久，前两年天还是天寒地冻的时候你就出去了。"

陆则听到这话不由得看了裴舒窈一眼。裴舒窈说"有要紧事要做"，可也没见她这段时间做了什么要紧事。她说的要紧事，难道就是预谋占据他女朋友的位置这件事吗？陆则忍不住抬头看向裴舒窈，眉梢眼角微微露出些笑意来。

裴舒窈刚才亲口说出"我喜欢你"时都不觉得紧张和害臊，镇定得不得了，现在对上陆则含笑的双眼却觉得这段时间的"蓄谋"再值得不过。

有了自己喜欢的人本来就是很让人开心的事，要是对方恰好也愿意喜欢自己，那就是莫大的幸运。

接下来一周，陆爸爸在画图，陆则和裴舒窈在“暗度陈仓”。

因为是在裴家父母的眼皮底下，两个人偷偷牵个手也觉得挺刺激。可惜他们这几年经常形影不离地腻在一起，裴正德和伍心慈对他们的关系的转变一无所察，这让陆则和裴舒窈有种干坏事竟没人发现的失落感。

七天的时间转眼即逝，陆爸爸要在机场和助手会合，飞去下一个目的地。

陆则开车送陆爸爸到机场。两个人一起从停车场往候机大厅走，一路话不多。直到远远见到自己的助手，陆爸爸才对陆则说：“你师妹很好。”

陆则一怔，看向爸爸。

陆爸爸说：“你和我不一样。”他的眼睫毛很长，在从机场玻璃顶洒落的日光中轻轻动了动，落下浅浅的阴影。面对儿子，陆爸爸说出了藏在心里的话，“你对她好一些。”

这些年陆爸爸偶尔也会想起曾经时常跟在自己身后跑的明媚少女。那是个从小被娇养着长大的女孩儿，本来应该嫁给一个疼她、爱她的男人，被人悉心呵护地过一辈子，可她不顾父母的反对嫁给了他。

结婚之后，他常年在外，连孩子出生时，都不在她身边。她变得越来越不快乐。家人不认同，丈夫不在身边，一个人工作、一个人生活、一个人带着孩子磕磕绊绊地过日子，连小孩儿生病都没人能帮她照顾。那样的婚姻，本就不会让人快活。

对前妻和儿子，他心里是有愧的。这种愧疚感一开始并不明显，随着身边的人逐渐有了家庭、有了儿女，才变得越来越鲜明。

陆则没想到爸爸会是第一个看出来的人。他对陆爸爸说：“爸爸放心，我会对她好的。”

陆爸爸点了点头，表示相信他，不再多说，迈步走向助手。

正好赶上某个航班登机，一群人熙熙攘攘地朝同一个方向走去，阻隔了陆则目送爸爸的视线。

等人流过去，陆则才重新看见陆爸爸和他的助手的背影。他不是多愁善感的人，站在原处看了一会儿，转身去停车场取车。

“陆师兄？”

陆则正要开车门，蓦然听到有人在身后喊自己。他转头看向对方，只见一个相貌柔美的女孩儿站在那儿，怯生生地看着他。

陆则顿了顿，礼貌地说：“你好。”

女孩儿说：“对不起，陆师兄，我可能给你造成了困扰。”

“没有。”陆则毫不犹豫地说。

女孩子本来有很多话要说，听到这话后卡壳了。

“你没有给我造成困扰。”陆则耐心地把话说得详细一些，“不必和我道歉。”

这女孩儿就是师弟们前两年选出的系花，不过陆则记住她倒不是因为这个，而是因为她被副院长的儿子追得紧，临时拉住他向他表白。

这样的事陆则一向不爱掺和，也并不在意副院长的儿子明里暗里的小动作，只要不影响到他的学习和生活，他就当什么都没发生。倒是副院长那个胖儿子和人飙车摔断腿，休学一个学期，到现在陆则都没再见过他，也不知有没有瘦下来。

陆则认为自己非常文明礼貌又很体贴，和系花师妹说完话就上了车。作为一个已经有女朋友的人，陆则没有问对方是不是一个人、需不需要他载上一程，干脆利落地开车离开了机场。

自从江老回了医院，陆则几乎是一整周连轴转，好不容易轮到休息日，送完爸爸，又返回去接裴舒窈去实地看看他们未来的“据点”。以后他们想在这边开讲座、搞研究，或者单纯安安静静地看看书都可以。

卫父送陆则的那块地刚拆迁完，只剩下些地基残根，瞧着有些荒凉。不过根据市政放出的规划图，这一带是未来要大力开发的新城区，将来这片地可以算是新城区的中心，升值空间大得很。

两个人在空地上转悠。其实现在这里什么都没有，也没什么好逛的，但这算是他们确定关系后第一次约会，陆则觉得还是该挑选一个有意义的地方。裴舒窈对陆则选的约会地点没有意见。她马上要飞去首都，哪怕二人只是随意在街上走一走，心里也是很高兴的。

这里房屋虽然都推平了，远处却还留着些树木，加上原本建了房屋的地方还堆着废弃的建筑材料，视野不算开阔。

两个人沿着原有的道路走了一小会儿，都像是在密谋着如何无声无息地把手牵到一起，忽然听到前面传来一阵凄惨的哭叫。陆则和裴舒窈对视一眼，然后陆则毫不犹豫地抓住裴舒窈的手把她拉到自己身边。

两个人一起循着哭声找过去，只见一个小女孩儿正被一个女人抄着棍子打。小女孩儿的颈上有一道狰狞的伤疤，像是烧伤，她大概是伤了喉咙，说不清楚话，只能凄厉地哭叫。陆则皱起了眉头。

那女人神色凶恶，哪怕小女孩儿已经在讨饶，她还是不断地往小女孩儿身上打："叫你出去讨点儿钱回来，你就给我讨了五块钱，还敢躲在这里偷懒！你个赔钱货，是不是想饿死老娘？我告诉你，我把你养这么大，就是等着你孝敬我的！"

陆则松开裴舒窈的手，上前一把抓住女人手里的木棍。

女人抬头看向陆则。注意到陆则的衣着和长相，女人两眼一亮。她也不抢棍子，只拧着小女孩儿的耳朵自认为万种风情地朝陆则一笑："这位小兄弟是要路见不平吗？要我不打她也行，你施舍她几百块钱，我保证再不打她。"

陆则松开手里的棍子，看了眼小女孩儿，这孩子目光里满是恐慌和乞求，既期盼陆则能救她，又害怕陆则说几句就离开，女人会变本加厉地打她。

陆则把小女孩儿从女人手里解救出来，目光又落在女人身上，很难想象会有人这样对自己的孩子。

“我怀疑她不是你的女儿。”陆则转头对裴舒窈说：“报警吧。”

女人脸色一变，色厉内荏地怒骂：“你胡说八道什么？这十里八乡谁不知道她是我女儿？我把她从奶娃娃拉扯到这么大，你是哪里来的毛头小子，空口无凭就说她不是我的女儿？”

陆则严肃地说：“哪怕她是你的女儿，你这样对她也已经足够让法院撤销你的监护资格。”

小女孩儿要是及时得到治疗，伤口肯定不会这么狰狞，喉咙也不至于被毁成这样。

他们说话间，裴舒窈已经默契地报完警。

女人冲过来要拉扯小女孩儿，小女孩儿却像是找到救星一样畏怯地躲到了陆则和裴舒窈身后。

这边的动静把在不远处的大樟树下打牌的人惊动了，他们过来看到两个生面孔，说：“年轻人，你们不是这里人吧？”

虽然房子拆了，但前面的广场还留着，这些老住户还是爱溜达过来打打牌聊聊天。他们对这一带的人大多知根知底，看着女人和小女孩儿直摇头，七嘴八舌地说起小女孩儿家的情况。

“劝你还是别管闲事，上次有个大学生来采风时好心报了警，警察过来调解过，回头还不是一天三顿地揍？”

“她们家就她们娘儿俩，一年到头没个亲戚上门，这么小的一个娃娃，不跟着她妈还能跟谁？这年头儿最不好管的就是闲事，别人的家事，管得了这一次，难道你还能管她一辈子？”

小女孩儿本来满怀希冀地攥着裴舒窈的衣角，听到这些老邻居的话后手慢慢垂了下去，含在眼里的泪簌簌往下掉。女人冷笑地看着她，在心里琢磨着要怎么给这胆敢让自己丢脸的死丫头一个毕生难忘的教训。

这边因为拆迁出了几桩事，警察接到报警后来得很快。听说是这母女俩的事，警察面露难色——这个女人实在难缠，她不工作，房租和吃饭问题都是打发女儿出去乞讨解决。据说，她一不高兴就打孩子出气，他们甚至怀疑她女儿的烧伤是她故意弄出来的，但又没证据。她们家没别人，小女孩儿只有这么一个妈，孩子的爸爸、祖父母、外祖父都联系不上，他们实在没办法，上门调解也行不通。

陆则见年轻警察面露怜悯之色，而那女人则一脸得意地立在原处，毫无悔意，毫不惊慌。陆则又看向低头啜泣的小女孩儿，既然遇上了，就没有不管的道理。裴舒窈蹲下身，掏出一方手绢给小女孩儿擦眼泪，等小女孩儿止住了哭泣，温柔地问：“如果你说不出话，就点头或摇头，可以吗？”小女孩儿点头。

裴舒窈问：“她是不是经常这样打你？”

小女孩儿点头。

裴舒窈又问：“你还愿意和她一起生活吗？”

女人狠狠地瞪向小女孩儿，目光里满是威胁，小女孩儿浑身一僵。她受过太多的白眼，也挨过太多的毒打，所以隐隐可以分辨出这两个人是不一样的，他们是好人，也许真的可以帮她。在裴舒窈柔和目光的注视下，小女孩儿的眼泪又涌了出来，她猛地摇头。女人没想到这一次她竟敢反抗，下意识地冲上前要甩她一个耳光，口里直骂：“你个死丫头，反了天了！”

陆则轻松抓住了她要逞凶的手。

裴舒窈对这样的意外早已习以为常，和陆则出行，遇上这样的事很正常。

裴舒窈直接联系她妈妈公司里的专业人士，让对方过来处理这件事。当年她和陆则意外中了大奖，一半的钱花在国内的公益事业上，其中就包括特殊儿童康复中心以及儿童福利院。

像这个小女孩儿的情况，要是向法院申请剥夺了她母亲的监护权，裴舒窈和陆则便可以把人安排到省会的儿童福利院里，帮她找学校上学、保障她的基本生活直至她成年。如果情况比较特殊，他们各个公益机构可以提供不少工作岗位，帮扶她到可以独立生活为止。若她想一直做下去，这些工作岗位也可以直接安排给她。

有伍妈妈和卫爸爸两边的公司挑选出来的专业人才负责管理这些机构，几年下来它们运转得很不错。

像陆则在鹿鸣镇遇到的那位带着脑瘫孩子的代课女教师，眼下就在其中一处特殊儿童康复机构工作，她的孩子的情况也有所好转。

只要小女孩儿自己下定决心离开她母亲，陆则和裴舒窈都不担心小女孩儿的去处。在伍心慈的法律顾问赶过来解决如何起诉女人的问题之前，陆则与警察协商着先带小女孩儿去旁边的卫氏医院检查一下身体。

这个小女孩儿被打得遍体鳞伤，脖子上的烧伤近乎毁了她的相貌，不做个全身检查很难让人放心。这次出警的是两个年轻警察，都觉得这事挺看不过眼，亲自护送小女孩儿去医院。

不查不知道，一查他们才发现这小女孩儿身上没一个地方是好的：肋骨断过，现在胸口还有些畸形；烧伤更是根本没处理过，早错过了最佳治疗时间，医院能拿出补救方案，只是想把伤疤修复好，不仅费工夫，还很费钱；她的嗓子也被烧坏了。人体其实非常脆弱，很多伤害都是不可逆的。

小女孩儿没再哭，护士姐姐让做什么她就做什么，仿佛害怕自己不听话就会被送回到她母亲身边。负责带小女孩儿做检查的护士看着都觉得心疼。她去年刚当妈，女儿小小的一个，整个人都软乎乎的，别说打了，连磕着碰着她都得担心半天。一个当妈妈的人，怎么忍心对自己的女儿下这样的狠手？

在做检查期间，已经有人去处理诉讼的事了。当监护人出现遗弃、虐待、暴力伤害未成年人这类情况，严重损害未成年人身心健康时，可以由相关救助机构或者小孩儿的其他亲属提出诉讼，撤销监护人的监护资格，孩子由相应机构或者相应亲属抚养。这类诉讼案件属于公诉案件，他们连公诉费用都不必付。

检查结果出来之后，第一时间赶过来的律师整理好材料和证据，马不停蹄地带着准备接收孩子的救助机构负责人去了法院。

陆则留下看完小女孩儿的检查结果，和其他医生商量完治疗方案才和裴舒窈一起和小女孩儿道别。小女孩儿还是一副小心翼翼的模样，不过眼睛里已经没有眼泪。刚才律师已经跟她讲了，用不了多久，她那母亲就不再是她的监护人了。

她终于可以摆脱那个女人了。律师说，等她的身体好起来，可以进学校念书，可以和同龄人一起生活。她不需要再以乞讨为生——每天出去出卖惨相，博取过路行人的同情，为她母亲赚取生活费和赌资。她可以像个正常小孩儿一样活着。

小女孩儿有许多道谢的话想说，可是嗓子坏了，一句话都说不出来，只能在裴舒窈叮嘱她好好听医生的话时认真地点头。

她眼睛亮亮的，眼底满是坚定，懂事得让人看着心酸。

陆则和裴舒窈走出住院部去停车场开车，等坐到车上，陆则才说："本来是和你过来看看我们的未来'据点'，没想到会遇到这样的事。"他从小到大就是"事故多发"体质，走到哪儿都能遇上事，这一点其实早几年他们刚认识时就已经显露过，但这次可是他们第一次约会！

裴舒窈说："这样挺好，遇上了当然不能当看不见。"她又不是第一天认识陆则，能帮到人，裴舒窈还是挺高兴的，"她是一个坚强的女孩儿，以后一定能过得很好。"

陆则点了点头。

约会泡汤，陆则索性开车带裴舒窈去吃饭。半路上，有熟人兴冲冲地给裴舒窈发了一张照片，竟是陆则在机场偶遇系花时被人拍下的。陆则和裴舒窈的朋友圈子是有交集的，有人看到陆则的八卦新闻转发给裴舒窈看实在再正常不过。

裴舒窈点开图片看了看，觉得这位系花长得确实很不错，但要论相貌，这位系花师妹站在陆则身边怕是不够看的。

这么多年来陆则一直单身，一是他在感情方面不开窍，二是他的长相实在太出众，一般女孩子站在他身边绝对有压力。不少人在私底下称他为医学院的“高岭之花”，可远观而不可亵玩——毕竟和他站一起久了会没有安全感，甚至会自惭形秽！

裴舒窈尽管不会怀疑陆则的人品，但还是不动声色地把照片保存了下来。她没打扰陆则开车，只问起熟人这张照片是从哪儿来的，等到了店里坐下，她才翻出照片给陆则看。

这是刚确定关系没几天，剧情就跳到“捉奸、质问”的部分了吗？陆则拿过裴舒窈的手机看了一眼，说：“早上我送完我爸，在停车场遇上她。看这照片把她的脸拍得很清楚，可能是她的同伴拍的。你从哪里看到的？”

照片上，清纯女生脸上的表情看起来楚楚可怜；陆则也露了脸，不过只露了侧面，表情看起来十分冷漠，活像个无情的负心汉。

裴舒窈说：“别人发给我的。我问过了，好像是某个营销号发在网上的，你们学校的各个群已经传遍了。”

陆则眉头一跳，营销号？他打开微博APP，并排挤在热搜榜上的两个话题题目顿时映入他们的眼帘：“小陆医生恋情曝光”“小陆医生始乱终弃”。

现在的网络已经发达到直接帮人走完一段恋情的程度了吗？他们的恋情什么时候曝的光？他什么时候始乱终弃了？陆则皱了皱眉，点进话题一看，热门微博配的配图是青春美丽的系花的照片。

下面评论留言的风格非常统一，很假很浮夸，让人感觉热搜可能是买的。

“好美啊，小姐姐偷走了我的心！”

“太好看了吧，那个什么小陆医生是不是眼瞎啊？”

“小姐姐的颜值吊打一众娱乐圈演员！”

…………

跳过几条微博往下看，陆则才看到那个发停车场照片的营销号。不得不说，这照片拍摄时加了滤镜，后期调调色调，看起来还真有种偶像剧男女主人公分手场景的感觉——女孩儿深情不悔，男孩儿狠心无情，画面凄美得很。

这条微博下依然有不少水军刷“心疼小姐姐”“小姐姐好美”，不过营销号直接带了话题，“小陆医生”这个关键词在它被送上热搜时，吸引了不少陆则的粉丝的关注。

随着话题的扩散，原本单调乏味、十分无趣的评论区顿时热闹起来。

“万万没想到，小陆医生居然改拍狗血言情剧了。小陆医生不是拍职场剧，走‘爽文’路线的吗？”

“怎么办？我想笑。小陆医生冷酷无情又不是一天两天了，这照片拍得太明显了吧？”

“呜呜，其实我希望小陆医生真的是在炒作。立刻给我拍一部剧出来，三流垃圾网剧都行，我不挑的！”

“照片都发出来吧，不用挑自己拍得好看的，只要把小陆医生发上来就好！”

不得不说，这些常年混迹网络的粉丝早就练就了一双火眼金睛，有人要闹事，他们看上一眼就知道是怎么回事。像这次，明显是那个露出自己的正脸、狂发把自己修得亲妈都不认识的女生想借陆则的人气炒作自己。

陆则在网上的热度高了，哪怕他在微博上既不发自拍也不发私人感慨，还是动不动就来个热搜一日游——前几天他爸还火了一把。眼看所有和他沾边的人都被带火了，有心借他这股东风的人不少，只是有的人做得妥帖，不让人反感，有的人却不知死活，明明是来蹭热度的，却还要反过来踩你一脚，前有高逸，现在又有这个师妹。

陆则对想要往上爬的人并不反感，反感的是这位师妹明明是医学生，却在网上玩娱乐圈这一套。也许是因为周围有太多人夸她捧她，而学医这条路又太难走，所以她决定选好走一些的路。

若这件事发生在他和裴舒窈确定关系之前，他可能不会管，左右网上的事也不会给他造成什么影响，当作没看见就好。可是现在他已经有女朋友了，她这么一闹，岂不是让人觉得裴舒窈横刀夺爱?

陆则说："我找人处理一下。"

裴舒窈没想到陆则会理会这些事："你怎么处理？"

"我不太擅长，不过有擅长的朋友。"陆则点开联系人列表，找到一个人发了条消息过去。

对方很快回复："我还当是什么事，这太简单了，交给我就好。"

一顿饭的时间，那两条热搜就被撤了，带头的营销号也不见了踪迹，好像什么都没发生过一样。

陆则吃完饭拿出手机，才发现对方又发来一长串消息。

"搞定了，兄弟，我厉害吧？"

"现在什么阿猫阿狗都敢出来碰瓷了，还想混娱乐圈，不知道你和我是兄弟吗?

"人呢?

"你过河拆桥就太过分了吧?

"喂，你给我点儿面子!

"我是不是你最疼爱的人，你为什么不说话?

"我心碎了，粘不起来了！"

…………

裴舒窈挨在陆则身边，看了眼屏幕，被这人的自言自语能力惊呆了，才一会儿的工夫，他自己竟刷出了"99+"的消息，时不时还夹带一段语音独唱，用歌声来表达他心底的凄凉。

“这是你的哪个朋友？”裴舒窈有些好奇。

“这是个影帝。”陆则一脸平静地说，“前段时间他刚去雪山拍戏，一连几个月不能上网，也见不到几个人影，而他是个不说话会憋死的话痨。”

裴舒窈顿时对这人生出几分同情来。陆则言简意赅地给对方回了一句“刚才在吃饭”。

那边可能找到了别的聊天对象，没立刻给陆则回复。陆则向对方表示了感谢，收起手机，和裴舒窈说起自己和这位话痨影帝认识的过程。

“影帝”不是随随便便能拿的，这人经常拍些爱惜脸蛋和身体的人绝不会拍的戏，上山下海从来不退缩，非常敬业。

当年，在这人还不是影帝的时候，跟着剧组进了深山老林。那时候陆则还跟着他爸到处跑，偶然遇上了这位迷路的未来影帝，两个人有了交情。主要是话痨突然遇到个愿意听自己说话的人，单方面宣布他们以后就是兄弟了，时不时找他倾诉倾诉，经常冷不防甩他个“99+”。

处理被人捏造绯闻来蹭热度的碰瓷行径，对这位影帝来说简直和吃饭睡觉一样普通，底下的人处理起来再熟练不过。

“我没在意。”裴舒窈知道陆则特意找人处理是因为他们现在已经是男女朋友了。

“我知道。”陆则说，“我也不在意，但不在意不代表她可以这么做。”裴舒窈点头。

两个人都吃饱喝足，陆则送裴舒窈回家，撞见了伍心慈。

伍心慈一双锐利的眼睛在女儿和陆则之间转了两转。

今天裴舒窈的电话打过来，她知道女儿是和陆则在一起，他们中午还在外面吃了饭。不管从哪方面来看，这二人明显是有情况了！

可中午有人来跟她说，陆则和另一个女生的恋情曝光了？

公司里有不少人经常看到陆则和裴舒窈在一起，私底下都觉得两个孩子可能有点儿什么，陆则也许早就是伍心慈属意的女婿人选。

公司里知道伍心慈只有一个独女的人不在少数，想着自己或者儿子娶个富二代独生女少奋斗几十年的人也不算少，所以逮住陆则的“人品问题”来她面前说的人多得很。

伍心慈一个中午已经听了好几种说法，这会儿见陆则送裴舒窈回来，免不了多看他几眼。

“师母。”陆则乖乖地喊人。

他们现在还相互熟悉着男女朋友的身份，没打算立刻跳到“见家长”的步骤。两个人第一次谈恋爱，业务不熟练啊，万一闹了笑话让家长们知道了，岂不是要被他们笑一辈子？还是慢慢来比较好！

伍心慈见陆则一脸坦然又十分乖巧，没说什么，只邀请陆则一起进屋。

陆则说：“我下午要去江老师那边，就不进去了。”他今天虽然休假，但江老要他下午陪着出诊，所以还真不能继续耽搁。

伍心慈也不勉强。

母女俩一起走回主屋，伍心慈问：“你们今天去做什么？”

裴舒窈和陆则自然是有默契的，她“坦然”相告道：“师兄不是想搞个图书馆和展览馆吗？我们今天去实地看了看。”

那样一个地方，裴舒窈自然也是很喜欢的，提起来时自然而然地带上几分高兴之意。

伍心慈见裴舒窈一点儿都没心虚，提起陆则的那个“小计划”也是由衷地感兴趣，也就不再多琢磨。听裴舒窈说起那小女孩儿的境况，伍心慈免不了一阵叹息：谁说“天下无不是的父母”，这种管生不管养，还把儿女当奴隶使唤的父母可不算少。

伍心慈说：“既然遇上了，能帮多少就帮多少。”裴舒窈点了点头。

伍心慈这才说起陆则“始乱终弃”的事。裴舒窈和陆则之间一向没有秘密，若是有她不知道的事，那肯定是陆则压根儿没放在心上，所以才没和她提起。吃饭时陆则给她复述了发生在停车场的对话，裴舒窈听了觉得那个系花那样做不是没原因的，换了谁被直白地说“你没有给我造成困扰”都会觉得自尊心受创。因为清楚这位系花师妹的事迹，裴舒窈提起时也很轻松。

伍心慈听完就放下心来。

虽说她还没完全接受陆则给她当女婿这件事，但好歹已经在考虑了，要是陆则真闹出个绯闻女友来，她是真的不放心把女儿交给他。

“女孩子还是要自尊自爱的。”伍心慈摸着裴舒窈的脑袋教育，“哪怕再喜欢一个人，也要堂堂正正地去喜欢，不能想些邪门歪道。”

裴舒窈说：“当然。”

与此同时，陆则开车去了江老的药堂。在江老的药堂里，陆则还遇到一个熟人——单小云。

一天遇上两个有点儿渊源的师妹，前一个还闹腾出热搜事故来，陆则免不了多看单小云一眼。

他记得单小云的力气大，比男生还大，是个很好的学医苗子，现在她瘦下来了、变好看了。“可千万不要学前一个师妹那样走了歪路。”陆则这样想着，走过去和单小云打了个招呼，主动问起她学业如何，还顺嘴出了几道题考了考单小云。

单小云自从上了大学，开朗了不少，不过对陆则的感激和崇拜是不变的。听到陆则出题，她立刻直起腰，认认真真地听题，老老实实地回答。听到自己满意的答案，陆则点了点头，没有多说，心里却十分欣慰：“好苗子没有长歪，这挺好。”

至于那位系花师妹，看起来弱不禁风，瘦得好像风一吹就会倒，还曾经连瓶盖都拧不开让他帮忙，感觉实在不适合学医。当时陆则就建议她多锻炼锻炼臂力，最好能买个哑铃每天坚持练练，今天再见面，觉得对方根本没听进去。还是这个力气大的师妹好啊。陆则鼓励了单小云几句，得知她现在在药堂兼职，让她好好干。

说话间，江老下楼来了。他头发花白，背着个药箱，有些仙风道骨的意思。陆则主动上前替江老拿了药箱，问江老："今天的病人是您的故交吗？"

江老点头。他虽然接受返聘，但也不会轻易出诊，能请动他的人除了故交就是他欠过人情的人家。

这次生病的是他的一个老朋友的妻子，老朋友比他小不了几岁，妻子却才四十出头儿，属于老夫少妻。不过他一向不过问朋友的私生活，对此不予置评。

老朋友这位小他三十来岁的妻子病得挺重，一开始家庭医生说是感冒，结果打了一针不仅不见效，病情还加重了，夜里发起烧来。这都烧了两晚了，试过各种法子都没办法退烧，家庭医生束手无策，有心劝老朋友带妻子去医院仔细检查一下，这位老朋友却特别讨厌医院，不愿意去。见妻子实在痛苦，他左想右想，想到了江老这位老友。

要是江老没出山，他也不会找上江老。但现在不都说江老重出江湖，一天能看六十个病人吗？焦急之下，他才打电话给江老，拜托他过来一趟。对老朋友的请求，江老没有拒绝的道理，当场答应下来。

一路上，江老给陆则讲了这位老朋友过去的事：他讨厌医院是因为早年他的父母、他的原配和儿子都死在医院，他孤零零地过了许多年，好不容易才遇到现在的妻子，重新敞开心扉，两个人还有了个老来子。

不过即使过了这么多年，他还是不愿意踏入医院，甚至不许妻子和儿子去，更是专门请了两位家庭医生轮流待命，有什么病痛都是直接让医生上门，连体检都只乐意做能在家里做的部分。

陆则知道有的人会对某个地方或某件事产生心理阴影，这种事一点儿都不稀奇。他点头记下，跟着江老一起去见那位老朋友。陆则跟在江老身边，乖乖巧巧地向老人问好。

老人看了看陆则，好奇地说："这就是你新收的学生？光看这长相就够俊的，难怪可以让你重新出山。"

江老这位老友本意是想叙叙旧，江老却拒绝了。认识一位损友是没办法的事，总不能回到几十年前掐死过去的自己，可要是让江老心平气和地坐下来和损友聊天，江老做不到。

江老至今还记得，自己的妻子亡故不到一年，这位老友以开解他为由带他去了某会所，说要带他松快松快。作为一个有点儿古板的老中医，江老当场翻了脸，要不是认识了几十年，这朋友他怕是不会再认了。

江老对自己一世清白差点儿被玷污这件事始终耿耿于怀，不仅自己不想搭理这位老友，还让陆则注意点儿，别着了这老东西的道。

陆则不知道这些，不过一向听老师的话，乖巧安分地提着药箱跟在江老身边。

江老这位老友姓程，他妻子保养得宜，瞧着还挺年轻，只是生病后十分憔悴，看上去一脸病容。感冒这病说大不大，说小不小，一般人都是自己吃点儿常备药对付一下就好。

不过真要严重起来，情况就复杂了，因为“感冒”这说法过于笼统，深究起来有许多病因，到程太太这种程度，必须问清楚发病经历才好下方子。

感冒发展到后期，发烧、喉咙痛是常见的症状，这会儿程太太就不怎么说得出话来。

江老已经看过程家家庭医生留下的病历，也没有太多话要问，只给程太太诊脉。

江老一搭脉，眉头轻轻一挑，认真检查起程太太的眼睛和喉舌来。

程太太本来是想去医院的，她丈夫非要请老友过来给她看病。可她一向不信中医的那一套，哪怕江老是省里有名的中医，现在再看江老用这种老旧的诊病手段，心里感觉更没底了。

老程对江老倒是很信任，见江老面色凝重，不由得问道：“怎么了？很严重吗？”

“你太太是不是去国外旅游了？”江老问。

“是去过没错。”老程说，“你怎么知道的？从我的朋友圈看的吧？你真不够意思，每次都光看，从来不给我点赞。”

江老说：“我没看。”他看着程太太的脖颈处。

陆则贴心地给老程解释：“您太太的颈部皮肤和脸部皮肤不是一个色号，从颈部皮肤晒黑的程度来看，应该刚去过热带地区不久。”

女人对脸总是格外爱护，曝晒过后会连敷几天面膜补救，相比之下，脖子受到的呵护就少多了。程太太显然对她的脖子不够尽心，直接暴露了不久前曾经历曝晒的事实。

可有些事，看出来了也不要往外说啊！程太太决定今晚就让人给自己送一批颈膜过来，好好拯救一下自己的脖子。女人四十也是一枝花！

程太太嫁给老程时，老程已经五十岁了，她才堪堪满二十岁。当时她家濒临破产，老程帮了一把，他原配又去世了好些年，她就嫁给了老程。因为老程的年纪当她爸爸都绰绰有余，很多人不看好他们，不是觉得老程会继续出去花天酒地，就是觉得她会出轨。

虽然丈夫不是她理想中的人选，不过她感激他对她家伸出援手，也感激他给她的优渥生活，一直非常尊重他，绝对不会在外丢他的脸。为此，程太太很注重自己这张年轻美丽的脸，每天都要打扮得漂漂亮亮，每个季度都要出国溜达一圈狂发朋友圈晒幸福，让那些暗地里打赌他们什么时候离婚的人失望了二十年。

程太太不觉得自己会被一场小感冒打倒，所以现在更关心她的脖子。

“还是去医院吧。”江老得出结论，“可能需要住院观察一下。”

老程不乐意了：“这么严重？非要住院？她回来时好好的，这病和她出国没关系吧？”

江老说：“不尽早入院，可能会要命。”

老程没想到会这么严重。他娶了个比他年轻许多的老婆，就是因为经历过一次丧妻之痛，又白发人送黑发人没了个儿子，所以想着能给自己挑个老来伴。他的选择很简单，年轻漂亮的，最好宜家宜室，这样的妻子肯定不至于再走在自己前头，自己老了也有个人能端茶倒水擦擦身。

这种想法虽然有点儿自私，可人哪有不自私的？他早过了为爱结婚的年纪，要是什么都不图，他结婚做什么？精准扶贫吗？事实证明他的眼光不错，小妻子一直很给他长脸，在外对他千依百顺，他忙碌时自己会打发时间，他有头疼脑热她也关心得不得了。

人心都是肉长的，时间一久，他外头那些莺莺燕燕都散了，他们夫妻之间如今很有相濡以沫的味道。

老程从来没想过，妻子有可能走在自己前头。哪怕非常抵触医院，听完江老的话，老程在短暂的怀疑之后也发话："行，去医院。"

江老神色严肃："通知一下和你太太一起出国的旅伴，都去医院做个检查吧。"

在江老的安排下，老程夫妻去了省院。听江老语气十分慎重，医院也早已做好准备，人一到就紧张地接手。

老程一一给妻子的朋友打电话，才知道其中有两个人也生病了。他按照江老的吩咐让他们都别扛着，赶紧去医院说明去过什么地方、做相应的检查。

一般来说出入境时发热的病人会被检疫人员拦下做相关病理检查，但有些疫病是有潜伏期的，在潜伏期症状很不明显，甚至没有症状，直至病原体在体内充分繁殖才会彻底爆发出来。

陆则记性好，只听了一耳朵程太太去过什么地方，就大致从脑海里翻找出了对应地区可能造成这种持续发热、近似感冒症状的病原体。

江老没把陆则当一般实习生看待，让他也给程太太把过脉，两个人凑在一起讨论起程太太需要什么范围的病原体检测。这种患者在境外感染疾病的情况，本地医生看过的现实病例太少，很难凭空推断患者到底感染了哪一类病原体。

医学是不断发展的，疾病也在不断变化，光是流感病毒就有无数种变种，更别提其他常见或不常见的疫病。人类永远不可能彻底消灭疾病，所以江老也不赞同那种抱着老一套理论坚决不改的做法。西医在不断进化，中医也该不断进化才是。

有现成的检测技术，江老当然不会避开不用。

倒是老程感觉自己的认知被颠覆了：“你看病也要让人去做这些检查吗？”

他不差钱，只是对医院有阴影。他知道不能怪医院和医生，可他的家里人都在医院没了。不能怪他对医院有抵触。这次他跟着妻子到医院，心里其实很不安宁。

江老眼皮也不抬一下，开口说：“病原体不同，诊疗方法也不同，做个检查确定一下。”这不比平时那些以调理身体为主的患者，他看上几眼就能确定问题所在，这种“外感病”有太多不确定性，平时惯用的药不一定有用。

老程不懂这些，让跟来跑腿的人先去把费用缴了。

陆则见老程神色有些紧张，宽慰他说：“只要确定感染的是什么病原体，我们就可以对症下药了。”他还给老程打了个比方，“至于各种诊疗手段，其实就像您上战场使的武器一样，什么适合就用什么，不能说这个武器不是自己人造的就坚决不用。”

这么说老程就懂了。他看了眼不太爱搭理自己的江老，感觉这个老朋友真是几十年不变，脾气一如既往地臭。他殷殷地对陆则说：“就老江这脾气，难为你愿意跟他学。唉，我老婆就交给你们了。”他叹了口气，坐到病床前对程太太说：“我对不起你，要是我早点儿送你来医院，你可能不用受这几天的苦，更不会有生命危险。”

还有程太太以前遭受的那些非议，他也并非一无所知，只是觉得那事没什么要紧的。

都说吃得咸鱼抵得渴，他一直觉得自己又不是没让她过上好日子，钱随便她花，要去哪里旅游也由着她去，再年轻点儿的时候他还很给面子地陪着一起去，所以，他自认也不算是个糟糕的丈夫。现在她突然生了重病，他才发现自己其实很少关心她的想法，也不怎么关心她的身体。她从二十岁跟着他到现在，人生最美好的二十年都陪着个不解风情、“代沟”很深的老头子。他真是对不起她啊。

老程郑重保证：“只要你能好起来，我就再也不说你看上的包包丑了。”

程太太虽然还是说不出话来，但还有力气拿手机。她拿出手机在上面敲了行字：“你再说一遍。”对这个简单的要求，老程当然不会不答应，又把刚才的话正儿八经地复述了一遍，虽然有点儿出入，但大体意思没变。程太太非常高兴，按下手机里的播放键，很快老程铿锵有力的声音从她的手机里传了出来：

“只要你好起来，我再也不说你买的包包丑了。”她这是怕老程反悔，留下录音当证据了……

看不出来，这对老夫少妻竟还挺般配的。

程太太的检查报告出来，治疗方案也很快确定。本来病情不该这么严重，因为拖了两天才弄得要住院观察。

对程太太不信任中医，江老也没说什么，尊重病人的选择，直接帮她找了适合的医生。

老程虽觉得媳妇不懂事，不过他理亏在先，也就随她了，只一个劲儿地邀江老一起去吃饭。

“不去。”江老严词拒绝。江老都拒绝了，老程只能作罢，一个人坐在病房里守着程太太。

程太太这病传染性不大，要不然还得往上级单位报备，现在把她转给其他医生，又没轮到江老当值，师徒俩倒是清闲下来。

江老没打算直接回去，又领着陆则去中医科坐镇，临时加了一批号，继续给陆则现场教学，手把手地教陆则如何把理论运用到诊疗过程中。陆则踏踏实实地学到下班，感觉获益匪浅。

陆爸爸已经离开裴家，陆则不好再天天过去蹭饭，晚饭自然在食堂解决。

到夜里，陆则约裴舒窈在线做题，题目都是彼此出的。既然两个人的关系更进一步，陆则觉得他们得深入交流，从简单的交流书单转变成相互出题。有什么比一觉醒来收到对方的题目和答卷更值得高兴的事呢？陆则愉快地和裴舒窈做出了这个浪漫的约定。裴舒窈欣然答应。

两个人最近就这么相互荐书、相互出题，每天晚上都过得十分充实。

目睹了这一切的叶老头儿，感觉陆则谈的可能是“假恋爱”，和他认知里的你侬我侬一点儿都不一样。

不过作为一个单身了几百年的老头儿，叶老头儿也没对此发表过多意见，只和陆则整理着现代驳杂多样的医学专著，给灵玉里的资料添砖加瓦。若是将来有一天，这个药庐和灵玉落入他人之手，叶老头儿希望能留下更多有用的东西。

因此陆则夜里在药庐里读书，叶老头儿也在读书。他还让陆则给他配了台电脑放在药庐里，方便他上网查资料。

别人虽然感知不到药庐的存在，药庐内外的东西却可以互通，陆则发现这一点以后，一开始只带了书进去，后来发现电子产品也能带进去，Wi-Fi（无线上网）信号甚至是满格的，索性给叶老头儿搞了“电脑、平板电脑、手机一条龙服务”。

叶老头儿出现在外面需要消耗某种能量，能量消耗过多会使他的身体越来越小、越来越虚弱，而安安分分地待在药庐内就没有这种烦恼。现在有了电子三件套，叶老头儿有事找陆则也只给他发微信。

陆则有了女朋友这件事，叶老头儿还是看陆则出题时才知晓的，哪怕心里还是存着点儿“这真的是在恋爱吗”的怀疑，他对此还是十分欣慰，万分希望陆则和裴舒窈结婚，早点儿生出个更了不得的医学奇才。

“我觉得你这样谈恋爱不行。”叶老头儿严肃地和陆则讨论。

“你谈过恋爱吗？”陆则反问道。

叶老头儿拒绝回答这个问题，并按下手机开机键，只听悠扬的开机提示音响起。接着，药庐里飘起了激昂的音乐前奏。再接着，叶老头儿开始跟着节奏哼唱起来。

“如果华佗再世，崇洋都被医治。外邦来学汉字，激发我民族意识。马钱子决明子苍耳子，还有莲子。黄药子苦豆子川楝子，我要面子……”

“您老可真是越来越时髦了。”陆则想。

又过了两天，裴舒窈要出发去首都了。她还是个学生，既然已经拿下男朋友，自然要早早归位。因为陆则要上班，裴正德又早早说好送女儿去机场，所以裴舒窈飞走那天不是陆则送去的。作为新晋男友，陆则中午没午休，“顺路”去了机场一趟，在机场偶遇了裴正德和裴舒窈。

裴正德很意外。

“你不是在上班吗？”裴正德问。

“对。中午送个朋友来机场，他刚飞走。”陆则面不红心不跳，一点儿心虚都没有。

裴舒窈没想到陆则扯起谎来还挺像样。她站在裴正德身边，位置比裴正德略靠后一些，脸上带着浅浅的笑，露出两个甜梨涡。

陆则以前没对裴正德说过谎，主要是因为他没有需要说谎的事，现在瞒天过海地搞地下恋情，感觉新鲜又刺激。他说：“窈窈是一点半的飞机？”

“对。”裴正德没觉得有什么不对，还顺嘴问陆则，“你下班就来送人，一会儿还要回去上班，午饭吃了吗？要不要一起去吃点儿？窈窈昨天没说具体时间，我早上开会晚了，没来得及做饭，正好也准备在这边随便吃点儿。”

“没吃。”陆则一脸坦然地说。

裴舒窈抿唇朝他笑。这当然是他们商量好的，买正午的飞机票让她爸来不及做午饭，两个人在裴正德的眼皮底下再约一顿饭。

有裴正德在，两个人表现得一切如常。他们一向聊得来，哪怕偶尔凑在一起嘀嘀咕咕，裴正德也没发现异常。

一顿午饭吃完，裴舒窈没让他们继续陪着，挥挥手道别，自己拖着行李箱进了机场。

陆则也和裴正德分别，径自回了医院。

裴正德回家后还和妻子说起这事："我刚停好车要带窈窈去找地方吃饭，没想到正巧遇上小陆，我看他们两个小的挺有缘，说不定真有门儿。"伍心慈知道裴正德对陆则这个学生非常喜爱，要是能拐回家当女婿肯定一万个愿意，也就没泼他冷水，只说："顺其自然就好。"

其实伍心慈心里犯愁：女儿不像是愿意接她的班的人，要是再和陆则结婚，估摸着生出来的外孙或者外孙女也不会对经商感兴趣，以后她的心血或许要交给某个侄子、侄女或者外甥了。

陆则的生活风平浪静，有些人的日子却不太平静，比如那位系花师妹。她确实准备转行了，经不住诱惑签了一家娱乐公司，前些天的碰瓷就是前奏。谁叫陆则现在人气高？系花师妹都不知道陆则到底有什么魔力，动不动就上热搜。

虽然之前高逸"摔"得很惨，可他那是踩到了陆爸爸头上，而陆爸爸身份特殊。陆则却不一样，哪怕他爸爸很厉害，继父似乎也挺有钱，但他到底也只是个医学生而已，看不出有什么特别之处。

既然他不走娱乐圈路线，那为什么不能借点儿人气帮她开开路？

在热搜被撤下的时候，系花师妹就隐隐有种不好的预感。她感觉自己这次"借人气"恐怕不会成功，一直找机会联系陆则，却发现陆则不爱加陌生人的微信，也不太爱接陌生人的电话。认识陆则的人也不乐意帮她牵线。

更可怕的是，公司没动静，既不帮她继续营销，也不联系她。系花师妹感觉自己的明星路要夭折了，挣扎了几天，最终还是决定豁出脸面直接到省院堵陆则。

陆则刚结束一台手术，准备和阎医生一起去食堂吃饭，下楼时就看见一个熟悉的身影等在那儿。陆则眉头一皱。那个位置裴舒窈也站过。同样是站在那里等他，裴舒窈的出现让他开心，眼前这位系花师妹的出现却让他觉得有些不高兴。

“有事？”陆则看着小跑上前堵在他面前的系花师妹，停下脚步冷淡地问。

“陆师兄，”系花师妹说，“对不起，上次我想借你的名气涨点儿粉，没想到会给你带来困扰。”

这段对白很耳熟。陆则往左右看看，想看看她有没有同伙躲在附近偷拍。上次这家伙也这么和他道歉，回头就捆绑着他买了热搜。裴舒窈飞去首都没几天，他可不想刚开始异地恋就发生“情变”。

系花师妹看到陆则脸上的怀疑，神色一僵。

“这次我真没和别人一起来。”系花师妹说，“我上次也只是觉得师兄你是男生，闹个绯闻不亏，所以才一时糊涂。现在我知道错了，师兄你能不能原谅我？”她眉眼间带着哀求，看起来越发楚楚可怜。上次的热搜，既然不是她和公司撤的，自然是陆则第一时间处理掉的。陆则有这样的能力是她始料未及的。她不是笨人，自然知道公司冷着她的原因——她得罪不该得罪的人了。

解铃还须系铃人，想清楚后她立刻过来找陆则道歉。

在她看来，她一个女孩子都摆出这样的低姿态了，陆则应该不会再和她计较才是。陆则从来都不是爱计较的人，上次陆则不是也说她并没有给他造成困扰吗？她甚至觉得，很多男人不会拒绝这样的“困扰”才是。

第十三章
爱的“AB卷”

哪怕系花师妹这次没带人来，陆则也感觉到周围有不少探究的目光。

“我有女朋友了。”陆则严肃地说，“所以你这样的行为现在确实会给我造成困扰。”

以前要是女孩子不堪被追求者追堵，他确实不介意当挡箭牌，但那是建立在他没有喜欢的人的前提下。现在他没道理为了一个并不熟悉的人让自己的女朋友受委屈或受指责。

这系花师妹好歹是校友，陆则并没有进一步追究热搜的事。陆则也知道娱乐圈一向踩高捧低，知道了这新人得罪的是谁，大家都不会继续捧她。但路本来就是她自己选的，他和她非亲非故，没有义务帮她。

“我本来和你也不熟悉，既然你准备转行，我和你应该不会再有什么交集，没什么原谅不原谅之说。”陆则心平气和地说，“只要你不再拉上我炒作，我不会再做什么，你好自为之吧。”

社会不比学校，学校终归只是座象牙塔，只要稍稍出众一些的人，很容易成为人人注目的焦点。可外面的世界那么大，人心也远比学校复杂，她再抱着这种全世界都要捧着她哄着她的心态去闯荡，早晚被人吃得连骨头都不剩。

对好好的学医苗子长歪了，陆则还是心痛的。可现代社会诱惑太多，人心太浮躁，一旦有捷径摆在眼前，又有多少人愿意脚踏实地一步一个脚印地往前走？

要知道学医至少学五年才能考证，进了医院也得接着考研考博，能正式转为住院医师得花上十来年时间，哪怕是最快的本博连读八年制，算下来也得花个十来年才能真正在医院站稳脚跟；更何况付出那么多时间和心血，最终也不一定能混得多体面。所以，有人半途而废实在再正常不过。

每个人都有权选择自己想过的人生，只要对方不拉上自己，陆则并不会对别人的选择指手画脚。陆则说完最后的忠告，头也不回地走了。

相比陆则的平静，陆则后援会筹建的后援群却又炸锅了。原因很简单，陆则的“恋情曝光”，看上去他还是个始乱终弃的“渣男”，有些粉丝不肯相信，拉着几个据说是陆则的师弟、师妹的同好追问是不是真的。接着他们翻出了系花当着追求者的面拦住陆则表白的事。很多人怀疑陆则被安排去鹿鸣镇见习就是那位追求者捣的鬼。

好歹是省内一流的学校，哪有把学生一个人扔去偏僻小镇当见习生的？

知情人可不算少，都说那位追求者是副院长的儿子，而他后来摔伤腿休学半年没再露面。对方已经这么惨了，他们再不依不饶是不是会被人骂咄咄逼人？而且他们也还没来得及“喷”那位“国民初恋”系花，热搜就凭空消失了。

这就有点儿稀奇了，要知道以前不管网上怎么闹，陆则都没搭理过。这次后援会刚撸起袖子要上，谁抢先一步把热搜给撤了？而且这热搜被收拾得太干净，连一点儿痕迹都没留下，不仅参与刷热搜的营销号被封了一批，连那位系花的账号都不见了，仿佛她从来没在网上出现过一样。

要不是很多人手里还留着截图，他们都会以为自己只是做了场梦。

想到上次陆爸爸闹出的动静，不少人猜测陆则的身份绝不简单。

不仅外界讨论，陆则后援会的粉丝们心里也好奇得跟猫爪子在挠似的，一直挠到中午影帝顾云飞的专访放了出来。

顾云飞接受采访，当然是因为新电影要上映了。

顾影帝是个很有专业精神的人，平时神龙见首不见尾，专心提升演技，学习杂七杂八的知识，但每当他的新作品要上映，他马上出来“营业”，该宣传宣传，该上通告上通告，每天在线上线下疯狂刷屏，直至大家都去二刷、三刷、四刷完他的新电影，他才慢慢恢复“神隐”状态。

这个采访就是“营业”内容之一，看起来平平无奇，并不会引起太多人的关注，只会被粉丝们反复观看。结果就是在这个采访里，顾影帝提到自己有个亦师亦友的场外顾问。

根据顾影帝的描述，那是一个浪漫的雨季，他经历了漫长跋涉，发现自己迷了路。好在这时候他碰到个小孩儿，这小孩儿不仅运用专业的知识给他指出方向，还带他回营地给他吃了顿热饭。他十分感激，电影上映后邀请小孩儿参加首映礼，却惨遭小孩儿指出电影里存在一百三十二个漏洞。不是十个，也不是三十个，而是一百三十二个！

当时顾影帝的心“拔凉拔凉”的，他觉得自己拍的电影就是垃圾。好在对方很贴心地劝他说，这些问题一般人发现不了。

事实证明，观众确实不会关注这些细枝末节的小问题，那部电影的票房还算不错。不过从那以后，他拍电影遇到专业问题，第一时间就会想到这位好友。

有个学霸朋友的痛苦，你们不懂！有个学霸朋友的幸福，你们更不懂！顾影帝这一番回忆，戳中了不少人的心窝，大家很想知道那个天才少年到底是谁。负责这次采访的主持人当然也好奇，想方设法地想从顾影帝口里抠出个名字来。

顾影帝欲拒还迎到节目最后，才给粉丝们留了个暗号："我这个好友最近很火，连想蹭他的热度的人都不少，我想着他反正都要被蹭热度，不如给我蹭蹭。"

最近很火的人不少，有选秀出来的新人，有重出江湖的巨星，还有各路出新歌、出新电影的艺人……可要说这里面有什么人能当顾影帝口中的"场外顾问"，符合条件的人可就太少了。

在娱乐圈，高学历的明星并不多，很多艺人的硕士、博士学位是在他们走红以后去镀金修来的。要说音乐圈，那可能还有几个数得上号的人，但是术业有专攻，音乐天才不一定精通其他领域的东西；而且，最近也没有被人蹭热度的音乐圈红人。粉丝们猜来猜去，都没猜出来。网络上很多东西是共通的，粉丝们的偶像不止一个，影视偶像、音乐偶像、二次元偶像……这些都可以列出一堆。一个人可以喜欢多个偶像，不同偶像的粉丝自然有可能重合。

陆则后援会里就有不少顾影帝的粉丝，他们看完采访，越想越觉得顾影帝说的是小陆医生。小陆医生是个学霸，刚被碰瓷，且被碰瓷的热搜突然消失。他们百思不得其解的事情配上顾影帝这番"当众表白"，岂不就说得通了？

不过陆则后援会虽然日益壮大，和顾影帝这种真正的明星还是有差距的，很多人憋着没说出口，怕自己也成了碰瓷的。

虽然不能往外说，但他们还是得在群里讨论讨论，因为当粉丝的基本素质就是学会自己从与偶像有关的事情里"抠糖吃"。采访播完没多久，陆则后援群里已经躁动了，还有人根据时间线推断出是哪部在雨季拍的电影，准备去找找那一百三十二个bug（此处指漏洞）。

本来这些话没人到外面乱说，可因为群管理员们到底不是专业的，放进来了一些"卧底"。

微博号娱乐最前线的运营者，这个号的皮下（指操作官方账号的人或团队）就是这么个"卧底"。

他每天兢兢业业地挑事吸引粉丝，最关心的事就是自己的引流能力达不达标。

他作为营销公司的一名员工，自然每天混迹于各大社交网站，搜集适合加工的素材。没错，他们不跟拍，不盗摄，不当惹人厌的狗仔。他们不是八卦消息的生产者，只是八卦消息的搬运工，爱岗敬业，积极向上，并且拥有丰富的想象力。

他混入陆则后援群，一直潜伏在群里看这群可爱的粉丝聊天，本来觉得这地方实在没什么能引流的八卦消息，都准备退群了，没想到今天一上线居然看到这样的消息！

顾影帝的新片要上映了，热度都快炒上天了，此时不搭顺风车更待何时？他整理了聊天记录，在第一时间起了个模棱两可又吸睛的标题，发了出去：

“震惊！顾影帝口里的学霸好友竟是……”

由于娱乐最前线这个号平时十分活跃，这条爆料很快引起不少人的关注。陆则的粉丝纷纷去讨伐娱乐最前线，让他把爆料删了。成功吸引这么多关注，他怎么肯删？他又没有造谣，只是“搬运”陆则的粉丝自己的猜想而已。只准他们自己猜来猜去，不许他和别人说吗？

面对这种“滚刀肉”，陆则的粉丝也没有办法。

网上永远不缺“喷子”，很快就有人疯狂地嘲讽陆则的粉丝自作多情。他一个医学生，到哪里认识影帝去？有个叫有空给我打钱的人甚至放话：“陆则这种十八线网红要是能认识顾影帝，以后我喊他爸爸！”

就在这些人狂欢之际，最近狂发广告的顾影帝冷不防发了一条新微博。

顾云飞：“@陆则后援会，你们猜对了。放我进群，我给你们发红包，超大的那种！”

在此之前，陆则后援会着手清理“卧底”，还加了条群规，严禁外泄聊天记录。这种规则当然是只能防君子很难防小人，可要是不这么做，管理员们感觉自己快抑郁了。

既然不想忍着，那就不忍，他们索性关起门先搞一次大清扫，把一些“潜水”的成员清了出去。“群门”刚开，马上有不少新人求加群，管理员这次是仔细看了资料才放人的，遇到可疑人物甚至还让对方回答几个问题才让进，问题全部随机，唯一的共同点是和陆则有关。

就在顾影帝发微博前，管理员所在的小群里还发生了一场热闹的讨论。

“你们看，这个人太搞笑了，换了个名字就来加群，以为我认不出来吗？”

“你们可千万别放这个人进群，居然敢直接叫顾云飞！”

“这也太不走心了吧，顾顾是有空加群的人吗？！”

…………

顾影帝的那条微博就是在这之后发出来的。

陆则后援会的粉丝们疯狂@管理员，让他们赶紧把顾影帝放进来。以后他们就是和顾影帝同群的人了，多有排场啊！这样的好事绝对不能错过！当然，有红包就更好了，要是能抢到顾影帝发的红包，他们能炫耀一整年！以后上映一部顾影帝的电影，他们就放出截图吹一次，吹到顾影帝变“老戏骨”！

管理员们都蒙了。谁会想到，网名叫顾云飞的人真的是顾云飞呢？他们才回过神来，赶紧通过顾影帝的申请。

顾影帝不仅进群了，还夸挖掘出真相的人慧眼如炬，不愧是小陆医生的粉丝。接着他反手一个“88888元”的大红包，份数按群总人数发出。每个人分下来钱不算多，但已经让很多每次抢红包只能抢到一毛钱的人惊喜无比了。聊天记录不能外传，红包截图却是可以往外放的，大家纷纷去网上分享自己抢到顾影帝的红包的喜悦之情。

微博上处处洋溢着羡慕与妒忌的酸味。

顾影帝后援会的粉丝们都要闹了。虽然当初顾影帝进粉丝群时也发了大红包，但是他很久没来群里和他们互动了，他们天天盼夜夜盼，没想到盼来了顾影帝去别人的后援群的消息！

转眼间，“影帝红包”这个话题又被送上热搜。

“虽然……但是我去加小陆医生的后援群了。”

“你们已经是冷宫里的人，我去陆哥后援群赶热乎的！”

“你们这样是不对的，如果你们是为了顾影帝加群，实在是一种不尊重小陆医生的行为。这就像是你想和A谈恋爱，却通过B去接触他，你品品这渣不渣？很渣对吧？所以你们都别加了，把入群名额留给我吧！”

一大批人因为顾影帝跑来加群，陆则后援会兵荒马乱了好一阵子。管理员们连考核都没心思搞了，光是点击同意就让他们忙不过来，最后还是顾影帝借了他们一套管理班子，才终于让他们松了一口气。

顾影帝还亲自和他们开了个小会，告诉他们像娱乐最前线那样的账号不必理会。这种事情太多了，只要没踩到底线都不必管，要是踩到底线那就釜底抽薪，直接来个狠的，让无理取闹的人和准备无理取闹的人都不敢再乱来。

陆则后援会的管理员们都是年轻人，没经历过多少事，看问题比较简单。

顾影帝很久没见过这么纯粹的粉丝群了，这才忍不住调教了一番，让他们以后能真正发挥后援会的作用。

不管哪行哪业，出众的人都容易树大招风，不管哪行哪业，也都会重视在公众面前有影响力的人。像陆则这种容易牵扯是非的人，顾影帝觉得有个靠谱的后援会还是非常有必要的。这次是他刚好拍完戏，下次要是赶上他闭关拍戏，陆则岂不是要被别人黏上了？

顾影帝这一通操作，不管是陆则后援会的粉丝还是围观的网友都感动了。他这可真是感天动地的好朋友啊，连陆则的后援会都操心上了！

陆则到吃完晚饭才知道这些事。虽然心里觉得这顾影帝怕是闲不住想找人聊天，陆则还是戳开对话框向对方道了谢。

那边很快发来一串回复。

“谢什么，我们什么关系啊，你还跟我客气！

“十几年的交情了，谢来谢去多见外！

“我跟你说，你的后援会的小可爱真多，羡慕死我了

“你哪里买的粉丝啊？介绍给我，我也去买一群！

“我的粉丝都不爱我了，上次我吃个小龙虾，他们给我发小龙虾养殖环境图，还恐吓我说我要有小肚腩了！

“刚喜欢我的时候，他们都叫我顾顾，天天吹我的好，现在他们都不爱我了！”

陆则选择关掉私聊，免得触发顾影帝的第二轮言语攻击。

陆则找上裴舒窈，和她交换了书目，顺便提了一句那位系花师妹上门道歉以及今天网上发生的闹剧。

裴舒窈从来不怀疑陆则会吸引其他女孩儿。

陆则心里留给感情的位置本来就少，被她占了，其他人再想下手也没机会了，陆则绝对不会在已经承认有女朋友的情况下再考虑别人。不过对陆则的坦诚，裴舒窈还是很开心的。

她和陆则视频连线，两个人一起做了一套题，又聊了点儿别的事。

顾影帝对粉丝那么好，陆则很有感触。他不怎么关心网上的事，但也知道在很多时候后援会的粉丝都在为他冲锋陷阵，遇到需要做宣传的时候也不用他开口，他们第一时间冲在最前面。顾影帝说得没错，他确实有一群很可爱的粉丝。

陆则对裴舒窈说出自己的想法：“我觉得我也该给他们送点儿礼物。”

裴舒窈好奇地问：“你准备送什么？”

顾影帝是演员，对粉丝的好不光体现在平时的互动上，最重要的是他一直在用心拍戏，力求让粉丝们觉得为他买的每一张电影票都值得，

不让喜欢他的人被别人追着骂是“烂片爱好者”。

陆则征求裴舒窈的意见：“我准备把我们最近看的书目和我们出的题打包发出去，让他们有需要的自取，你觉得怎么样？”

裴舒窈觉得喜欢这个的人可能比较少。但想想陆则的微博一直是这种“画风”，关注他的人里面也有不少各行各业的专业人士，发出书目和试题也许会有人需要。

裴舒窈对此没有意见，并不介意泄露他们的“自建题库”。他们出的与其说是卷子，不如说是读书时把有感悟的地方记录下来，想看看对方的观后感和自己是不是一样。

能让他们俩都特别关注的地方，自然是书里的精华，大家对着这些问题去读书，对一些内容的理解兴许会更加高效深入。

陆则取得裴舒窈的同意后，没关掉视频，两个人在电脑前各忙各的。陆则把“粉丝大礼包”发出去时，就到休息时间了，和裴舒窈互道晚安，才关掉视频。

陆则关电脑关得干脆，收到“粉丝大礼包”的粉丝们却蒙了。陆则这次突然放出粉丝福利，让大家既惊又喜，他们对里面的内容充满期待，纷纷点进链接。

虽然这个“粉丝大礼包”看上去平平无奇，不到50M，明显塞不下多大的视频、音频，大家还是很想看看陆则给粉丝的福利到底是什么。

等下载完毕，很多人的眼神里出现了一丝迷茫。点开放在最前面的书单，他们的迷茫更深了。再看看底下标着书名以及A卷、B卷的一整排文档，所有人沉默了。

不愧是陆哥，清新脱俗，不走寻常路！试问一下，谁家偶像给粉丝的福利会是一堆卷子呢？瞧瞧这多元化的书单！瞧瞧这丰富多样的题型！

这都是陆哥对他们的爱！沉甸甸的，爱！不过，为什么这“爱”还分A卷和B卷？难道是只出一份题已经满足不了他们的陆哥了吗？

对大多数围观网友来说，要问他们是什么心情，除了后悔，还是后悔。

这书单涵盖那么多个专业，他们愣是一本都看不懂。很明显，文盲虽已经扫除了，扫“科学盲”还需要努力！

幸运的是，除了围观群众，陆则还有一群原始粉丝，这些人的特点是学历高、专业强、对学习充满激情。都说物以类聚，人以群分，他们的喜好和陆则是一样的：什么感兴趣学什么，什么难搞搞什么。

下载好陆则发的文件夹，看过书的或者手上有一部分现书的人马上开始翻书、做题。这部分人迅速沉浸在知识的海洋里，没几个人出来吱声，所以陆则的微博下的评论风格很一致。

“我丢了小陆医生的脸，我一本能看懂的都没有。”

“虽然看不懂，但我还是下单买书了，万一我儿子能看懂呢？”

“在线找对象，能看懂这个书单上的书的。”

“死心吧，世上只有一个小陆医生，我不信还有人的知识面能横跨那么多领域。”

这种评论一直持续到一位叫学霸等等我的人写了几段分析。

“虽然我看不懂这些书，更做不出这些题，不过还是要分享一下我的拙见。

“我认为，A卷和B卷不是按难度来分的，更不是出自一人之手。你们对照目录看一下，就算题型不一样，题干不一样，要点还是按照全书脉络来的。

“为什么说它们不是一个人出的呢？主要是因为A卷和B卷是用两种思维方式来导读全书的。一个人什么都可以伪装，但思维方式不能伪装，尤其是连续几本书都模拟出两种思维方式来出题，这种操作太反人类，我认为不可能发生。

“综上所述，A卷和B卷是两个人分别出的，我赌A卷是陆则的手笔，B卷我有一个大胆的猜测，不知道大家还记不记得@人不鬼畜枉少年？”

经这位网友一分析，不少人想起陆则曾经作为鬼畜素材上热搜的事。当时陆则身边有个妹子，一度被粉丝们认为是他的女朋友。

有人还去搜了一下这位能跟上陆则的节奏的女生是谁，发现人家的履历也是能让他们惊叹一声“厉害”的那种——大奖小奖没少拿不说，现在还“为爱考古”去了。

陆则到底不是明星，大家不至于去深度追踪陆则的私人生活，所以小陆医生到底有没有女朋友这件事一直是个未解之谜。

有了学霸等等我的提示，很多人开始照着线索搜，很快有人找出陆则多年前的获奖合照，站在他身边的人不就是陪他一起表面上“刷讲座”，实际上“砸场子”的妹子吗？

有个女孩儿凭借着多年的追星经验大胆假设：“大家记不记得前几天那个‘国民初恋系花’碰瓷小陆医生的热搜凭空消失？以前小陆医生不管因为什么上热搜都不回应，这次热搜却撤得飞快！有情况！绝对有情况！”

“这是什么节奏，糖越抠越多，我要被齁着了。”

“所以今天是小陆医生间接公开恋情的日子？”

“呜呜，我还没考上小陆医生所在的大学就失恋了。”

…………

到这里，事情已经很明显了，A卷和B卷很有可能真不是一个人出的，而是他们俩出的！那么陆则的微博里为数不多、与专业不相关的微博，就几乎全是在“秀恩爱”了！

粉丝们纷纷躁动起来，太不人道了！他们要举报，这“粉丝大礼包”里被偷偷塞了“单身狗粮”！他们大半夜不睡觉，被卷子“砸”了一脸不说，还要被“喂狗粮”！这是人干的事吗？

一时间，陆则的这条微博底下热闹非凡，几乎被围观网友的强烈谴责淹没了。陆则早上起来看了一眼微博，发现粉丝们非常激动，他满眼都是"我真是谢谢您了""感谢您的无私奉献""我爱学习，学习使我快乐"，他十分欣慰地想，知识果然是最好的礼物。至于那些"发'狗粮'，丧心病狂""我要去动保举报你虐狗"的评论，陆则只扫了几眼，当作没有看到，并把粉丝们抠出来的"糖"挑出来仔细品了品。

不错，大家在"八卦"方面的智慧是无限的，有些事他自己都没注意过，现在看别人提到，他才发现他和裴舒窈不知不觉间竟一起做过那么多事。

有时候缘分就是那么奇妙，你自己还一无所察，它已经悄然降临在你身上。

陆则心情愉悦地把有趣的分析打包发给裴舒窈，然后开始了新一天的工作。

陆则今天的任务依然是在心胸外科打杂，不过这次的打杂内容不太一样：外科楼今天搞"开放日"，要迎接一批有志于报考医学专业的高中生，医生们腾不出太多时间来，陆则作为实习生自然得多干点儿活儿。

陆则是个兢兢业业的打杂实习生，一大早到岗，就等着参观者到来。

省院既然是省院，各方面资源都是最好的，陆则先在学术厅给到来的师生大致讲解了一下开放日的流程，强调一下注意事项，才领着他们去参观外科楼。

要当外科医生，不仅体力要跟得上，心理素质也要跟得上，陆则留意着这批高中生的表现，觉得这批高中生都是不错的苗子，指引起来更为用心。

忙活大半天，学生们走了，阎医生也不好临时安排陆则上手术，直接给他放了小半天假，让他出去放松放松。

对搞"开放日"这种额外任务，很多人敬谢不敏，陆则倒是觉得挺轻松。

难得有额外假期，陆则却接到卫氏医院的电话，说是上次他和裴舒窈救下的那位小女孩儿已经正式和她母亲脱离关系，现在医院有一对不育的夫妻想收养这孩子，因为小女孩儿是陆则送过来的，所以医院第一时间把这事告诉了陆则。

陆则想起那个小女孩儿的伤势，问："她的伤都治好了吗？"

"要完全治好很难，不过短期内能治疗的都已经治了。"那边的人详尽地回答，"烧伤方面要恢复外观，需要多次进行手术，周期比较长，我们已经商量着把治疗计划安排下去；声带问题也在商议治疗办法。要是她能被本院员工收养，对治疗也有助益，好的心态能大大提升治疗效果。"

陆则说："要是他们双方都愿意，那当然很好。"

那小女孩儿的身体情况非常糟糕，福利院兴许可以解决治疗费用和温饱问题，却很难让孩子维持开朗乐观的心理状态。要是有人愿意给她真正的家庭温暖，她肯定更能配合治疗。

陆则挂了电话，忽然觉得自己要做的事还有很多。他坐车去常去的书店准备挑几本书回去充电，他认真挑完书出来，注意到旁边新开了一家诊所。

最近经常飘雨，属于春季流感多发期，有不少大人抱着孩子来看病，诊所里里外外都是人。

比起大医院烦琐的流程，社区医院和小诊所看病要方便得多，很多小病可以直接在这些地方解决。

陆则会注意到这诊所是因为有个老人在诊所门前绕着圈哄怀里的孩子。

迎着不怎么猛烈的日光，陆则在小孩儿的脸上看出一些不属于寻常感冒发热的症状。

儿科又被称为"哑科"，不仅因为小孩子的病症难分辨清楚，还因为小孩儿往往说不出自己哪里疼、哪里不舒服。

陆则很少给小孩儿看病，不过习得了叶老头儿等人的知识和经验，许多病症只需要扫上一眼就能大致确定问题所在。一般的病人也就罢了，眼前这小孩儿要是耽误了治疗，会出大问题。

陆则提着手里的书，犹豫了一下，上前和那位老太太搭话："阿姨您好，这是您孙子吗？"

"对啊。"老太太见陆则很有礼貌，手里还提着几本书，也没什么戒心，顺势和陆则聊起来，"这孩子也不知怎么回事，出生以来一直小病不断，真是愁死人了。"

"妈，嘟嘟怎么样了？"

陆则还没来得及再说话，一个温婉的少妇已经焦急地走了过来，边说话边从老太太手里接过孩子。

"医生说一会儿给他打屁股针，还说要是还好不了得赶紧去医院。"老太太叹着气，"既然你来了，我就先去买菜了，打完针你可得哄着点儿。"

婆媳俩分别后，少妇才注意到陆则还戳在旁边。

"你是……"少妇疑惑地开口。

"你还是带孩子去医院吧。"陆则平静地建议，"最好挂性病科。"

少妇脸色一变。

虽然症状不算特别明显，陆则还是一眼就看了出来，这小孩儿得的是梅毒。本来面对的是那位老太太，陆则打算先旁敲侧击，再想想该怎么说——这么小的孩子出现这样的症状，一般人都不会往性病上想，所以也不会针对性地治疗。

现在来的既然是孩子的母亲，陆则也就不绕弯子了，毕竟以这小孩儿这样的年纪会得这种病，往往都是母传子，属于胎传疾病。

这种情况《先醒斋医学广笔记》里就提过一笔。当时明朝处于对外开放状态，许多外来疾病已传入中国，其中就包括梅毒。缪希雍早年就曾追随一位叫马铭鞠的名医学习，这位名医给一个被其他医生确诊为患喉疾的人治疗时用的是治梅毒的方法，究其病史，病患本人没得过梅毒，他父母却曾得过此病。

这病不是遗传病，却有可能由母亲在孕期传染到胎儿身上，严重的会造成胎儿早产、畸形，哪怕孩子足月出生，也有一定的可能性在两岁前发病。更要命的是，一开始出现的黄疸、鼻塞流涕、皮疹脱皮等症状不少是小儿常见病，这很容易被混淆，导致小孩儿不幸夭折。

还有一些先天性梅毒患儿，出生时没注意检查，也没有特殊症状，梅毒病菌潜伏在患儿体内，到两岁之后发病，造成耳聋、智力发育迟缓等严重后果。

不管是别的原因导致小孩儿染病，还是胎传梅毒，陆则都觉得少妇作为孩子的母亲应该知情，不能害了孩子。

从症状看，小孩儿的情况还不算特别严重，及早治疗应该能痊愈，不会有太严重的后遗症，再拖延下去就不一定了。

不少人对性病讳莫如深，得了病不仅身体痛苦，还会承受极大的心理折磨，治疗也是偷偷摸摸的，不敢让别人知道。“黑医生”“黑诊所”乘虚而入，捞黑心钱不说，还会因为不够专业的治疗水平对患者造成二次伤害。

陆则不爱逛商场，不过记性好，扫过几眼就知道衣服的大致价格、档次，从这位年轻妈妈的衣着打扮来看，她应该属于很普通的工薪阶层，全身衣饰加起来不会超过三百元。这样的年轻妈妈所处的生活环境可能比较封闭，更加在意旁人的眼光，他们是非常标准的“黑医”的目标群体。

陆则补充了一句：“最好去正规医院。”少妇脸色有些苍白，紧紧地抱着孩子。小孩子什么都不懂，被妈妈抱疼了，立即哇哇地哭了起来。

陆则见少妇有些无措，顿了顿，掏出随身带着的便笺和钢笔唰唰写下一个号码。他对少妇说："我在省院实习，如果有需要的话，你们到了省院可以给我打个电话。"不管大人如何，孩子是无辜的。没遇上就算了，遇上了他不能当作没看到。

"谢谢。"少妇声音哑了，微微颤抖着手接过陆则递来的便笺。

陆则没再多说，收起便笺和钢笔，拎着刚买的书坐车回了医院。

少妇哄好哭个不停的孩子，给丈夫打电话。

她的丈夫是电工，为了养家每天都很忙碌。她在超市当收银员，工资不高，但老板人不错。

结婚两年后，他们很快有了儿子，婆婆也很喜欢她，虽然住的是租的房子，但一家四口生活在一起，日子过得平淡幸福。

她原本以为自己不用再面对那种难堪的事，可是就在她觉得自己可以永远摆脱噩梦的时候，现实突然又给了她重重一击。

"老公，你过来好不好？"少妇面上一片仓皇，眼泪簌簌地落了下来，"我和嘟嘟在我们家附近那家诊所，你能不能过来？"

丈夫一听她的声音带着哭腔就急了，连忙说："媛媛你别哭，我这就过去。"听了丈夫的话，少妇抱着孩子坐到树荫下，哽咽着说："好。"

媛媛的丈夫很快赶到，身上还穿着深蓝色的工装，看上去是个憨厚的老实人。

因为刚才还在上班，所以他身上的工作服脏兮兮的，本来他想从妻子手里接过孩子，看看自己的手又顿住了，只能关切地问："嘟嘟怎么了？是不是门诊看不好？不要急，我们去大医院找好医生。我最近接了个活儿，这个月能多赚好几百块，够看病的。"

"刚才我遇到个省院的医生，他和我说嘟嘟可能……可能得的不是一般的病。"光是想到那个可能，媛媛的心就揪了起来。当初刚发现自己得了那种病，她又痛苦又害怕，拿起刀往手腕上划下去，还是丈夫及时发现抢了她的刀。当时还是男朋友的丈夫没有和她分手，还带着她去看医生。后来她的病治好了，他还带着婆婆和她一起来省会打拼，既是想帮她远离那一切，也是想让他们的孩子别在淤泥里长大。

她的病没再复发过，丈夫也对她特别好，他们才领了证要了孩子，没想到病会传给小孩儿。

媛媛抱着孩子扑进丈夫怀里，伤心地哭了出来："怎么办？老公，怎么办啊？嘟嘟还这么小，他还这么小！"要是早知道会这样，她绝对不会嫁给他，更不会要孩子的。她不敢想象要是治不好，儿子的一生该怎么办。

"别怕，这不是还不确定吗？"丈夫搂着媛媛宽慰她说，"你不要慌，我们一起带嘟嘟去省院。"

"是我不好。"媛媛哭着说，"都是我不好。"

"闭嘴！我不许你这样说！"媛媛丈夫少有地生起气来，"你没有错，你很好，错的不是你，是那个混账。"

当初得知媛媛遭遇了什么，他差点儿去找人拼命，他一根指头都舍不得碰的人，居然被人那样对待。当时他母亲生病了，父亲又在前一年触电意外死亡，他只能放弃读书接父亲的班养活自己和母亲。他和她一直很要好，由于媛媛在念高三，他却已经辍学，很多人觉得他想高攀媛媛，劝她不要再和他来往。

那天晚上，媛媛的班主任以单独谈话为由找到媛媛，刚开始还是劝媛媛在关键时期别分心谈恋爱，后来就无所顾忌地对她动手动脚。一个身体纤弱的高中女生哪里敌得过身强体壮的中年男人……那之后，媛媛不仅高考失利，还发现自己得病了，是那种极其恶心人的病。

要不是他及时赶到，媛媛可能都要自杀了。如果不是媛媛哭着拦下他，他早就拿刀去把那个禽兽捅了。

最开始那股子冲动下去后，他发现自己无可奈何。媛媛手里没有证据，也没敢声张或报警，他又一穷二白，还有个带病的母亲要养活，能怎么办呢？惹不起，他只能带着母亲和媛媛躲开，咬咬牙搭父亲熟人的人情到省会打拼。

他没想到几年过去，这病居然出现在孩子身上。可明明当初医生说已经治愈了，可以要孩子了！媛媛丈夫痛恨那禽兽之余，还痛恨老天不公，为什么人渣活得好好的，媛媛和他们的孩子却要遭这样的罪。他是家里的顶梁柱，不能崩溃，只能强忍着痛苦说："媛媛别哭，这次我们去最好的医院，找最好的医生。我会好好赚钱，嘟嘟肯定会没事的。"

媛媛听丈夫忍着心痛劝慰自己，眼泪慢慢也收了回去。她一手抱紧孩子，一手抓紧丈夫宽大的手掌，对丈夫说："等嘟嘟好了，我们回老家一趟，我……我不想那个禽兽再害人。"

当时她太胆小了，连报警都不敢，生怕别人知道自己的遭遇。现在她才发现自己的胆小怕事可能会带来更多厄运，这次是她的孩子，下次可能还会有别人。

她一直逃避不去面对，只会让人渣得意扬扬地去祸害更多人。

"好，我们回去。"媛媛的丈夫一口答应，握着媛媛的手说，"医院应该还没下班，我们这就去挂号！"

有丈夫在身边，媛媛不像刚才那样六神无主，点了点头抱着孩子跟上。

两个人带着孩子到了省院，有些迷茫。

他们住的是正等着拆迁的老街，租金很便宜，平时生病他们也不会考虑到省院看病，这么大一家医院，他们连上哪儿挂号都找不着，还是保安大叔主动上前询问他们想挂哪一科。媛媛难以启齿，媛媛的丈夫很有担当地开口："性病科。"

保安大叔什么病人都见过，见这对夫妻都像本分人，也没露出什么嫌弃的神色，仍是热心地给他们指了方向，还给他们提了建议："幸好今天是工作日，人不多，要是遇上假期你们这样直接来医院很可能挂不上号。下次记得先网上预约。"媛媛连忙向保安大叔道谢。

夫妻俩带着孩子挂完号，忐忑不安地等着。工作日病人少，加上性病科的特殊性，没多久就轮到了他们。

医生听说小孩儿可能染上先天性梅毒，语气严肃地问了他们夫妻俩的病史，还让他们也去挂个号，一家三口一并做个检查。要是病情没控制好又频繁行房，夫妻之间很可能相互传染，所以要治还是得全家一起治。如果痊愈以后想要二胎，必须定时产检，及时做定向筛查，发现病情反复必须第一时间治疗并进行母婴隔断，这样才能确保不发生胎传情况。

虽然医生语气认真严肃，却没带上多少个人情绪，和当初小夫妻俩偷偷去那个隐蔽小诊所看病时的遭遇完全不一样。媛媛永远都忘不了当初那位“医生”看她的眼神，那感觉仿佛她是什么脏东西。偏偏她还得忍着，求对方给她治病。

那时候的经历一度让她对医生十分害怕，确定病已经治好以后死活不想再踏入诊所或医院半步，连产检都没做过，直到快临盆时才被丈夫送去医院。顺产费用很便宜，她为了省住院费，生完第二天就带着孩子回家坐月子，什么检查都没给孩子做。

现在看来，是她的胆小怯懦害了孩子。

医生说的那些筛查和隔断，她全都没听说过，以前也从来没人和她提起。两个人对视片刻，抱着孩子按医生的指示去做检查。

陆则接到媛媛夫妻俩的电话时，已经是几天之后的事了。他都快忘记这一茬儿了，听对方说是来省院复诊，他才恍然想起那个孩子。

陆则这天跟着江老学习，挂断电话后和江老说了一声，过去毗邻皮肤科的性病科看看那孩子。

有丈夫陪伴，媛媛精神好多了。这几天他们了解了不少关于陆则的事，知道他是高才生，不仅专业学得好，其他方面也很厉害，才厚颜打了这个电话。

媛媛想咨询一下陆则，要是没有证据可不可以报警，她实在不想让那个禽兽继续祸害别人。要给别人说起当时的事，对她来说无疑是一种伤害，但是如果连求助的话都说不出口，她更难面对接下来的一切。

陆则见夫妻俩像是有什么要紧事，借了一间比较私密的会客室，耐心地听他们说。媛媛一五一十地把当时的情况告诉了陆则，只是当时的绝望和痛苦，却是言语没法表述的。陆则安静地聆听着。

这种事情不算少，根据统计，女性遭遇侵犯选择第一时间报案的受害者不到百分之二十，在邻里关系复杂的小地方更是如此。小地方的人都相互认识，一个人知道了，等于所有人都知道了，到那时犯罪者不一定能受到多重的制裁，受害者却要忍受众人的侧目。哪怕是在大城市，也有不少人选择忍气吞声。这种环境也助长了犯罪者的胆子，让他们越发肆无忌惮。

“孩子要紧，先好好治病。”陆则说，“这事你们先不要急，会有办法的。”

明明陆则看起来很年轻，说的话却有种奇妙的说服力，让媛媛夫妻俩的心都安定下来。孩子的病发现得还算及时，在确诊之后医生就给定了治疗方案，让先做驱梅治疗，再定期复检，应该要不了多久就能彻底“转阴”。以后的好日子还很长，虽然他们打算出面指认那个禽兽，却也要为孩子考虑，所以他们才联系陆则，因为这已经是他们能接触到的最有本事的人了。

媛媛夫妻俩再三向陆则道谢。

陆则应得爽快，却没什么头绪。

好在他报警的次数非常多，是个常年为扫黑除恶行动添砖加瓦的热心市民，认识的警察还真不少，正好也有那片辖区的。

陆则琢磨了一下，打了个熟人的电话：“张叔，是我，陆则。”

那边被称为张叔的人打了一个哆嗦，手里的烟差点儿掉了。

回想当年，他还是个小片警，安安心心地管着社区警务，每天不是找猫就是找狗，日子过得十分踏实，每天都感觉自己时刻被群众需要。一晃三十年，老张连马蜂窝都学会怎么处理了，仿佛再也不会遇到什么难题。直到有一天，有人给他打了一个举报电话。

打电话的少年才十来岁，说自己是过来参加秋游的高中生，路上发现有人聚众赌博，差点儿把他的同学吸引过去，影响恶劣，明显是想带坏他们这些祖国未来的栋梁。少年还很正经地说："老师告诉我，有问题，找警察。警察叔叔，你们一定会严厉打击他们的对不对？"

老张能说什么？有人举报，他就必须得处理。

他本来只是去捣毁个临时赌场，让人没想到的是那居然是什么非法社团的窝点，又牵连出毒贩，那批看上去平平无奇的赌徒，竟然是上头想逮却逮不到的犯罪集团头目！接着自然就是他们因为把某恶势力一锅端，立下大功，升职加薪，走向人生巅峰。

老张到现在都没想明白这事怎么就这么巧，不过这不妨碍他对陆则印象深刻。这小孩儿忒邪门。

"小陆啊，有什么事？"对待自己的小恩人，老张很热情，"是不是遇到什么困难？有困难只管和张叔说。"

"是这样的，我记得你有几个徒子徒孙下乡去了。"陆则记性很好，想找什么信息都很方便，扒拉出熟人的关系网完全不是问题，"你找个距离近的帮我盯个人。"

陆则简明扼要地把媛媛的遭遇告诉了老张。

在他们还没有抓住对方的小尾巴之前，得提防着他再对别人下手。

老张当了大半辈子警察，什么样的案子都见过，可还是有一颗疾恶如仇的心："行，包在我身上，那个渣滓要是不干坏事还好，他再敢干坏事，我一准让他把牢底坐穿！"

老张一挂断电话，马上给自己的一个徒弟布置任务。老张的徒弟在接下来的几天开始偷偷盯梢，这一盯，他还真盯出点儿问题来。

县里只有一所高中，十里八乡的人都到这所县高中念书。

那老师姓钱，看起来人模狗样，家里经济条件不错，在县里起了栋临街的三层楼房，二楼、三楼住人，装修得富丽堂皇，一楼则是个杂货铺，是他老婆在打理。他老婆特别凶悍，邻里能不惹她就不惹她，因此也不太爱照顾她的生意。好在旁边开了一家网吧，平时来上网的网瘾少年挺多，经常过来买泡面之类的，生意倒还算兴旺。

根据老张的徒弟观察，那姓钱的与网吧老板娘关系不一般，还时不时会去她那里住一宿，周围人竟一脸见怪不怪的样子。还有资历深的前辈告诉老张的徒弟，说姓钱的那人的老婆闹过，后来网吧老板娘把网吧收益给姓钱的那人带回家，她就不闹了。

这一夫二妻制搞得明目张胆，有人去举报都没用，人家说钱老师可是去网吧逮人的，下班都不忘关心学生，多好的老师啊！这真让老张的徒弟啧啧称奇。

这姓钱的也四十多岁了，还要每天正常上班，怎么有精力在家里、网吧两头跑之余，还对学生下手？

怀揣着这样的疑惑，老张的徒弟又跟了两天，还没跟出个所以然来，突然市网警大队来电话要求他们联合执法，全力打击省内一条色情产业链——网警大队查到线索，发现县里那个不起眼的网吧是架设网络色情平台的窝点。

这线索说来也来得真巧。

几天前有个电脑维修工憋不住在网上和朋友分享自己的收获，说他去网吧出工，没想到从某个姓钱的老师的电脑里拷来很多“片子”，都是外面没有的。为了佐证自己的话，他还发了几部片子给朋友。他还说，他发现电脑里还有那钱老师自己主演的视频。

那朋友一边下载一边说“世风日下，人心不古”，没想到这一传一收被网警大队意外监控到。于是，网警大队找到那个维修工核实情况。

维修工被吓得半死，说那钱老师说网吧这么照顾他的生意，让他帮忙白修一台电脑。他不忿对方占便宜，就顺手把那钱老师的电脑里的东西全拷了一份，准备回头看看能不能发现什么见不得光的东西。没想到还真大有发现……

老张的徒弟立刻打电话给老张。他们不是发愁没证据吗？证据这就来了，还是他自己拍的！

陆则得知这些消息时，姓钱的和网吧老板娘都已经被拘留了。

没想到这个藏在小县城里的网吧，竟然真的是网络犯罪团伙的窝点，他们仗着开网吧的便利弄了不少“存货”，上网赚快钱。

这次是多方联合办案，姓钱的还没被审问就扛不住招了，不仅对参与架构网络色情平台的事供认不讳，还承认他确实逼迫一些学生拍视频，上传到他们架构的平台上。

为了减轻刑罚，他还检举了平台上的一批会员同好，说他们也做过相同的事，自拍栏目有不少是他们上传赚积分用的。这些“资深会员”不仅自己沉迷色情网站，还把手伸到现实里，想方设法地弄到“新作”上传赚取积分，好获取权限观看更多“同好作品”。

这案子拔出萝卜带出泥，最后靠着他们相互揭发竟成了跨越近十省的大案，警方不仅抓获参与架构网络色情平台的团伙成员，还逮捕了一批相互检举揭发的性暴力罪犯。

陆则把这个消息转告给了媛媛夫妻俩。这时候小孩儿已经得到了正确的治疗，只需要跟着父母每隔一段时间做个复检就好，以后可以健健康康、快快乐乐地长大。得知短短数日风云变幻，媛媛夫妻俩心中百味杂陈，他们再次向陆则道了谢，还是回了老家一趟，亲自去指认了那个姓钱的人渣。

这次涉案的多位受害者有的愿意出面指证，有的不愿露面，有的早已背井离乡、远离伤心地，甚至还有些人自杀身亡或者变得疯疯癫癫。

五月初，警方通告出来了。

群众一片哗然。

网络为人类创造了不少便利，让人足不出户就能做到许多事。以前相关部门打击这些网络色情平台，很多网友会为架构者喊冤，说他们只是方便大家看成人影片，也没做什么伤天害理的事。可这次不一样，这次警方把犯罪团伙和他们的犯罪事实一起通报，让大家认识到了事情的严重性。这些犯罪分子大多挑涉世未深的学生下手，其中还有人借着身份的便利对被害者威逼利诱，让受害者不敢对外宣扬！这次警方全面打击网络色情产业链，迅速扒了一群畜生披着的人皮，联合各大官方媒体呼吁大家警惕猥亵与性侵行为，家长也要多关心孩子的身心健康，如果有意外发生，一定要第一时间报警，方便警方采集证据。

就在网络上下正针对这跨省大案进行宣传和讨论时，陆则再次接到老张的电话。

老张开门见山地说："小陆啊，我徒弟这个月调回来了，想请你吃个饭感谢一下。我过几年就退休了，现在也不太管事，要不你俩认识认识？"

对老张的邀约，陆则严词拒绝，举报不法行为人人有责，他不觉得自己和老张的徒弟升职加薪有什么关系。不过老张既然说认识认识，陆则也就顺势把老张的徒弟的联系电话加入通讯录，更多的，他觉得没必要。

"瞧瞧，多好一孩子。"老张对徒弟感慨。

老张的这个徒弟是老张的关门弟子，年纪不算大，这次参与跨省大案立了功，成功被调回来接老张的班。

陆则这人的离奇之处，老张的徒弟早听老张说了，以前他还不信，哪有人随随便便报个警就牵扯出那么多大事？结果这一次……

服不服，就问你服不服？

老张的徒弟珍而重之地把陆则的手机号码加入通讯录，免得下次接到陆则的电话时认不出来。

陆则没把这个小插曲放在心上，倒是在五月底去书店买书时，又遇上了那个抱着孩子的老太太。

老太太脚步稳健，行走如风，三步并两步追上陆则，笑着打招呼：“小医生，是你啊，又见面了。”

“您好。”陆则停下脚步，礼貌地朝老太太点头。

老太太说：“哎，我们嘟嘟多亏了你啊，要不是你给媛媛提了个醒，我们可就耽误嘟嘟了。”她嘴里说着，手还从菜篮子里掏出个圆头圆脑的杧果，使劲往陆则手里塞，“刚买的，新鲜着呢，我仔细挑的，又大又好，你拿回去吃啊。”

陆则没推拒，对老太太道了谢，一手提着书，一手拿着杧果去公交车站等车。

老太太也不急着回去，和路上遇到的熟人絮叨起来。嘟嘟的病不好往外说，但这位小陆医生瞥上一眼就看出问题的神奇之处她倒可以大吹特吹一番。熟人心里将信将疑，不过面上很配合地夸了起来。老太太听着别人夸陆则，感觉比自己被夸还高兴，乐呵呵地继续和其他人吹嘘去了。

陆则回到卫家，和徐淑珍说了自己明天休假，要飞一趟首都。徐淑珍知道陆则是有主意的人，只问：“行李收拾好了吗？”

“收拾好了，不用带什么，主要是陪江老师去一趟褚家。”陆则说，“不会去太久，两三天就会回来。”

徐淑珍说：“你心里有数就好。”

陆则点头，把老太太送的杧果给了徐淑珍。

徐淑珍奇道：“怎么买个杧果？你不是杧果过敏吗？”

陆则说：“一个患者家属给的，您吃吧。”

徐淑珍喜笑颜开：“好，那我吃了。”

徐淑珍当然没马上吃，患者家属给她儿子送的水果可比自己买的有意义多了，当然得先在朋友圈显摆一下，再和丈夫、女儿以及小儿子显摆一下，然后才把它分着吃掉。

第二日一早，陆则开车去接江老。去年江老也曾去了一趟首都，去给褚老爷子看病。

褚老爷子的病有一半是靠陆则送的那盆“秋归”治好的，哪怕陆则现在已经成了自己的学生，江老还是觉得当时自己拿的报酬偏高。因此，虽说褚老爷子病愈之后身体还算康健，江老还是如约再去给褚老爷子做一次复查，看看要不要换个方子调理一下。

陆则这次去首都，除了陪江老去给褚老爷子复查，还和裴舒窈约好见一面。虽然他们每天晚上都会连线看书做题，感觉关系比以前更加亲近，见面却也是有必要的。上个月裴舒窈曾回来一次给伍心慈过生日，陆则也登门蹭吃蹭喝，顺理成章地和裴舒窈凑在一起。

这次陆则和江老商量过了，让江老特意留下个“六一”让他自由活动。江老在首都也有不少熟人，本来想带陆则去见一见，但既然陆则另有安排，他也没勉强，由着陆则去了。

飞机刚落地，褚家的人第一时间打电话来，说有人在机场等着。

陆则和江老走出出站口，只见两个熟悉的身影站在那里，一个是许久不见的褚盈盈，另一个则是陆则上个月刚刚见过、每天晚上都会视频见面的裴舒窈。

褚盈盈衣着时髦，身材火辣，光是站在那儿就很夺人眼球，陆则却第一眼就看到站在褚盈盈身旁的裴舒窈。裴舒窈轻轻抿唇朝他笑。

陆则感觉自己的心跳有一瞬间出现异常，根据他敏锐的判断力，那一瞬间不只心跳，连血液流速、递质释放都有微妙改变，有种莫名的愉悦充斥心头。

陆则也朝裴舒窈微微一笑。

两个人在人潮之中眉来眼去，却没影响两边的会合。

褚盈盈成功接到人，先恭恭敬敬地向江老问好，才领着他们往停车场方向走，边和陆则、裴舒窈两人说话：“看到你俩站在一起，我就想起前段时间你那些粉丝哀号自己失恋了。笑死我了，你们两个是经常腻在一起没错，可你们怎么可能是那种关系？你们两个人要是在一起的话，约会肯定是去图书馆一起看书做题吧？”

要不是江老在场，褚盈盈其实还想“飙车”，比如畅想一下他们要是结婚了，盖着棉被都干什么。是不是会为了晚上讨论物理还是数学吵一架？反正，她是想象不出这俩人谈恋爱的情形，感觉太可怕了。

陆则绷着一张脸，感觉自己好像被褚盈盈鄙视了。裴舒窈对此不置一词，坐上副驾驶座后反过来关心起褚盈盈：“你现在怎么样？有男朋友了吗？”这招很管用，褚盈盈被裴舒窈伤害到了。“没有。”褚盈盈垮下脸道，“可能我长了张不缺男朋友的脸，所以没人追我。唉，虽然我现在还不想结婚，不过谈个恋爱还是乐意的，结果连个追求者都没有，太伤我的心了。”

裴舒窈说：“慢慢来，缘分到了自然会有。”

褚盈盈开始抱怨自己的一些烂桃花。

她没有正儿八经的追求者，“渣男”她倒是遇到一堆，一个两个不是冲着她的家世就是冲着她的“好上手”来的。天可怜见，她看起来虽像是个恋爱老手，实际上却是血统十分纯正的实打实的“母胎单身”！

至于以前她和徐家的婚约？那种婚约才不算数，她可不会承认。

陆则见裴舒窈轻而易举地转开了话题，成功地让对话围绕着褚盈盈自己打转，感觉学到了一手。瞧瞧，只要多关心一下别人，别人就没空关心自己了。

四个人一起到褚家，迎面遇上褚家三叔。褚家三叔现在收敛多了，见到褚盈盈还挤出一脸笑，乐呵呵地上前打招呼：“盈盈啊，你回来了？接到人了？”

褚盈盈说：“三叔，你一天到晚都没事干吗？”

褚家三叔的脸抽了抽，这死丫头，永远不把他这个三叔放在眼里。他下意识地想嘲讽两句，看清陆则的脸后又闭了嘴。看到陆则，他就想起了他们家老爷子最宝贝的那盆兰花。那兰花据说别人喊价几千万老爷子都不卖，这小子眼也不眨就送了一盆，可见他不像徐家那小子说的那么穷酸。

他听别人说，南方的粤省人一天到晚穿着人字拖、背心配大裤衩，实际上全是身家过百亿的大富豪。这小子在南方待过几年，勉强也算半个南方人，兴许就是学了粤省富豪那一套，外表是个平平无奇的医学生，实际上家底丰厚得令人发指。

至少他褚家老三就没法随随便便拿几千万送人，光是想想都心疼得不得了，真送出去晚上哪里还睡得着哟！

褚家三叔没什么本事，是个只懂吃喝玩乐、擅长见风使舵的纨绔子弟，想到陆则随手就送出几千万，他脸上又笑出了褶子："这是小陆吧，我记得你，你送的兰花老爷子现在都还当宝贝供着。"

陆则朝他点头，算是打过招呼了。见陆则几人都不太想搭理自己，褚家三叔觉得没趣，挥挥手走开了。

褚盈盈带着江老和陆则两人入内，去见现在身体棒得很的褚老爷子。

褚老爷子早就等着了，远远见陆则一行人入内，目光不由得落到了陆则和裴舒窈身上。

这两个年轻人他都见过，也都喜欢，现在见他们俩并肩走在一起，彼此间的距离比其他人要近，还会不时相互看一眼，瞬间明白自己的孙女没戏了。人家还不到法定结婚年龄的裴家小女儿都找到对象了，自己最喜欢的孙女却还单着，褚老爷子心里愁啊。不过他愁归愁，该招呼还是要招呼的。

褚老爷子笑着请他们坐下，又转头问裴舒窈："窈窈要不要在这边住一晚？"

褚盈盈说："窈窈今晚和我睡。我们难得见一面，晚上当然不能放她回去！"

褚老爷子看了眼陆则，没多说什么，先让人帮他们把行李送到房间去，自己则坐着邀江老等人喝茶。都不是爱寒暄的人，短暂地客套之后，江老就要求给褚老爷子复诊，接下来就是正式诊治了。这里没两个女孩儿什么事，褚盈盈拉着裴舒窈去楼上玩耍，留陆则跟着学。

褚老爷子得知陆则现在跟着江老学中医，不由得感叹世事奇妙。上次，陆则和江老在褚家碰上还十分生疏，这会儿却是拜过师的师徒了。褚老爷子在江老开方子时和陆则闲话家常：“你拜入江老门下，师兄师姐可不少，这次来首都是不是和他们见个面？”

陆则见江老没说什么，摇了摇头道：“不会见。”他在《养生大讲堂》上宣称自己是岐山派的传人，这会儿虽然拜江老为师，却也只是蹭江老的资历拿中医证而已，算不得传统意义上的“嫡系子弟”，没道理跑去认师兄师姐。

褚老爷子笑问：“那你明天是有别的安排了？”

陆则严肃地点了点头。

褚老爷子说：“约会？”

江老闻言也朝陆则看了眼。

陆则一顿，继续严肃地点了点头。陆小朋友和裴小朋友约好欢度六一，不带其他“小朋友”。

第二天一早，陆则说有事要出去，裴舒窈也说要走，两个人光明正大地一块离开了。褚老爷子和江老都知道陆则是去约会，没说什么，褚盈盈倒是好奇地嘀咕：“一大早的，也不知他们要去做什么。”褚盈盈不会想到他俩是去约会的，正如她昨天所说的那样，她一点儿都不觉得陆则和裴舒窈可能在一起。他俩应该都找个热情如火的对象，这样才能焐热他们“搞东搞西”的心。

褚老爷子瞅了自家孙女一眼，心里暗暗感叹：自家的孙女，水灵灵，忒好看，会化妆，会创业，性格也算活泼，怎么就连个对象都没带回家过？弄得他想挑三拣四都没机会，真是让人发愁。

另一边，陆则和裴舒窈上了地铁。由于昨天被褚盈盈当面表示“你们绝对不可能”，陆则和裴舒窈便去掉了几个看起来不太像约会场地的目的地，决定上午去逛个博物馆，下午去游乐场玩。这看起来是非常标准的情侣约会套餐，虽然这个博物馆开在地底下，是古代墓葬直接开挖改建的。

裴舒窈学考古的，自然没少逛这类博物馆，不过兴许正是因为就在身边，又已经开发得非常彻底，所以她反而没到首都这个古墓博物馆逛过。

陆则也没有。比起裴舒窈，他在首都待的日子不算长，一般又都有任务在身，所以这类已经开发成景点的地方他反而没去过。

两个人乘地铁到终点站，还得换乘公交车才能到博物馆。好在六一这天跑去看古墓的人不多，所以他们轻松地获得两个并排的座位。

公交车驶出市郊，此时正是夏初，到处绿意葱葱，连平时通体发黄的山头都披上了绿纱。

不少乘客是来首都旅游的，瞧见车上有一对长相出色的年轻男女，忍不住多看两眼，离得近些的，对他们小声探讨的话题也很感兴趣。不过侧耳偷听了几句后，坐在陆则后座的两个女孩子就开始嘀咕。

“他们在说什么？”

“好像是数学吧？”

“我觉得是物理。”

“好好的偶像派，为什么想不开要当实力派？”

可惜当事人就在面前，她们不好深入地讨论。算了，她们还是看脸吧！

清晨的阳光从车窗外照进来，落在陆则和裴舒窈的脸上。六月初的阳光还不算太强烈，许是因为昨天下了一场雨，空气还有种宜人的凉。这样的好天气配上这样养眼的一对情侣，虽还没到目的地，但有不少人觉得这一趟来值了。

公交车晃晃悠悠地抵达博物馆大门前，陆则和裴舒窈还没聊尽兴，下了车边说话边往里走。

走出几步，陆则见太阳比来时猛了不少，从背包里拿出把伞把裴舒窈遮在伞下。裴舒窈见自己面前洒下一片清凉，转头看向陆则，好奇地问："你背包里都带了什么？"陆则说："该带的都带了。"

既然约好要出门约会，他当然得先列一下清单，看看有什么是要带的，一样都不会漏掉。

裴舒窈抬起头，看向他。陆则感觉她的眼睛像他第一次在实验室合成的漂亮晶体，亮亮的，让人高兴。

明明他们才走出站台不远，周围还有游客们的说笑声，陆则却感觉耳边一下子安静下来。

她这样仰起头看着他，眼睛亮亮的，好像她也很高兴一样。陆则把裴舒窈罩在伞里，俯身轻轻往她唇上亲了一下，蜻蜓点水一样。

裴舒窈顿了顿，抬手环抱住他的脖子。

裴舒窈不算矮，只不过陆则长得比较高，所以两个人之间存在一点儿身高差，她要微微踮起脚才能往他唇上回亲一下。

两个人借着雨伞的遮掩相互给对方盖了戳，又赶紧分开，一脸若无其事地往博物馆入口走去。只是这么一吻之后，他们倒是默契地不再讨论专业问题，只默不作声地撑着同一把伞进了博物馆的大门。

刷身份证进入博物馆后，是一段灯光略显昏暗的长阶，裴舒窈悄悄伸出手握住了陆则的手。见陆则看过来，裴舒窈笑眼弯弯地说："别怕，有我在。"这样的陵墓她见识得可多了，凡是有机会见识的她大多下去过，一点儿都不怕这样的灯光。

陆则："……"陆则没吱声，只悄然回握裴舒窈的手。女孩子的手天生温热柔软，不过裴舒窈指腹上有薄茧，是常年握笔和玩手作磨出来的。陆则觉得挺好。这可是他们曾经一起做题的见证！

陆则和裴舒窈手牵手在古墓博物馆里走走停停，裴舒窈不时停下来看看，然后两个人凑在一起嘀嘀咕咕。

既然是来参观的，裴舒窈打开解说程序，和陆则一人一个耳机边听着解说词边在墓底溜达，丝毫不受阴森的气氛和灯光的影响。遇到墓壁上画有壁画，两个人都会驻足观看。

古人重视墓葬，陵墓里不仅陪葬品丰富，还有各种题材的壁画：有仪仗车驾，有狩猎游玩，有奴仆丫鬟，有飞鸟虫鱼，有夫妻相处。但凡是人间有的，很多人想带到地下去，所以哪怕历经成百上千年，后世的人能通过壁画看出墓主生前过的是什么日子。

陆则和裴舒窈前后也有些远道而来的游客，不过都挺分散，彼此间互不干扰，他俩一路走过去倒是很愉快。

到走完一圈，陆则和裴舒窈还有些意犹未尽。

走到出口处，陆则忍了又忍，还是没忍住，对裴舒窈说："我有点儿事，想找一下工作人员。"裴舒窈看向他。

陆则说："有点儿小意见要提。"

两人转道去找工作人员，对方听说是提意见的，很热情地拿出意见簿给陆则写。可能是因为要提意见的人太少，桌上的笔居然写不出墨来了。

工作人员找了一会儿，竟没找到备用笔，正为难着，陆则从口袋里掏出了钢笔，在意见簿上写了起来，首先是安全方面的几个小问题，然后是壁画护理上的几个小问题，接着是解说词中的几个小问题，最后是关于互动软件的几个小问题。

裴舒窈看见工作人员脸上的笑容逐渐消失，对方大概觉得陆则是来砸场子的。

陆则轻轻松松地写满三页，收起自己的钢笔，非常礼貌地对工作人员说："这里很好，我很喜欢。"工作人员立刻露出职业化的微笑："您喜欢就好。"您提这么多建议，一定是因为特别喜欢我们这里，才会希望我们变得更好！

陆则见工作人员笑容不改，放下心来，转头问裴舒窈："你有没有要补充的？"裴舒窈接过他手里的钢笔，在后面补充了两点，对陆则说："没别的了，其他的你都提了。"

于是陆则礼貌地向工作人员道别，和裴舒窈一起离开。

他们一走，工作人员看着满满当当的几页纸，正要把它塞进抽屉里去，又觉得难得有人提这么多意见，不由得打开陆则写的那三页建议仔细看了起来。能来这里工作，基本的专业素养还是有的，工作人员很快发现陆则提的不是厕所太脏、灯光太暗之类的问题，而是很有针对性的专业建议。

她赶忙给领导打电话："老大，有两位游客留下建议，我看完了，觉得挺在理，您要不要看看？"

"什么建议，不能电话里说？"

"挺多的，"工作人员数了数，"满满三页来着，林林总总三十几条建议，其中五条指出了安全隐患和改进方案。"正是因为这几条关于安全隐患的建议，她才觉得必须第一时间上报。

"行，我这就过来一趟。"

领导听说有安全隐患哪儿还坐得住，马上过来拿意见簿去细读。一读之下，这上司觉得现在的客人真是卧虎藏龙，不仅厉害，还是全方位的厉害，句句说得在理。博物馆每周都会有一天的闭馆修整时间，有些简单的问题是可以在闭馆这天集中解决的，还有些复杂的、长线的整改得经过专家的讨论才能进行。

领导在心里盘算完，对虚心接受意见的工作人员嘉许一笑，直接带走了意见簿去找专家商量整改事宜。

逛完一个目的地，陆则和裴舒窈便在周边觅食。相比市区，这里交通不太方便，配套设施也少，得仔细找才能找到一两家农家乐。

他们两人在农家乐吃的饭，农家乐的主人是个热情的大叔，乐呵呵地抱着约莫半岁的儿子出来招待客人。陆则看了一眼那个"人类的幼崽"，没有伸手摸一摸、抱一抱的打算，只跟着裴舒窈夸了句"真精神"。

主人好客，他媳妇却是个脾气大的，拎着一只猫出来吼道：“冯大涛，你看看你养的这只畜生！”

她把猫往地上一扔，猫咪喵呜地惨叫一声，拐着腿往男主人身边跑，躲在男主人脚边瑟瑟发抖。

那女人明显生产之后体形没恢复好，腰有点儿圆，脸也胖乎乎的。她摔完猫还不解气，摊开手亮出几颗被咬破的胶囊：“你看看它都干了什么？我这胶囊五十块钱一颗，全让它给糟蹋了！”

陆则看向那大叔脚边的小猫。小猫懂什么，发现感兴趣的东西就玩，若是被爱猫的人买了去，出了这样的事，顶多只是教训几句、轻轻拍打几下，可瞧那女人的架势却是想把它摔死一样。摊上这样的主人，小猫免不了要吃些苦头。

裴舒窈没有时间养猫，虽觉得那小猫可怜，却也不好插手管别人的家事。陆则却站了起来。那女人本来骂得正凶，看到有个小帅哥朝自己走来，有些愣神。

“您好。”陆则礼貌地开口，“我是个医学生，能看看您手上的胶囊吗？”

那女人见他态度平和，没有多管闲事说她虐猫，便把手里被猫咬开的胶囊递给了陆则。

陆则拈起胶囊露出来的粉末嗅了嗅，眉头一皱。

裴舒窈走上前，问陆则：“有问题？”

“有问题。”陆则看向那女人：“你这胶囊是做什么用的？”

见陆则神色凝重，女人说：“减肥啊。”她双手撑着自己的水桶腰，“我生这二胎前身材多好，现在倒好，走形走得不像样。上个月我加了个宝妈群，大家都说这种减肥胶囊效果很好，很多人在吃，我也就买了点儿来试试，谁知道没吃几天就被这猫给糟蹋了！”

“这减肥药有酚酞。”陆则言简意赅地说出自己的发现。

女人有些茫然。他们夫妻俩受教育程度都不高，不太懂有酚酞会怎么样。

裴舒窈解释道："酚酞是一种利便药，有的人便秘时会买来吃。但它会刺激肠黏膜，服用多了不仅会损害肠神经、造成机体代谢紊乱，还有可能产生依赖性。而且酚酞在世卫组织的致癌物清单上，目前谁都说不准吃太多酚酞有没有可能致癌。"

陆则接着说："药粉里还有呋塞米和氢氯噻嗪，都是市面上比较便宜的利尿剂。"他面色平静，"这减肥胶囊就是大量的果蔬粉混入常用的利尿剂和利便药，让人大量小便以及腹泻。你看起来是瘦了，实际上身体也伤了。"过量排尿和拉肚子会导致身体过度脱水以及营养物质流失。

陆则把破了的胶囊还给女人。女人将信将疑。这学生模样的年轻人鼻子真的这么灵吗？他嗅一嗅就知道里面加了什么药？这也太神奇了吧！可如果他说的是真的，这贵得要死的减肥胶囊只是一些廉价药物混起来的三无产品，吃多了还不好，她还要接着吃吗？她问："真的假的？你闻一闻就能知道里面有什么？"

陆则说："不信的话，你可以报警，要是查出问题，你可以追回损失；要是没查出问题，你也可以接着吃。"他看了眼男人脚边那灰不溜秋的小猫，"看来你们的猫很忠心，知道这胶囊有问题特意把它咬坏了。"这明显是在一本正经地胡说八道，可陆则长得帅，表现出来的专业水平又很有"欺骗性"，女人听着觉得很可能是这么回事。

女人看小猫的眼神总算不那么凶狠了，她转头对她男人说："你们赶紧做菜给客人吃，我这就去报警，看看宝妈群里那女人是不是要害我。平时大家聊得那么好，她居然卖三无产品！"

大叔连连点头，还问要不要让人载她去。

女人说："不用，我骑我的小电驴去，等你叫人开车过来我早到了。"说完她就风风火火地出门了。

大叔对陆则说："不好意思，我媳妇脾气就是这样。其实她以前挺温柔的，就是生这二胎受了不少苦，脾气大了点儿。”

陆则点头：“孕前孕后都该多注意些，您多陪陪她。”孕期和生产后女人体内的激素都可能出现紊乱，从而引发孕期抑郁症和产后抑郁症，别说摔个猫，连摔死自己的孩子的情况都不少见。这种时期女人尤其需要家人的关心和开导。大叔憨憨地表示自己知道了，把宝贝儿子抱去给他妈，亲自下厨给陆则两人做了几个菜，其中两个是他加送的。

下午还要去游乐园，陆则和裴舒窈没久留，吃过饭就坐车回市区，准备好好逛逛提前订了票的游乐园。

陆则两人离开后没多久，农家乐的老板娘气冲冲地回来了。她出发前陆则特意把药物成分写给了她，还在每种药物后简单写着功效和副作用，所以到了警察局后警方很快有针对性地对药进行了鉴定，结果，这还真是用几种廉价药物混合起来的三无产品！

这胶囊一颗卖五十块钱，但制造商花这五十块买来几瓶药，再把它们打碎混入成本低廉的果蔬粉里，就可以轻松制作出成百上千颗胶囊，成本相对利润来说几乎无限接近于零！

这种通过微信群、朋友圈销售各种商品是近几年流行起来的“发财”之路，也就是众所周知的微商。

各种保健品、减肥药、养生妙物经微商一吹，家里八十岁老爷爷吃了后一口气上八楼都不觉得累。如果你吃了没效果，还有点儿副作用，那肯定是你个人的问题，要么你体质特殊，要么你没按说明服用。我七大姑、八大姨吃了全都很有效。“你说你想买一个疗程试试？只吃一个疗程怎么行？养生健身最要紧的是持之以恒！”

微商在朋友圈和微信群做的一般是熟人生意，所以买卖双方有着天然的信任关系。比如这位农家乐老板娘生完孩子以后，就被熟人拉进这么一个“宝妈群”。宝妈群做什么的？聊孩子，聊产后塑形，聊什么奶粉好，聊做什么运动有效，相互看过孩子屁股上的红疹，相互聊过半夜起来喂奶的艰辛，谁会觉得彼此之间不熟悉？谁会觉得这么熟悉的朋友会害自己？更何况，对方自己也在吃，是自己吃了觉得好才推荐给别人的。

这么好的人给她们推荐好东西，她们怎么能不买？买、买、买，必须买！

于是微商靠着兴趣爱好或生活需要简单地组成一个微信群，轻轻松松就能拥有一个天然的客户群。如果光是这样，也算不得什么大问题，甚至还是利人利己的好事，可是很多微商宣称“不用出去给人打工，在家也能月入百万”，这里面问题就大了：如果是正常买卖日常商品，真的能轻松月入百万吗？这里面的猫儿腻就多了。

按照老板娘的描述，她们这个群里一大半有减肥塑形需要的宝妈是从对方手里买的药，少说也有二三百人买了。一颗五十块钱，一天三颗，两周一个疗程，她是咬咬牙才买了一疗程，花了足足两千一百元。至于群里那些有钱人，更是一次性买好几个疗程。光是这个群，涉案金额就至少五六十万。

这减肥胶囊没有标注厂家、没有标明品牌，属于出事了找不到任何负责人的三无产品。光这一个群的涉案金额就如此巨大，这足以引起警方注意。

“我早说了药不要乱吃，你还不听。”农家乐老板一阵后怕。

“我这不是看大家都买了吗？”老板娘也觉得自己犯了傻。她是看大家都买得爽快，自己要是不买可能会被人说穷酸，咬咬牙就掏钱买了。老板娘说：“那个小帅哥真厉害……他们走了？”

“吃完就走了。”农家乐老板憨憨地交代，“我给他们加了两个菜。”

“应该的！”老板娘自觉干了件大事，神清气爽，看什么都顺眼了，难得没有逮着老公开骂。

第十四章
裴小朋友不要怕

陆则和裴舒窈已经到了游乐园。

六一儿童节，游乐园到处都是小孩儿。两人取了票往里走，看看门票背面的地图上有什么游玩项目。

两个人都这么熟悉了，上午也暴露过“真面目”，陆则这次没再藏着掖着，直接和裴舒窈嘀咕：“不如我们一会儿发现什么不妥的先记下来，离开时直接交给工作人员就好？”

要是他们和上午一样临走前再写，难免会有些匆忙，写得不够全面也不够细致。这就太不完美了！

“好。”裴舒窈欣然答应。

她虽然没和陆则一样背个背包，不过纸笔还是随身带着的。

两个人照着门票背面的游玩项目一个个玩过去，不时给游乐场设施挑个刺，玩得倒也十分愉快。

游乐场这地方，陆则还是小时候去过，不过那时他很不受欢迎，会在别人排队的时候计算过山车脱轨的概率，凭借过人的记忆力陈述多起意外事故，再指出场地中可能导致事故发生的安全隐患。他这样做的结果就是多家游乐场毫不留情地把他列入了禁止进入的名单！

现在陆则很尊重别人，都是走的时候再提建议，表示自己不是同行派来的卧底，只是单纯、由衷地想提建议。发现问题不让他说出来的话，他浑身难受！

不过游乐场，他却是从那以后再也没去过了，又不是小孩子了，还去什么游乐场？当然，今天不一样，今天是儿童节，儿童节和游乐场最配！

陆则两人在一处树荫下写完自己发现的问题，再讨论了一番，才在家长和小孩儿之间穿梭着走向不远处的一座巨大的摩天轮。

摩天轮正在运行，陆则看了看表，发现这一轮快结束了，拉着裴舒窈停下等下一轮。来都来了，他们当然得每个项目都试玩一下。

在他们走近时，摩天轮忽然停止了。有人仰头看去，发现最顶端的座舱舱门不知怎么开了，里面坐着的女孩子被甩到了外面，她将将抓住座舱的边缘，整个人摇摇欲坠。

摩天轮下面有游乐场的应急救援员，看到这惊险的一幕马上叫人停下摩天轮，自己穿好防护服往摩天轮上攀爬。他没有一丝犹豫。要是拖延的时间太久，那女孩儿可能会从高达三四十米的地方摔下来——非死即伤！这工作他一个人做有些吃力，不过剩下的工作人员没有接受过系统培训，其他救援员赶过来还需要时间。

陆则看着救援员的动作，发现他主要用左手，但又不像惯用左手的样子，他的右手动作有些迟缓，似乎受过伤。在这样的情况下他爬上去，怕是救了人，自己却会有危险。

陆则转头看了裴舒窈一眼，把背包取下来递给裴舒窈。裴舒窈看向他，没说什么，抱着陆则的背包看着他分开人群往里走。

陆则和工作人员简单地交谈了两句，说明自己受过专业训练，可以参与救援。“他的右手应该刚受过伤。”陆则说，“让我上去帮个忙也好。”

工作人员有点儿惊讶："你怎么知道老李不久前受了伤？"

"我学医的。"陆则说，"虽然看起来不算严重，不影响正常的生活和工作，但这种高强度的攀爬到了后面只要有一点点差错都会出大问题。"

情况危急，工作人员迅速给陆则做好了防护措施。陆则没有耽搁，看了眼摩天轮的构造，迅速分析出合适的攀爬点，三下并作两下追上前面的救援员，然后超过了对方。对方一愣，却没有立刻折返，而是追赶着陆则往上爬。

这三四十米的距离，看得底下的人心惊肉跳。裴舒窈一边说"请让一让，那是我男朋友"，一边分开人群挤到工作人员身边，仰头眼睛眨也不眨地看着陆则往上爬。

陆则性格冷漠，对很多事漠不关心，可要是遇到需要他去做的事，他从不会有半分犹豫。他曾经远离人群，在最艰苦的地方度过童年。他从来不觉得自己在受苦，反而兴致勃勃地学了许多用得上、用不上的东西。

陆则和她说过，有一次他跑出去玩，遇到狼群，倒是因祸得福学会了徒手攀岩，他都不知道自己能爬那么高、爬那么快。看来，人的潜力真的是无限的。

裴舒窈定定地看着摩天轮上越来越小的人影。这样一个人，谁不想站在他的身边，陪他看最美丽的风景、过最精彩的人生？

一般人爬那么高，心里难免会犯怵，陆则却一点儿都不慌，稳稳地攀爬到了女孩儿附近。

这时座舱里的广播正在安抚女孩儿，让她不要太惊慌。可惜再好的安抚也没用，悬空这么久太考验女孩子的臂力和心理承受能力了，在陆则接近时她眼泪都掉了下来。

陆则找好落脚点，抬手把女孩儿托回座舱里。女孩儿惊魂未定地爬了上去，手脚都在发抖。她颤抖着声音说："谢谢，我……我要做什么吗？”

陆则说：“不用，我可以爬上去。”

陆则轻轻松松地攀着座舱边缘一跃而上，转头看向紧随自己往上爬的救援员，等对方爬到近前时，伸手拉了对方一把，把人拉入座舱内。把座舱门关上并守在门边，陆则对救援员说：“您可以和底下的人联系，让他们重新启动摩天轮了。”救援员点头，依言照做。

摩天轮重新启动。

救援员这才问陆则：“你是部队出来的？”他问话时下意识地挺直腰杆，像是随时要和陆则互敬军礼——看起来他是个退伍兵。

陆则摇头说：“不是。”

“在役？”救援员又猜了另一种可能。

“也不是。”陆则说，“只是以前蹭过几天特训。”

当初和狼群狭路相逢，他爬得飞快，竟因此被一个领着队伍出任务的家伙看上，带走搞特训。据对方说，他是看到陆则一个小孩儿应激反应这么厉害，决定试着激发陆则的潜力。那会儿陆则恨他恨得牙痒痒，想方设法地要跑，可惜每次都被这个“教官”逮回去。那他还能怎么办，只能好好表现了。他现在想想，有些东西学会了倒是受用终身。

摩天轮缓缓卸客，他们在最高处的座舱里，下去得比较慢。陆则见舱门还算牢固，抬头看向救援员的手：“你手上的伤还没好，刚刚又做了这么强烈的运动，记得去看医生。”

“嗯。”

陆则说：“你的关节可能有轻微错位，我帮你正一下？”

救援员当然没意见，伸出右手让陆则帮忙正骨。他原以为陆则这么年轻的医生动手能力可能不会太强，结果只听极轻微的喀啦一声，他手上隐隐的痛感竟消失了，这几天那种细微的不适感一扫而空。

救援员既惊又喜，连忙道谢：“谢了。”

这时终于轮到他们下去。陆则觉得没自己什么事了，又离舱门最近，最先往外走。不少人一直举着手机在拍照、录视频，看到陆则打开舱门下来更是狂拍不止。

陆则刚走出几步，怀里就扑进来一个人——不是裴舒窈又是谁？

“裴小朋友不要怕，”陆则抬手摸了摸裴舒窈的头，一本正经地安慰道，“陆小朋友顺利完成任务，一根头发都没少。”

六一儿童节恰逢周末，所以这一天很多人抽时间陪孩子，各个适合小孩儿的娱乐场所都有很多人，朋友圈也被各种“萌娃照”刷屏。到处都温情脉脉之际，一则新闻闯入不少人的眼帘，中心词是“游乐场，摩天轮事故”，辅助语是“震惊”“险险悬挂”“千钧一发”“触目惊心”“徒手攀爬”“神秘男子”……

这些词排列组合一下，瞬间吸引了不少人的眼球。大家原以为容易出事故的是过山车和水上乐园的项目，没想到摩天轮这种看起来慢吞吞的玩意儿也能出事！

紧接着，相关网络媒体也报道了此事。各家媒体报道的语气比较官方，内容比较简洁，很多人只看了标题就略过了，事情并没有引起太多人的注意。

直至一个博主发布一篇长文章：“失恋后，我本来想死，但遭遇意外后我想活着了……”这标题起得矫情得很，却勾住了不少粉丝的心。

博主是个漂亮的网络红人，一直和男朋友合作拍短视频，男朋友因此还打进了网红圈。不久前，她男朋友出轨了，双方闹得很难看，博主不再更新动态，每次看到他们一起拍的恩爱视频就心痛如绞。这种状态下，她决定一个人出去散散心。没想到在乘坐他们一起坐过的摩天轮时，她遭遇了意外，差点儿从摩天轮上摔下去。

抓住座舱边缘的那一刹那，她清晰地感受到自己想活着，还想吃些高热量的垃圾食品，想喝可乐和奶茶，想去很多很多地方游玩、拍照。她想爸妈了，想回去扑在他们的怀里痛哭，诉说自己受的委屈；她想好好地生活，不会再为不值得的人伤心难过，绝不让任何人担心。

这时候，有两个人爬上摩天轮救了她。

博主详细地把自己被救的过程写了出来，还附带不少当场游客拍下的照片——这都是她被救后厚着脸皮向现场的人要来的。感谢完现场的救援员，后一部分她着重写陆则和裴舒窈这对“神秘情侣”。

裴舒窈的照片上是她站在工作人员身边往上仰望的侧脸，这是一个离裴舒窈比较近的游客拍的。裴舒窈的侧脸毫无瑕疵，非常美丽，她的眼睛里充满牵挂和担忧，目光始终紧锁着摩天轮上的那个身影。她的眼睛那么亮，对他充满信心，也充满爱意，没有对他慨然涉险的决定生气，而是相信他能够帮助到摩天轮上那位命悬一线的游客。

博主所配的陆则的照片则是他下来后摸裴舒窈的头的正脸照。当时阳光正好，下午灿烂的日光洒落在他的脸上，给他整个人镀上了光晕。

博主在最后感慨说：“我又相信爱情了，看着他们，我有了重新恋爱的勇气，只要我勇敢地向前走，我也会遇到真正属于我的那个他。活着一切都有可能，死了就什么都没有了。”

这篇文章在她的粉丝群里引起了轰动。

“太危险了，看得我一阵揪心。你能想通就好。”

“大家有没有发现后面这对神秘情侣有些眼熟？”

“我也认出来了，这不是小陆医生吗！”

“这游乐园的设施是不是没有定时维修？”

“怎么哪儿都有他，他不是医生吗？怎么又跑去游乐场救人了？”

“医生救人有什么不对？”

“难道只有我关心最后的‘摸头杀’？这才是真正的恋情曝光吧！”

“虽然我失恋了，但我还是宣布我要嗑这对CP！”

…………

还有一堆认出陆则的人找到陆则后援会。后援会的粉丝们闻风而至，聚众“嗑糖”。

这对情侣不管是样貌还是内在，都十分般配，看过他们一起参加讲座的视频的人都觉得他们是天造地设的一对。一般人哪里跟得上他们的节奏？

虽然意外得到及时解决，但网上铺天盖地地讨论起陆则这对“神秘情侣”，游乐场的宣传部门眼看这件事的热度降不下去了，出了一则公告，并附带了拍下的陆则和裴舒窈留下的相关建议，诚恳地表示游乐场接下来将会闭场整改，务必清除其中的安全隐患。

大家刚开始看到公告时感觉没什么特别的，等看到照片里铺满一桌子、凑够九宫格的写满建议的便笺纸时，眼都直了。

不愧是小陆医生，虽然去的是普通人常去的约会场所，但是约起会来不走寻常路。而且，他们的字都太好看了吧，字丑的人是不是不配和学霸谈恋爱？

游乐场表态了，首都古墓博物馆也趁热打铁，发了新的官方微博，说早上陆则也去过他们博物馆，留下了一些非常宝贵的建议，他们已经讨论过了，在固定的周一闭馆时间进行安全隐患检修，十分感谢小陆医生留下的重要意见。

瞧瞧那满满当当写了三大页的意见，要是换了某些黑心老板，肯定觉得他俩是来找碴儿的。这下大伙连惊叹的心情都没了。

“难得的是裴师妹能陪着他这样约会！”

“原以为小陆医生公开恋情我会很难过，现在看了他们的约会，我发现只有裴师妹配得上小陆医生。”

“你们都喜欢姓陆的，我喜欢裴师妹！”

“裴师妹太好看了吧，想问她用什么粉底、什么口红！”

“别问，问就是素颜，问就是她天生长这样。”

…………

“神仙爱情小陆医生”这个话题又被顶上了热搜榜，吸引了无数人的关注，陆则、裴舒窈这对小情侣一跃成为“国民情侣”。没办法，这一对实在太有正能量了，他们上热搜不是因为跑去人家的讲座“砸场子”，就是因为在危急时刻挺身而出救人。这又爱学习又正直可靠的年轻人，怎么能让人不喜欢？

大家都对他们的爱情表示祝福，希望他们长长久久地在一起，最好能为祖国贡献一个聪明可爱的孩子。到那时，他们的孩子肯定是万众瞩目的“国民宝宝”了。

这一天，裴正德按时下班，回家把煲汤用的汤料放下瓦煲，心情愉快地等待妻子归来。

结果没过多久就有不少人在微信群找他，还有不少人私聊他。裴正德一脸迷茫，难道是他的论文被国际核心期刊刊出了？他获得了今年的诺贝尔奖提名？裴正德点开其中的一个私聊，发现对方给他发了不少网页链接，其中一条链接的后面还配了图。

图上赫然是陆则在摸一个女孩子的头，那画面温馨美好，甜蜜的感觉能溢出屏幕。什么？陆则谈恋爱了，对象是谁？他女儿怎么办……这一瞬间，裴正德脑海中闪过无数想法。最后他震惊地发现，这个女孩儿怎么这么像他女儿？

老友又给他发了一张新照片，这照片是裴舒窈的侧脸照。这下裴正德看清楚了。这不就是他女儿吗！

火在烧，汤在煲，温馨的家里，今天显得有点儿凉意。

裴正德在厨房外转悠了一会儿，又到厨房里转悠了一会儿，才定了定神把调味料给放下去。

春夏交际，天气逐渐炎热，裴正德煲的是淮山田七水鸭汤。

淮山，又叫山药，田七，又叫三七，两种都是古时的药中珍品。水鸭也是正宗绿头鸭。根据研究，动物要是能快乐地度过每一天，身体抵抗力也会随之升高，患病的概率会降到最低。这家水鸭养殖中心长期坚持把鸭子赶到水质绝佳的湖水里放养，保证鸭子每天都可以尽情凫水晒太阳，保持水鸭心情愉悦、身体健康，因此这里的鸭子肉质上佳、滋味一绝。他选好了三种主要材料，再佐以少量的枸杞、黄芪等常用药材，煲出的汤很适合给他忙碌的妻子驱除疲劳、消除暑热。

裴正德调完味，继续转悠，时不时地唉声叹气。

陆则这个学生，不管从哪方面来看他都很满意，可这种满意是基于陆则当他的学生的基础上，要是当女婿的话，裴正德本来是准备了百八十道考验关卡的。可惜他们先是偷偷地谈起了恋爱，然后一跃成为什么“国民情侣”，现在是个认识他们的人都知道他们在一起了。

年轻人里头有句话怎么说来着？“秀恩爱，分得快！”一开始谈恋爱就这么高调，他们真的能顺顺利利地走入婚姻殿堂吗？作为一个传统的老父亲，裴正德既觉得女儿有挑选的权利，又觉得女儿要是能从初恋直接走到结婚就再好不过了。女孩子在恋爱之中总是更容易受伤，要是闹分手，女儿不知得多难过！而且谈谈恋爱还好，要是结婚了两个人都忙得一年到头见不了几面，婚姻怎么维持得下去？

裴正德愁得不行。

伍心慈回到家，先是闻到水鸭汤的香味，随后映入眼帘的则是裴正德的满面愁容。

自己的丈夫她最了解，工作上的烦恼，裴正德从来不带回家，现在裴正德这副模样，明显是家里出了什么事。

“怎么了？”伍心慈坐到裴正德身边问。伍心慈平时孤高冷傲，敢来找她说八卦消息的人比较少，也就没发现网上闹得沸沸扬扬的“国民情侣恋情公开”事件。

裴正德见伍心慈一点儿都不忧心，说：“我就是担心他俩不适合结婚，就算结婚了，生不生孩子、什么时候生也是个问题。”

裴正德见伍心慈满脸疑惑，顿时意识到伍心慈可能根本不知道两个孩子恋情曝光的事。

他默不作声地把老友转给他的链接和照片转发到了“一家三口”群里。

“看群。”裴正德提醒道。

伍心慈打开手机，很快看到链接显示的标题："真正的国民情侣！小陆医生恋情曝光，他真正的女朋友竟是……"接着两张配图也缓冲出来：一张是女儿的单人照，一张是裴舒窈和陆则在摩天轮前拥抱的合照。

伍心慈的手抖了一下，她还是点开了链接。

网上的好事群众真不少，这链接里的文章按照时间线分析了这对"国民情侣"交往的过程，先撒了一堆堆的糖，最后才详尽地描述网络红人天仙宝宝在游乐场的遭遇、叙述他们恋情曝光的契机。

"这小子，"伍心慈说，"那么高的摩天轮他也敢爬，不要命了吗？"

伍心慈早前已经和裴正德谈过女儿喜欢陆则的事，对他们偷偷谈恋爱不算惊讶，只是觉得陆则这么做太冒险了，他们的女儿在底下看着得多担心！

裴正德没想到妻子关注的是这个，他对陆则倒是很信任："小陆不会做没把握的事，他既然决定上去，自然是确定不会有危险。一个女孩子挂在那么高的地方，要是他有能力上去帮忙，当然得第一时间上去。"

伍心慈叹了口气，没再说什么。英雄当然是值得夸赞和尊敬的，但要是可以选择的话，当父母的人肯定愿意自己女儿嫁的不是英雄，就嫁个普普通通、对女儿好的人，能少些担心和牵挂，多一些平淡美好的快乐。

裴正德见伍心慈情绪不好，反而没了刚才的忧心忡忡，开始噼里啪啦地在"一家三口"群里打字。

爸爸："@窈窈，在吗？""@窈窈，出来说话，不出来我把小陆拉进群了。"

此时，正在和陆则以及褚盈盈吃饭的裴舒窈："……"

裴正德不是第一个@她的人，褚盈盈才是当之无愧的第一人。褚盈盈没等陆则后援会发力，自己已经通过那个叫天仙宝宝的博主发现了这段网友口中的爱情。

刚发现时，褚盈盈惊讶不已。说好一起单身，你们却悄悄牵了手！想起裴舒窈昨天和陆则眉来眼去，她却还傻乎乎地当着他们的面说什么“你们绝对不可能”，褚盈盈都想回到过去戳死眼瞎的自己。对两个小朋友背着自己谈恋爱，褚盈盈当然是气愤地插足他们的晚餐，要求他们请客吃饭。

裴舒窈刚接受完褚盈盈的强烈谴责，这会儿看裴正德威胁说要拉陆则进群，戳了戳陆则，给他看群里的对话。

陆则很干脆地说：“你拉我。”

群里很快出现一条新消息：“窈窈”邀请“陆则”加入了群聊。

陆则：“老师好，师母好，我和窈窈正在吃饭。”

裴正德迅速把群名片从“爸爸”修改成“裴正德”，并提醒伍心慈改群名片，坚决不能让陆则提前占便宜。裴正德：“你们好好吃饭，小陆，你回来后来我们家一趟。”

裴舒窈看向陆则。陆则爽快答应：“好的，老师。”

由于裴舒窈直接把裴正德的威胁付诸行动，原本气势汹汹的裴正德顿时偃旗息鼓。自己关起门来训女儿怎么训都行，但怎么能当着陆则的面训？算了吧，他还是骂学生比较方便，回头当面骂！

看着群名片“一家三口”后面缀着的“（4）”，裴正德有点儿手痒，可现在两个孩子的婚事八字还没一撇，不改群名称是他最后的倔强！好在这时候他煲的淮山田七水鸭汤好了，裴正德去把汤端了出来给伍心慈盛汤，夫妻俩一起享受这份属于初夏的滋补。

陆则两人也和褚盈盈接着吃饭。

褚盈盈“敲诈”了一顿大餐，心里的郁闷总算少了些，饭后先送裴舒窈回学校，再载着陆则回褚家。

没想到两人回到褚家时，江老竟还没回来。陆则有些担心，马上拨了江老的电话。

电话过了一会儿才有人接听，江老的声音从手机里传来，有些沧桑：“小陆？”

“您遇到什么麻烦了吗？”陆则追问。

“没有。”江老说，“我一会儿就回去。”

“我去接您吧。”陆则坚持地说。

江老也没多说，更没拒绝，直接给陆则发了定位。

陆则向褚盈盈借了车，按着定位前往江老所在的地方。

江老这次来首都，一是给褚老爷子复诊，二是受徒弟的邀请参加一场师门间的聚会。后者是当初牵线的徒弟知道他要再一次来首都的时候，出面牵头的。

这顿饭江老吃得还挺舒心，饭菜都很不错，点的也都是他爱吃的菜，清淡又养胃。结果众人吃过饭后，气氛变得微妙起来。

他一个徒弟和他讲了一件事，说是当初和他起冲突的那位协会会长高升了，现在管着他们几个。和领导隔着旧怨总不好，所以他们希望江老能够多留一天，和对方坐下吃顿饭，心平气和地聊一聊，冰释前嫌、握手言和。

江老断然拒绝。几个徒弟开始和他讲道理，说他们年纪都不小了，一大家子人都要靠他们养活，他们只是想要一条活路。陆则来到门口时，正好听到有人在劝说江老：“这对您来说，也就是动动嘴皮子的事，您就不能帮我们一把吗？”

陆则放下准备敲门的手，直接推开门走了进去。屋里的人齐刷刷地看向他。陆则也抬眼看去，只见江老身边围了几个人，其他人也都侧身看向江老。虽然不知道他们说的是什么“动动嘴皮子的事”，但陆则看得出江老显然并不高兴。

“你是？”刚才还在劝说江老的中年人看到陆则这个生面孔，有点儿疑惑。

“我是老师的学生。”陆则简明扼要地自我介绍，然后走到江老身边隔开中年人，稳稳当当地在对方刚才站着的位置站定。陆则看向一桌子“师兄”：“虽然我不知道你们在说什么，不过不是所有人的嘴皮子都能随便动的。有的人一天说成百上千句话，根本没有人愿意认真听半句；有的人不轻易开口，一开口却人人信服。而后一种人的话之所以有分量，往往是因为他们不轻易开口。”

江老神色不变，眼神中却没了刚才的锐利与冰冷。陆则这个学生入门最晚，甚至算不得他的“嫡传弟子”，可陆则的心性是他所有的学生之中最适合学医的。陆则宠辱不惊，正直清明，很少被外物动摇，一旦选择了某个方向，就会全心全意地投入其中。

相比之下，他的其他徒弟则是别的想法太多，放在医学上的心思太少。他们也许可以成为优秀的政客，也许可以成为成功的商人，但是在医学上注定难有太大的建树。也怪他年轻时识人不明，没看清他们的本性，有时候看他们来求学时情真意切就收下了。并且师徒间冷淡了这么多年他还想着来赴约。

对于陆则的存在，其他人也有所耳闻，不过并没有特别上心，是以听江老说陆则有约不能来也没在意。这会儿见陆则过来了，语气还这么冷淡，有人受不了了：“这么说来，你是我们的师弟啊。我们也只是求师父出面和人见个面、吃顿饭而已，你怎么这样和我们说话？”陆则那话的意思不就是讽刺他们一天到晚只会动嘴上功夫，但说的话一点儿分量都没有吗？

陆则说：“我跟着老师那么久，没见你们来看过老师。”

其他人开始辩驳。

“这不是工作忙吗？”

“大家都有工作和家庭，哪里那么容易走得开？”

“师父也不爱我们去看他啊，我们真要去了，师父还会嫌我们烦。”

“够了。”江老站了起来，扫视一圈，失望地说，“既然你们觉得是我和人交恶拖累了你们，那我可以马上告诉所有人你们不是我的徒弟。算起来你们有些人只是跟着我学了一两年，远远没有到喊我师父的程度。就这样吧。”

其他人脸色一变，上前想要拦住往外走的江老，却被陆则挡开了。

“你们想做什么？老师年纪不小了，经不起你们折腾。”根据江老和他的徒弟们的对话，陆则已经听明白是怎么回事了。他的眉眼带着少有的发怒之色：“老师已经把看家本领教给你们，你们还吃不上饭混不出头是你们自己的事。难道还要老师改口说自己以前不对，要老师为了你们去向他看不惯的人道歉？”为了自己的路好走些，要已经七十高龄、一生都活得铁骨铮铮的师父去向人低头，亏他们想得出来！要是陆则收了这样的徒弟，宁愿没有！

陆则很少有生气的时候，因为没多少人能惹他生气，可江老一直是他非常敬佩的长者。本来以江老这个年纪，一般不会飞到首都出诊，更不会参加外面的聚餐，因为他到了这岁数，外面的东西实在很难合胃口，也很难保证适合自己食用。可江老还是来了，这证明虽然这些徒弟这些年鲜少来拜会江老，而江老对他们还是有师徒情分的。

人一般不会在乎外人如何，却容易被关心在意的人伤害到。陆则也知道，现代社会不兴师徒传承那一套，你要是说让对方和从前一样像侍奉父亲一样侍奉师父，很多人会说你满脑子封建糟粕。都什么时代了，你还守着老一套！

陆则却觉得不管什么时候，别人对你好，你也该对别人好。别人教了你养家糊口的本领，你还嫌弃人家不把脸皮扔地上给你铺路，这也太白眼儿狼了。

陆则冷冷地扫了众“师兄”一眼，看得对方下意识地让开一条道，他才搀扶着江老走出包间。两个人走下楼，一个声音既惊又喜地喊道：“是小陆啊？你来了怎么也不说一声？”

陆则一顿，循声看去，只见一个身材很富态的中年人高兴地迎上前来。

陆则认出来了，这是他父亲的一个同学，姓张，据说祖上出了一个御厨。他小时候被祖父抱着读族谱，看到这个御厨祖先，惊为天人，顿时决定去学厨。老张少年时书也不读，天天跑去大酒店打下手，不时还背起背包就走，说是要去寻找真正的名厨拜师。老张舌头刁，很难遇到满意的食物，所以吃到什么好吃的就非把人家的看家本领学到手不可，挺招人烦的。

不过，“不要脸”的好处就是想要什么往往能心想事成，几十年下来，老张成了国际有名的厨师，手底下的餐饮企业在各地都有分店，其中有走高端路线的私密会所，也有这处面向中层顾客的中高档酒楼。平时老张根本不会到这样的小分店来，今天也是巧了，有事到附近一趟，想起这是自己的产业随意地过来溜达一下，没想到居然看到老朋友的儿子。

想起自家沉迷游戏的儿子，老张就发愁啊，看着陆则眼睛都要冒光了：同样是儿子，别人的儿子怎么这么优秀？今天他看朋友圈，发现小陆连女朋友都有了！他儿子的女朋友呢？估计是他儿子的鼠标和键盘，要他儿子离开它们，他儿子绝对痛不欲生，非寻死觅活不可！

“张叔。”陆则恭敬地喊。

老张混到现在这高度，察言观色的水平自然不会差，见陆则和江老脸色都不太好，马上猜出有人让他们不痛快了。岂有此理，有人居然在他的地盘上给他的老友的儿子不痛快！

老张护犊子之心高涨，都沸腾起来了：“怎么了？是不是有人不长眼欺负你了？你放心，他们敢在我的地盘上嚣张，以后我把他们拉进黑名单，不允许他们在我名下所有的产业消费！”

陆则说：“没什么大事，张叔不用担心，我只是来接我的老师而已。”他向老张介绍了一下江老的身份。

得知江老是有名的中医圣手，老张非常激动地和江老握了把手。瞧瞧人家认的老师，名声多响亮！相比之下，他家那混账小子拜的师都是什么人，居然追着游戏主播拜师，丢死人了！

老张见陆则不想提，也不再多问，在心里感慨一番后抄起前台的意见簿，翻到空白一页对陆则说："难得这么巧碰上了，小陆你赶紧给我签个名。"陆则一脸疑惑。

"回头我把这签名带回家，压到我儿子的键盘底下，说不定他能接受你的感召回归正途，好好学习，天天向上！"老张一片慈父之心，陆则没有推拒，在意见簿的空白页上签上了自己的名字，然后跟张叔道别。

江老在旁边看着陆则与老张交流，心里对那几个学生失望透顶。刚才自己那学生还和自己吹嘘说认识这家餐饮企业的高管，一般人想订这边的包间非常难，他一开口就订好了，话里话外都是他在首都混得开的得意。现在听着眼前这中年男人的话，人家竟是这家餐饮企业的大老板，而陆则与对方交流时，不卑不亢。平时自己更没听陆则吹嘘过自己都认识什么厉害的人、有多少能动用的人脉。

那几个学生年纪不小了，没学到人到壮年应有的睿智与豁达，却学到了满身的市侩与自私，还不如一个二十出头的小子。当然，江老没去想过的现实问题是，要是拿陆则当参照对象，那么收一百个学生也不可能有满意的，要是能满意的话，也就不会有那么多人对陆则又爱又恨了。

师徒俩一起回了褚家，谁都没再提刚才的事。

他们不知道的是老张没听陆则的，还是找人问了刚才是怎么回事。

陆则进包间后没把门关上，送陆则到包间门口的服务员把他们的对话听得清清楚楚。服务员马上把那番对话原原本本地告诉给了老板。

老张没想到江老会有这么狼心狗肺的学生——需要老师的名头时想也不想就亮出老师的名头，觉得老师拖累自己后又想请老师出面低头，这都是群什么人啊？陆则不和他说，大概是觉得有这样的“师兄”太丢脸了吧？

这边消费不低，想要预约包间，那都是要成为会员的。老张说到做到，当场叫人把对方的会员资格给取消了，以后都不让对方享受预约包间待遇。他就一个搞餐饮的，做不了太多事，只能让对方别吃着自己的菜做这么恶心人的事！

江老那学生结账时，服务员一板一眼地将老张的意思转告给了对方。对方吃了一惊：“为什么？”

服务员说：“这是大老板的意思，我们并不清楚原因。”出于职业操守，服务员的语气还是得客客气气的。

其他人面面相觑。付账的人怒道：“不就是个小酒楼，敢这么对顾客，迟早倒闭！”说完他把账单结了，怒气冲冲地离开了。

谁会想到他不仅没说动老师，还把患者家属破格给的会员资格弄丢了——他把聚会地点定在这里，就是想摆显一下自己门路广，谁会想到居然会丢这种脸！

第二天一早，陆则和江老一起飞回去。

陆则本来担心江老会受昨晚的事的影响，结果早上一看，江老比来时还精神。江老一把年纪还这么精神矍铄，绝对不仅是因为饮食有道，心态调节也是很厉害的。他尤其不怕和人起冲突，若非如此，他也不会和那么多人结仇。

陆则放下心来。

回到省会，陆则直接去机场停车场开他停放在那里的车送江老回家。送完人以后，陆则给裴正德打电话：“老师，我回来了。”

裴正德心情很复杂。以前陆则是自己的爱徒，自己要多喜欢有多喜欢，现在知道陆则偷偷拱了自己地里的小白菜，心里酸得不行。他那么可爱乖巧的女儿，居然要被人勾走了！

“回来了就过来。今天中午喝冬瓜薏米排骨汤，夏天喝最合适。”裴正德说完自己早早准备好的汤谱，又轻咳一声，企图让自己更有未来岳父的尊严，“我给你师母煲的，既然你要回来，顺便给你喝点儿好了。”顺便，绝对是顺便，他才不是觉得首都那边气候不好，天气闷热不说，空气质量还差，特意煲了这利小便、清暑热的汤给这小子调理调理。

“好的。”陆则一口答应，又给徐淑珍说了一声，开车前往裴家。徐淑珍也是从网上知道陆则和裴舒窈在一起的事的，听到陆则说要去裴家，嘴里没说什么，实际上却紧张得很，放下手机后在屋里转来转去，生怕陆则这趟裴家之行不顺利。

相比之下，裴正德和伍心慈经过一晚上的交流，已经接受事实。不接受他们又有什么办法，从小到大女儿什么时候任人摆布过？

儿女又不是傀儡娃娃，你让做什么就做什么，他们都有自己的想法。都什么年代了，父母还想棒打鸳鸯，也得看看自己是不是真的能掌控儿女的未来。

陆则这次到裴家，先和裴正德夫妇吃了顿饭，坦白自己和裴舒窈在一起的时间点以及隐瞒不报的原因——他们都是恋爱生手，得先练习练习才能接受检验。

饭后，裴正德叫陆则去了书房，两个男人相对而坐，谈了将近一个小时。

对陆则而言，在过去的几年时间里，裴正德曾经扮演着类似于父亲的角色，教给他很多东西。这次也不例外，裴正德和他聊了许多，关于爱情，关于家庭，关于未来，大半时间是裴正德在说，陆则在听。最后裴正德说，相信陆则是一个有担当的人，因为陆则是他看好的年轻人里面最出色、最耀眼的一个，希望陆则在爱情与婚姻这门课程上也能满分毕业，不要经历一生中为数不多的补考。

陆则原以为自己会被裴正德臭骂一通，没想到裴正德会说出这样一番话。老师疼女儿，也看重他这个学生。裴正德像世间的大部分家长一样，期望自己的孩子少走弯路，圆圆满满地和相爱的人携手过一生。

“我会的。”陆则认真地说，“谢谢老师。”

两个人的关系在裴家父母面前有惊无险地过了明路，陆则回家后也和徐淑珍他们简单地提了，答应徐淑珍等裴舒窈下次回来后邀她过来做客。

两家人其实已经很熟悉了，徐淑珍也早就见过裴舒窈，得知他们在一起之后再高兴不过，对此表达了十二分的支持。

转眼到了七月中旬，外科楼迎来了几位新医生，其中一位还是陆则的老熟人李医生。他终于从鹿鸣镇跳槽了，考省院时他稍微露了一手，立刻被省院欣然接纳，顺利加入省院外科医生行列。和李医生一起过来的还有他那一大家子，他们热情地邀请陆则出去吃饭。李医生的妈妈还表示自己是陆则后援会最早的成员之一，甚至还是群管理员，让陆则一定要抽空出来聚聚。陆则欣然应允。

李家人依然热热闹闹，整整齐齐的一排壮汉，在哪里亮相都非常夺人眼球。这次他们倒是不穿黑背心了，不过出来聚会服装还是非常统一，一看就是一家子。

久别重逢，李医生的妈妈一点儿都不觉得生疏。她每天上午看看小姑娘们扒拉出来的陆则的相关消息，着实享受了一把追星的乐趣，现在再一次见到陆则，心情可比第一次见面时要激动多了。

当然，儿子也是很要紧的，李医生的妈妈殷殷嘱托道：“小陆，以后你们就是同事了，一定要互帮互助啊！”

陆则说：“我还不是省院的正式医生。”

李医生的妈妈说：“你迟早会是，你这么棒，省院哪舍得放你走？”

一顿饭吃得其乐融融，吃到后头，该叙的旧都叙完了，李医生的妈妈又开始聊八卦消息：“小陆你不知道，我们家老二媳妇最近目睹了一场大案！”

这事还要从李家老二媳妇想要二胎说起——一胎时日久远，李家老二媳妇对孕期的事都忘得七七八八了。

前段时间她加了个宝妈群，潜水学习孕期以及哺乳期知识，认真记录需要加购的孕期用品、宝宝用品。现代妈妈，就是这么认真！

就在李家老二媳妇将清单越列越长的时候，群里出了件大事。

有个叫我家有个农家乐的宝妈说，某个群的管理员已经进监狱了，大家不要再在网上乱买什么减肥胶囊。

这个我家有个农家乐李家老二媳妇也记得，大家都叫她“乐妈”，生二胎之后心情抑郁，好几次半夜醒来哭，以前李家老二媳妇起夜时还安慰过她几次。乐妈说，回想起那段时间的状态，她自己都觉得害怕，她不仅想把丈夫买的猫摔死，半夜起来时听到孩子哭还想把他也摔了，这样他才不会再吵着她。

乐妈声情并茂地描述自己遇到个小帅哥，小帅哥戳破减肥胶囊的真面目，还开导她和丈夫的事。她先表达了对那个减肥胶囊中间商的唾弃，又滔滔不绝地表达了对小帅哥的感激之情。

有了减肥胶囊这事，她一下子有事干了，每天私聊一些曾在群里提过吃了减肥胶囊不舒服的宝妈，向她们收集证据，整理好后给警察。因为有事情转移注意力，她也慢慢从抑郁状态中走了出来。现在造假药的人被抓了，乐妈第一时间把警方发的通告和现场照片发到群里，让其他人警惕这类三无产品。

听乐妈描述，李家老二媳妇才知道危险离自己这么近。

这些减肥胶囊连个生产厂家都没有，居然是一个没读完大学的年轻人在家里随便捣鼓出来的，成本低就不说了，安全还没保障。

虽说家里有个学医的高才生，但李家老二媳妇一开始对这减肥胶囊还是蠢蠢欲动。现在看到生产环境那么简陋，还有这么多人吃了以后身体出问题，李家老二媳妇一阵后怕，在家族群里说了这事，让妯娌记得警惕这类玩意儿，别买也别卖。

听乐妈说，卖这个也是要坐牢的。当然，事情如果只发展到这里，这个案子也只是个跨省制作、贩卖假药案件，算不得什么大案。之所以后来被称之为大案，是因为警察顺着这减肥胶囊的制造者一查，查出了某药店处方药乱买乱卖现象，通过追踪这类大量购买处方药的买家，顺藤摸瓜，破获了好几起线上线下商户造假售假药案件。

“这还不是最后的结果。”李医生的妈妈一脸神秘，还和陆则卖起了关子，“你猜猜最后结果是什么？”

猜结果？陆则精神一振，猜是不可能猜的，不过可以分析啊。有什么比推理分析更好玩、更刺激的事呢！陆则琢磨了一下，开口说：“处方药是必须有处方才能买到的，在没有处方的情况下对外售卖大量处方药属于违规行为，药店老板、药店店员都有责任，相关部门也存在监管不严的问题。”

李医生的妈妈点头。

陆则接着说：“这样也不算什么大案，应该是相关责任人发现事情捂不住了，求了能兜住这事的人，结果没把自己保住，还把对方也拖下了水，本来的小案子一下子变成了大案子，甚至可能牵连全国的很多地方。”千万不要小看小人物，小人物也可能让大人物惨烈地“翻车”，历史上这样的教训可不算少。

李医生的妈妈瞠目结舌地道：“小陆你也听说了这个案子吗？”

事情和陆则说的没太大出入，这事一开始还真挺小的，只是一起网上售卖减肥胶囊的案子，涉案总金额顶破天几百万，在普通案件中金额算大的，但在很多经济案件中根本不算什么。变大案还是药店乱卖处方药的事发酵了，牵扯出跟药店老板有关系的其他人。

这药店老板开的是全国连锁店，有钱得很，卖起药来也大胆，只要你给够钱，要他卖什么药、怎么卖都行。这次东窗事发后，药店老板急忙找上自己的靠山——药店老板的妹婿。他妹婿在食品药品管理这方面有些话语权，药店老板本想让对方再次大开方便之门，让这件事大事化小，小事化了。可涉及违规、违法的事就不归那人管了，他没那个面子，也就没掺和。

药店老板眼看自己的药店要被罚到伤筋动骨甚至关停，十几年心血付之一炬，顿时觉得既然妹婿翻脸不认人，不如来个鱼死网破，便开始闹事……到最后，不光他的药店完了，他的所谓靠山也没了。

李医生的妈妈讲完八卦消息，还气愤地说："这些人一点儿都不值得同情，药品出问题是要出人命的，他们还敢在这方面动手脚，真是草菅人命！"

陆则很赞同地点头："对。"直到聚会结束，陆则都没觉得这事和自己有什么联系。老朋友见面，陆则自然很高兴。

李医生目前所在的科室是手外科，因为他对处理伤及四肢的情况颇有经验。虽然他有数年经验，不过那点儿经验拿到省院来实在不够看，还是手外科主任看他手稳、技巧又好，还有以前跟的老师力荐，才把他要了过来。

既然是正式入职，李医生自然和陆则不一样，分配到了单独的宿舍。宿舍离阎医生家还挺近，是前不久一个医生跳槽后空出来的。

陆则开车把李医生送回省院家属宿舍，问："师兄需不需要帮忙？"李医生刚搬家，肯定有挺多事要忙活。

"不需要。"李医生同样长话短说，"我的行李不多。"更何况他那么多兄弟呼啦啦地来送他。

陆则独自回了阎医生家。

阎师母得知陆则和李医生交情不错，第二天一大早便捧了饺子去敲李医生的家门，打算增进邻里感情。其他人也对李医生这个新邻居表示欢迎。正式开始工作的第一天，李医生就感受到了省院家属大楼的友好氛围。

陆则一大早起来吃了阎师母包的饺子，到外科楼之后惊闻喜讯，说他已经不是护士长最喜爱的年轻人了，李医生一跃成为“新宠”。

没办法，陆则谈恋爱谈得全国人民都知道了，叫护士长好生失落。不知多少人排着队想让她把自己介绍给陆则啊，结果他已经“名草有主”！现在，李医生来了，这可是一个高大英俊且单身的外科医生。画重点：李医生是单身！

李医生第一时间享受到了护士长无微不至的关怀。

对这“现实”的世界，陆则表示，真是太好了。

以前陆则在手外科没有熟人，手外科主任其实对他这个“三心二意”还总被抢来抢去的实习生不是很喜欢——主任性格有点儿古板，更喜欢一心一意的人。陆则琢磨着等李医生度过磨合期、有机会自己主刀后，他可以偷偷过去打打杂。都是外科手术，他什么都想练练。

陆则在心里盘算着以后的事，却看见中医科的一个熟面孔跑过来找他。那是同为中医科学徒的一个年轻人，喘匀了气，对陆则说：“陆师兄，不好了，老师他们被人堵在江老师的药堂里了。”

陆则感觉眼皮一跳，忙追问：“怎么回事？”

“好像是什么网媒记者，好几拨来着。”对方显然也不太清楚情况，“可能和最近一个药品安全案有关，据说涉及的人里面有江老师的徒弟。今天轮到老师休假，他们结伴去拜访江老师，一起讨论问题，结果被一批记者堵住了。”

陆则最近挺忙的，也不怎么留意这些消息，还真不晓得江老也被牵涉在里面。

得知有人去江老的药堂前堵门，陆则马上向阎医生请了假。虽说江老没联系他，明显不打算影响他工作，可他作为学生不能什么都不做。

现在有一部分媒体从业者是“有奶就是娘”，真相不重要，良心不重要，给钱就办事。你的医术高超不高超没人会在意，他们只需要挖出一个人人赞颂、以品德高尚闻名的老中医有污点的猛料就可以了。什么？错事不是你做的？你没把学生教好，可不就是你的错？

众口铄金，积毁销骨。陆则不会允许有人抹黑江老。江老愿意教来求学的人医术，不代表他有义务管对方一辈子。连父母都不一定约束得了孩子，老师又怎么可能保证学生永远不行差踏错?

陆则一边赶往江老那里，一边给继父打电话，问卫父能不能查查是不是有人针对江老，那几拨堵在门外的记者是不是别人花钱请来的。

要知道近十几年来江老都没再收徒，称得上是他徒弟的至少是他十几二十几年前的学生了。十几年来江老几乎处于闭关状态，既不参加协会活动，也没再带过学生，大部分学生也因为这样或那样的问题没再来拜访过江老。在这种情况下，正常来说都是谁干的坏事找谁去，谁会跑去找很多年前教过对方的老师的麻烦呢？要说没人搞鬼，陆则不信。

陆则不擅长处理这些事，但有人擅长啊，卫父家大业大，有专业的团队负责及时处理这类突发事件。现在事发突然，陆则想向卫父借用一下这些人，把这些堵门记者的底细给扒光。

卫父难得被陆则请求帮忙，豪气冲天地说："没问题，包在我身上，我马上让人去查。我倒要看看是谁敢动小则你的老师！"

陆则赶到江老的药堂之前，药堂门前的人已经里三层外三层地把那里围得水泄不通。

这药堂是江老退休后开的，平时由他的小儿子坐镇，小儿子学医天赋不高，不过也考取了执业证，每天看看处方、守守药堂，日子也算过得去。江老常在这里会客，二楼有专门的会客室。

有人堵在外面，江老和他的小儿子都老神在在的。倒是省院中医科的那位医生和他的朋友们有些忧心，时不时跑去窗边看一眼。那医生眼尖，看到陆则后，忙和江老说："小陆来了！"

江老波澜不惊的脸上终于有了波动。他问："你叫人通知他的？"

"对，您别怪我。"那医生忐忑不安地说，"小陆是您的学生，都说'有事弟子服其劳'，您遇到事情不通知小陆，不仅自己难受，小陆知道了也会觉得自己不被看重。”

另一个人透过窗户往外看，只见底下的人还是围着大门，压根儿没有给陆则让路的意思，不由得忧心忡忡地说：“这些人什么时候才走？”

江老没说什么，站起身下楼。

江老不联系陆则，自然是不想让陆则搅和进这些破事里面。上回他去首都就知道那几个学生的心思歪了，一个劲儿往那个心术不正的家伙身边凑，他还顾着他们的颜面，回来后也只在朋友圈和为数不多的同行群里发布脱离师徒关系的声明。和他熟识的人都知道他已经不认那几个学生了。

没想到才一个多月过去，事情就天翻地覆了，那个心术不正的家伙做了不少违规违法的事，一夕之间职位没了，全部财产在接受审查，妻子也要和他离婚。那些曾经巴着他不放的人自然也被殃及，其中就有那几个学生。

这些事，江老没有和陆则说。

君子爱财，取之有道，枉他们是学医的，居然不把人命当一回事，鼓动他们的学生拿证件去给药店挂靠，对药店违规滥卖处方药睁一只眼闭一只眼。对他们来说，这大概也是“动动嘴皮子”的事，反正面子他们给了，好处他们收了，真出了事，顶缸的也是那些让药店挂靠的学生。至于那些卖出去的药是干什么用的，和他们又有什么关系？

有人拿刀杀了人，难道还能怪卖刀的人？何况他们也没卖，只是让人去卖而已。这就是他们的想法。江老以有过那样的学生为耻。

也正因为有过那样的学生，他才更为爱惜陆则。江老不想让陆则卷进来，但现在陆则已经来了，他不能赶陆则走，也不能让陆则一个人面对底下那些来意不善的记者。

还在外围的陆则正在好言劝开四周的围观群众，就听前面的记者们突然激动起来，一个两个争着问。

“江老先生，你对你的学生做的事有什么看法？”

“江老先生，他们这么做是不是有你的授意在里面？”

“江老先生，听说你的学生收了制药厂的巨额回扣，他们有没有拿来孝敬你？”

这些问题一个比一个尖锐，一个比一个直接，甚至还有人问“你是不是业内最多徒子徒孙被吊销执业证书的老中医”。

满头白发的江老站在药堂大门前。大门的两边是古色古香的黑底金字楹联，一左一右分别写着古谚：

但求世间人无恙

何愁架上药生尘

这么一位老者静静地立在那里，喧嚷的记者渐渐静了下来，齐齐看着那如松柏般的老人。江老看了眼快要挤到前排来的陆则，开口说：“既然你们一定要我说点儿什么，那我就说点儿什么好了。”记者们又一次激动起来，纷纷把话筒举向江老。

那都是些名不见经传的网络媒体，陆则记忆力好，站在原处看了一圈，把这些人的公司都记了下来。

“我错了。”江老的面庞平静无波，眼神却带着几分难掩的冷厉，扫向周围那些看热闹的邻里，“我错在不该把医术教给别人，应该把它带进棺材里，免得有人凭着学来的医术去干坏事；也不该一把年纪了还不时来药堂坐诊，应该早早地彻底退休，免得老眼昏花医错了人。”

一众寂静。

江老从来不是好脾气的人，舌战全场的时候在场的很多人可能还没出生。不理会，是因为他不怎么在意。可他的学生也不全是白眼儿狼，陆则就不是，他明知道有这么多居心叵测的人堵在药堂门口，还是第一时间赶过来，没有丝毫犹豫。以前他不理会，可他现在有陆则这样的好学生，自然不能任凭别人给他泼脏水——师徒从来都是一体的。

江老把话撂下，冷眼看着那些记者和邻里。

药堂已经开了十几年，邻居们没有不认识江老的。江老一向不苟言笑，看起来不好接近，不过医术了得，有时哪怕不买药，江老碰上有人身体出了问题也会提醒一句。一开始有人觉得江老是想卖药，后来去医院查了，确实是有江老看出来的毛病，渐渐也都对江老服气了。都是左邻右舍，遇上了小问题，不用拿药的话，江老都不收他们的钱。

和这样的老医生当邻居，他们不知让多少人羡慕。现在有人堵在江老的药堂门口，他们不仅没有帮忙挡一挡，居然还跟着堵在外面看热闹！不少人臊红了脸。他们也是听说江老的徒弟被抓了，好像牵扯进什么大案，一时没按捺住好奇心跑过来看看。

听着江老带着刀子的话，他们才想起江老已经七十多岁了。一般老人到这个岁数都是“家中一宝”，平时得小心照顾着，生怕他磕着碰着，江老现在接受省院返聘不说，还经常坐镇药堂给邻里瞧瞧病。这样一位媲美国宝的老中医，这些闻风而动的媒体记者怎么好意思来堵他的门？

有人忍不住站出来说话了。

“你们怎么回事？谁干的你们找谁去，找江医生算什么事？”

“你们就是看江医生好欺负是吧？欺负一个七十多岁的老人你们好意思？”

“隔壁就是医学院，有本事出一个犯了事的医生你们就找一次他们的老师，问问他们怎么没有随身佩戴X光眼镜，在教他们专业知识的时候发现他们十几二十几年后会学坏？”

陆则也顺利走到了江老的身边，背脊和江老一样笔挺。听到围观的人七嘴八舌地攻击那群蓄意来给江老泼污水的记者，陆则脸色稍缓，抬眼看了一圈。人群不自觉地静了下来。陆则淡淡地说：“你们的公司我都记下了，如果有人在任何平台胡编乱造，卫氏的维权团队会第一时间找你们。”

卫父在生活中是个好脾气的人，在公司管理上却非常严格，眼里从来揉不下沙子。在许多企业还在对“山寨”、抄袭等侵权行为视若无睹，甚至自己也参与其中的时候，卫父已经花重金打造出了自己的维权团队。哪怕是注定亏损诉讼费的维权官司，只要侵权，卫氏维权团队也会一打到底。

记得有一次侵权者哭诉自己多可怜，带着一众不明真相的网友攻击卫氏逼人太甚，想要逼死只是想混口饭吃的穷苦底层。卫父没有服软，反而公开表态："他穷不是因为我，他苦不是因为我，我没有理由同情他。试想一下，如果我不是卫氏的董事长，而是一个没有太多资金却仍怀揣着创业梦想的年轻人，现在我的梦想应该已经被他毁了。"

卫父还宣布即日起将开通一个维权通道，表示可以帮助初创业的年轻人为其创业、其产品维权，坚决把侵权行动打击到底。这个决定让卫父赢得了不少青年创业者的拥护，也让卫氏的维权团队成为许多人心中灯塔般的神圣存在。

面对这些被围观群众吐了一脸唾沫还负隅顽抗的记者，陆则毫不犹豫地搬出了卫氏维权团队。

此时，有两辆车在街口停下。

看到前面的热闹，下车的人有些奇怪："怎么回事？这么多人？"

有个悄悄从围观人群里退出来的人看这车上下来的人也戴着工作牌、扛着摄像机，以为他们也是来找碴儿的，好心地劝了一句："你们也是来为难江医生的？你们还是回去吧，江医生的学生都发话了，要是再有人找事，他直接找卫氏的维权团队出面。"

"我们是来找江医生的那位学生的。"为首的青年说，"他还在吧？"

"在、在、在，刚到呢，虽然很年轻，但是看起来很有气势，总觉得有点儿眼熟。"那人说完，又忍不住看了眼青年，"你看起来也很眼熟！"

这时其他人也陆陆续续散了，见到青年一行人也觉得他们是来找碴儿的，下意识地多看了几眼，猛地发现居然越看对方越眼熟。

“是蒋饶吧！”

“蒋饶是谁？”

“蒋饶你都不认识？《普法在行动》的主持人啊！”

“哇，他不是央视的主持人吗，怎么会在我们这儿？”

不得不说，比起一般明星，蒋饶在民众中的人气更高。他年纪轻轻就主持重磅栏目《普法在行动》，以极高的专业素养、极出色的外表赢得了一大批粉丝。这档节目在他的主持下，收视率大大提高，让大多时候在大男人主义的丈夫和撒泼打滚的熊孩子面前妥协的妈妈们站起来了，重新掌握遥控器，要求老公孩子一起看剧情跌宕起伏而又很有教育意义的《普法在行动》。

这张熟悉的面孔骤然出现在眼前，很多人差点儿忘了刚才的事，纷纷围拢到蒋饶身边，七嘴八舌地问他们来做什么。

蒋饶没想到会碰到这么多人。他昨天来这边开会，正好听说那位首先发现减肥胶囊黑幕的年轻人在这边，还是在网上热度非常高的“小陆医生”，当即决定给减肥胶囊这期节目加个爆点。别说普法节目不需要收视率，播出普法节目的目的在于普法，当然是越多人看越好，这样才能更好地起到提醒受害者以及敲打犯罪者的作用。

早上蒋饶去了省医院一趟，与省医院宣传部门交涉完才发现陆则请假了，又叫摄影跟上，直接找了过来。他遇到这么多“粉丝”纯属意外。蒋饶安抚群众很有一套，好脾气地让众人安静下来后才点了一个人出来说说这边是怎么回事。

既然决定录制“减肥胶囊陷阱”这个案子，警醒更多受害者，蒋饶自然了解过案情始末。

这期节目主要聚焦在减肥胶囊上，不会拍更深入的东西。即便如此，蒋饶知道的内幕还是比别人更多，包括有几位涉案人员一开始自称是某位老中医的学生，极力表示该中医还救过某位领导，希望能看在领导的面子上对他们从轻处理。这个说法传到那位领导的耳中，被领导否定了。领导甚至还出示证据表示那位老中医早在案发前已经宣布和他解除师生关系，又说既然自己在别人眼里这么有面子，那么请一定要看在自己的面子上对这些人从严处理。

“案子里的那位老中医难道就是陆则的老师？”蒋饶想。

等围观的人说完事情的经过、复述了记者的一些饱含恶意的问题，蒋饶忍不住惊讶地感叹：“这年头儿，教个徒弟还要‘终身保修’的吗？”

第十五章
夏天牵手热不热

陆则提出会让卫氏维权团队出面，来找事的那批人慌了。现在听人喊出“蒋饶”这个名字，这些人更慌了。蒋饶过来代表着什么，不言而喻。

其中不少人对视一眼，决定悄悄退走，不蹚这浑水了。要是他们再胡编乱造，很可能会被真相“打脸”不说，甚至可能吃官司！钱虽然非常迷人，但要是踢到铁板，再多的钱都没机会花。那群身份不知真假的记者和围观的路人都散了，陆则才注意到往药堂走的蒋饶一行人。

蒋饶的气度看起来和刚才那群记者截然不同，远远瞧着就是个英俊出色的年轻人。

陆则不太关注娱乐圈，不过新闻还是看的，他对蒋饶这位年轻的法制节目主持人也有印象。这位主持人点评犀利、想法前卫，不论是讨论案情还是分析问题都很有一套，陆则挺喜欢他优秀过人的思维能力。见到蒋饶出现在这里，陆则有些讶异。

蒋饶倒是很热情，上前朝陆则伸出手道：“小陆医生对吧？我和你神交已久，就是没机会见面，这次我算是公费来交个朋友了。”

“你好。”陆则和蒋饶握手。他对热情的人并不反感。

陆则邀请蒋饶上药堂二楼的会客室说话。

原来的几位医生访客也认出了蒋饶，一个个上前和对方握手。其中一个还掏出小本子要蒋饶签名——没办法，他媳妇是蒋饶的忠实粉丝，连带他女儿也天天喊着要和妈妈一起看蒋哥哥。

蒋饶是个很接地气的王牌主持人，给那位医生签完名，才和陆则说明来意。

案子正在进一步审理中，《普法在行动》准备出一期相关内容的节目。一开始指出减肥胶囊问题的人就是陆则，所以蒋饶特意跑这一趟是想让陆则在节目里亮个相。蒋饶希望陆则能把当初告知那位妈妈的东西分析给所有在看节目的人。这部分内容虽然能找老专家来讲，但陆则人气高、长相出众，大众接受度高，连养生节目都能被他推上新高度。

《普法在行动》本身就是背着普法任务的节目，有这样一位国民认可度高的年轻“专家”，何必再去找别人？陆则对此没有意见。

江老却有些意外，没想到陆则那次去约会不仅在游乐场救了人，还提点了那位妈妈。出事后江老就让人打听过了，他那几个不肖徒弟的案子正是由这桩减肥胶囊案牵扯出来的。谁会想到事情会这么巧？不过那几个不肖徒弟要是自己不干坏事，陆则提点再多人警惕药物陷阱也不会牵扯到他们身上。说到底，还是“多行不义必自毙”！

蒋饶借用了江老的会客室，江老几人没有出镜的打算，都退了出去。那几个医生见这边有正事，没再多留，反而是江老的小儿子在会客室外探头探脑。

江老板着脸训他：“多大的人了，还这么鬼鬼祟祟像什么样子？药材库存录入完了？”

江老的小儿子知道自家老爹一向不近人情，不敢吱声，乖乖地干活儿去了。

这可是《普法在行动》节目组啊！《普法在行动》节目组竟然会来他们的药堂拍节目！要是今天那些不良媒体敢乱写，肯定会被啪啪打脸！江老的小儿子想想，还真有点儿期待！

专家分析环节拍摄完毕，到了该吃午饭的时候，蒋饶和陆则互换了联系方式便离开了，赶着回酒店吃工作餐。

陆则留在药堂，蹭了顿江老的小儿子做的家常菜。

对这位江老幺子、自己的师兄，陆则也见过好几回了。这位“小江医生”没什么事业心，执业证也是江老逼着考的，毕业后还被江老带了几年。可惜的是，小江还是打心里不想当压力那么大的医生，终归没有选择进哪家医院。这十几年来他安安心心帮江老守着药堂，既不想谈恋爱，也不想好好打拼，每天就爱琢磨点儿好吃的。他在这方面还真有些天赋，连家常菜都做得挺好吃。

没能亲眼看到蒋饶拍节目，小江有点儿遗憾，中午做了苦瓜酿肉、清炒苦荬菜、蒲公英炒肉丝、凉拌苦笋，样样都带着点儿苦味，很能表达他此刻的心情。难得的是，就这么几样菜，他居然做得色香味俱全。

“师兄做的菜好吃。”陆则客观地评价。

“都是自己摸索着做的。”说到厨艺，小江眼睛明亮了不少，“我从小就喜欢进厨房。”

江老没说话，夹了块苦瓜酿肉。

苦瓜被小江细心处理过，入口虽还有淡淡的清苦味，咀嚼之后却尝到了鲜美的肉汁。他这个儿子从小听话，不过也有过叛逆的时候，比如十四五岁负气背起背包往外跑，说是再不愿被他摆布，要去“新东方”报名学厨艺。

小孩子瞎闹腾，打一顿就好。江老就是这么干的，把人逮回来教训了一顿，小儿子就乖了。可乖是乖了，小儿子却还是没有往他期望的方向走，不仅没能继承他的衣钵，还不愿意结婚生子。

现在江老老了，渐渐就想通了许多事。以前他确实太不近人情，太专横独断，很多时候不仅徒弟们对他心中有怨，连亲朋好友也很难和他好好相处。

江老把整块苦瓜酿肉吃完，才说了一句："是挺好吃。"

小江一愣，差点儿以为自己听错了。等确定自己没听错，小江立刻激动起来。被江老训了这么多年了，这还是他爸第一次夸他的厨艺，以前他爸总说他不务正业，琢磨饭菜有什么意义，能吃饱就行了，搞那么多花样纯粹是浪费时间。

小江知道他没能成为让他爸满意的儿子，可有些东西是骨子里带来的，就算是自己想改也很难改变。他就是对学医不太感兴趣，做不到把全身心都奉献给治病救人，那对他来说不仅是辛苦，还是难忍的折磨。

"瞎琢磨的。"小江激动地说，"爸，你和小陆喜欢的话，以后可以多过来吃。"

陆则吃完饭要回医院去，小江送陆则出门，郑重地向陆则道谢。

"谢谢你第一时间赶过来。"小江说，"要不是你来了，我都不知道该怎么办才好，只能关着门不出去。"遇到这种事，不是所有人都愿意赶过来的。从古到今，有多少人乐意和玩笔杆子的人对着干？毕竟再好的一个人，别人有心要泼你脏水总能找到地方。

"应该的。"陆则说，"老师教我医术，我当学生的怎么能看着老师被人欺辱。"

"不管怎么样，都谢谢你。"小江诚挚地说。

陆则顿了顿，问小江："张家酒楼的张老板下个月受邀来参加省里的美食节，到时会下场参加一场国际美食大赛，江师兄你想不想去给他打打下手？"老张不仅是张家酒楼的老板，也是头号大厨，只是随着张家酒楼的高档、中档连锁店开遍全国，他下厨的次数少了，只有在某些特别场合才会露一手。

近距离接触一位名厨，对小江来说当然是一件非常有诱惑力的事。小江犹豫地说："这怎么可能？"他只是一个业余爱好者，怎么能混进那种正儿八经的国际美食大赛，还是去给张大厨那样的人物打下手？那是普通的打下手吗？那是他能吹十年八年的美事！

“有可能。”陆则说，“只要师兄想去，我可以问问张叔，上回我和老师去首都还遇上了他。”

小江内心挣扎了一会儿：“我当然想去。”

美食节和比赛要不了多长时间，药堂这边暂时关门都行。这样的机会是平时求都求不来的！他也想去开开眼界，看看真正厉害的大厨是怎么做菜的。

陆则是行动派，小江一点头，他就拿起手机给老张打电话。老张听说是江老的儿子，欣然答应把小江带在身边，要是小江真是个好苗子，想当他的关门弟子都行。陆则把老张的意思转告小江，小江激动得同手同脚地回药堂去了。

陆则看了眼洒落在街道上的猛烈阳光，抬脚走向自己的车。在烈日下晒了那么久，车座烫得能煎蛋，陆则开了空调让它先“冷静冷静”，自己则靠在车边给裴舒窈打电话说起早上的一堆事。

裴舒窈听完，笑着和陆则约定：“下个月我回来和你去美食节逛逛。”

陆则说：“好，到时见。”他想了想，又补充了一句，“我妈想让你去卫家一趟。”

两家其实已经非常熟悉，但他们在一起之前和在一起之后是不一样的，他们在一起之后就分隔两地，裴舒窈还没正式见过徐淑珍。

“好。”裴舒窈爽快地答应，“到时我提前一天回去，和你一起回家。”

当年徐淑珍的情况，裴舒窈也是知道的。她并不会怪徐淑珍放弃陆则父子，只是心疼那时年幼的陆则。“以后无论发生什么，她都会陪着陆则一起面对。”她想。

两人商量完了，陆则开车回医院。

这时候，紧密监控着网络动向的卫氏公关部和维权部门注意到一个新话题：“陆则仗势压丑闻”。

小王是卫氏公关团队的新人，这位和卫氏董事长没有直接血缘关系的少东家的大名，小王早已如雷贯耳。

在进入卫氏之前，小王以为陆则在网上有名气，肯定有卫氏在暗中推波助澜。可根据打杂这几个月了解到的事实来看，不管是董事长还是这位小陆少东家，都没有因为陆则的个人问题动用过他们这个由卫氏重金打造的公关团队！现在，小王转正了，转正后接到的第一个项目就是紧密关注网上关于陆则和他老师的消息。

来了来了，它终于来了！

小王十分激动，觉得以前可能是自己没转正，所以没能接触相关事务。他们这次是要压热搜，还是要买热搜？小王摩拳擦掌，已经准备大干一场。

集团口碑太好，需要用到他们这个公关团队的时候不多，他们拿着巨额薪水有点儿心虚。

卫董一直有意拓展医疗产业，投资过的药企和医疗器械产业就有好几家，大家都猜测卫董这么在意这个方向，一是为了自家人的身体健康，二是为陆则这个继子毕业后做准备。既然卫氏要给陆则造势，以后还要打造相关的医疗产业链，那肯定是不允许别人抹黑这位少东家的！

公关部门的年轻人们都干劲十足，只有资格最老的负责人去了吸烟区，点了一根烟，独自追忆从前。年轻人啊，都太年轻了，不懂得世事艰险。他年轻时也曾想借陆则拍董事长的马屁，可与陆则沾边的事，哪里轮得到他们表现！

负责人沧桑地抽完一根烟回去，小王他们还在跟踪事态的发展。

话题中的视频显然是在江老的药堂拍的，没有前因后果，只有陆则站在江老身前冷着脸搬出卫氏维权团队压人的一幕。短短十秒的画面，拍摄者先拍了陆则说话，然后又拍了记者们噤若寒蝉的表情，把陆则身为富二代的张扬跋扈表现得淋漓尽致。

本来陆则既没有进入娱乐圈的打算，也不想当网红，照理说应该不会有太多人抹黑他，但网上不仅有理智的网友，也有很多现实不如意的人。

试想一下，要是一个人每天辛辛苦苦上班，还被老板责骂，苦追女神追不上，眼睁睁看着她和别人结婚，父母全都穷得要死，兄弟姐妹只会拖后腿，下班以后连点儿娱乐活动都没有，只能上上网打发时间，看到有人不仅长得帅、身材高大、女朋友漂亮、专业水平高得要命，家世还好到惊人，心里能不酸一酸吗？不管黑料是不是真的，只要找到可以踩对方一脚的机会，这股子酸味就会彻底爆发。

反正在网上动动手指又没人知道，骂死他！

反正是这“狗二代”仗势欺人，骂死他！

我早就看他不顺眼了，一个医生一天到晚刷存在感，专业水平瞧不出有多高，骂死他！

肯定是炒作！现在这些垃圾就是爱想方设法地博人眼球，骂死他！

虽然不太清楚他是谁，但是首页都在骂，我也跟着骂两句好了！

不少人怀着类似的想法开始转发这个“仗势欺人者”的视频。

负责人看了眼发布视频的账号，是个陌生的营销号，应该没什么名气。话题能这么快发酵开，应该是有人请了网络水军。原以为那些记者会冲着江老去——大家都关注着与江老相关的关键词——没想到先捅出来的居然是和陆则有关的。

这种小舆论战，负责人见多了，早前已经请示过卫董，卫董说哪怕是再小的谣言，也要一告到底，务必做到落实到个人，不能轻飘飘地道歉了事。

营销号这种东西就是一块皮，你把号封了，它轻轻松松又重开一个账号东山再起，非常难缠。至于那些凑热闹开骂的网友，更是连道歉都不用，舒舒服服睡一觉，第二天就当没事发生。

现在他们公关部门要干的就是等这话题的转发评论再多一些，整理整理转交维权团队，保留证据让他们对应着拟律师函。

唉，和小陆少东家有关的工作，就是这么平平无奇，要是动作慢了，还有可能什么都不用他们干。负责人正感慨着，刚转正没几个月的小王跑了过来，和他汇报了一件要紧事："老大，话题消失了！"

负责人说："你们忙，我再去抽根烟。"

首都，章家老宅。

章有坐在角落里随意地敲击着键盘，丝毫没有留意其他人的对话。他在家族里说不上话，要不是他母亲不在家，这种家族会议可能根本不会叫上他。没想到他才开电脑没多久，"八卦达人"侯志洲就疯狂找他闲聊。

"老大老大，小陆被黑了！"

"老大你在吗？太气人了，这些人跑去小陆的老师那里堵门，还好意思拍上网黑小陆！"

"老大你不能让他们嚣张，把他们搞死吧！"

侯志洲又发链接又哀号，章有点开链接，一眼就看出有人在带头给陆则泼脏水。他平时不爱管闲事，不过这种家族里扯皮的会议太无聊，他顺手把那批"带节奏"的账号给解决了。网络水军一消失，话题自然也消失得无影无踪，好像完全没出现过一样。

不过章有不知道陆则要不要追究到底，所以把对方的真实信息也弄来了，发给陆则。

陆则都不知道有人抹黑过自己，正要继续去给阎医生打下手呢。

"谢了。"陆则回复他。上次项目结束后，陆则和章有也会不时地聊聊，主要是聊专业上的问题。陆则虽然不是专业人士，但很多思路新颖又有效，章有有时遇到难题会找他讨论一下。

关于章有那个走丢的兄弟的事，章有只提过一次，自那以后就再也没说过。陆则也在留意相关资料，但一直没消息。

这次章有主动帮忙，陆则免不了向章有道歉："你弟弟的事我一直没帮上忙，抱歉。"

"不用。"章有说，"我正要和你说这事，我弟弟找到了，不在国内。我们一直在国内找，所以始终没消息，现在我母亲已经去接他了。"

"恭喜。"陆则说。

从某种程度上来说，陆则和章有挺像，当初章有和他提起弟弟的事，他就觉得章有不是在向他求助，而是想找个人倾诉。章有的母亲因为另一个儿子走丢了，一直不想见章有，章有每次出现她都会受刺激，所以他们虽然是母子，也同在一座城市，一年到头却见不上几次面。成年后的章有也许可以因为顾及母亲的感受而默默接受，可当年还是个孩子的他未必能理解家人对自己的疏离。没有谁愿意被父母拒之千里，这样的事若不是亲身经历过，很难深有同感。

章有没继续这个话题，而是问："听说你们省会在搞新城区开发。"

"对。"陆则虽然对这方面不感兴趣，不过卫氏参与了新城区开发，所以了解内情，"主要针对新兴产业进行招商引资。我们省的新兴产业有些落后，政府出了不少优惠政策准备吸引投资和专业人才。"

"我过几天带侯志洲他们过来看看。"章有提出自己的打算，"要是适合的话，我打算以后到你们那边发展。"

许多人上赶着往首都挤，首都的资源和条件也确实比其他地方强，但首都也有太多限制。他想要做自己想做的事，不必再因为自己姓章而经常去掺和自己不想接触的事。既然父母心心念念的小儿子马上要被接回来了，他父母有贴心的儿子陪伴左右，他也不必再顾虑那么多，可以放开手脚去做自己想做的事。

陆则对章有的这个决定非常支持："那我提前欢迎你们。"两人没再多说，结束了对话。

兴许是看章有一副置身事外的模样，家族里有人忍不住开口刺了他一句："章有，大家都在说正事，你一个人对着电脑忙什么？"

章有看了对方一眼，眼神冰冷。对方不由自主地噤声。

章有说："既然大家都在，我就不瞒着了，接下来我会去S省发展，不会经常回首都。"他合上面前的笔记本，"这样的家族会议不用再找我。"说完，他起身带着自己的笔记本电脑往外走。

他以前就没有依靠过家族，以后也不会依靠。同样，以后他也不会再为家族做什么，只为自己而活。

陆则看了章有追查到的消息，发现这个营销号刚卖号不久，背后是个刚成立没几天的工作室。工作室是两个人共同注册的，这两个人居然都和他有点儿关系，一个是前不久碰瓷他的那位系花师妹，另一个有点儿眼熟，是他们学校那位张副院长的儿子。

他们怎么搅和在一起了？难道张副院长的儿子终于打动了系花，成功抱得美人归？陆则有些疑惑。不过反正两个都是不太要紧的人，陆则没在意，把这些资料打包发给了卫爸爸的助理，请对方负责处理。

卫爸爸的助理接收了陆则发来的资料，告诉了陆则一个最新消息："你说的那个副院长被抓了。"助理还给陆则讲了内情。这还是首都那事牵扯出来的事。有人收取贿赂，自然有人出钱，出钱的人是谁呢？是省内的几家药企。好巧不巧的是，张副院长正好和其中某家药企有千丝万缕的关系。

张副院长虽然是副院长，但是上课不怎么上心，一心扑在自己的"副业"上，只对升职感兴趣。搞副业没问题，但前提是他得负责到底。张副院长和药企合作研发的项目是中药注射剂。吃中药不是麻烦、见效又慢吗？近几年有人着手相应的中药注射剂，把有效成分直接注射进血液里。按照理论来判断，注射剂肯定见效更快、疗效更好，如果他们用心研发，按规定标准做好临床安全试验，这是件好事。可是他们太急功近利了，不管不顾地抢着投入市场，得到的反馈不是如潮水般的好评，而是大范围的不良反应。

那位S省升上去的协会会长高升之后，给本省的药企争取到不少优惠政策，开了绿色通道。现在好了，当初他们“同甘”，现在他们该“共苦”了。就在刚才，省电视台还播了相关的午间新闻。这次省台的反应太快了，卫氏的维权团队也是新闻播出后才接到消息的。陆则提到了张副院长的儿子，负责人免不了和他提一提这件事。

陆则原以为张副院长只是消极怠工，讲课没什么有用的内容，一心忙着钻营，他万万没想到，张副院长居然还牵涉进这样的事情。在药品安全上造假，那绝对是人命关天的事。陆则皱起眉。怪不得江老不愿意和这些人来往，这种已经不能算是品行有问题，而是违法犯罪了。既然父亲被抓了，儿子肯定也嚣张不起来了。

陆则没再多管这事，全权交给卫氏的团队解决。卫氏维权团队不是吃素的，把准备好的律师函一份份发了出去，绝对不遗漏任何一个冥顽不灵的造谣者。

过了几天，陆则在同学群里看到一段狗咬狗的“佳话”。据说系花师妹在明星梦碎之后被张副院长的儿子追到手，两人还迅速领了证，结果不久后张副院长被抓了。

得知张家要卖房产替张副院长疏通关系，系花把张副院长那胖儿子的脸都挠花了，坚决不让卖小夫妻俩住的别墅，惹得张母上门教训媳妇，差点儿把系花弄流产，现在不能下床不能出院，只能在医院躺着保胎。系花缠着张副院长的儿子给她开工作室的事也因此不了了之。

陆则只是觉得这两个人好好的学不上，一天到晚也不知在折腾些什么。再想想张副院长干的那些事，想兴许这股子爱折腾的劲儿也是会遗传的。

至此，这件事算是了了，这些人再也没出现在陆则的视野里。

转眼到了七月中旬，正是暑假，S省为了吸引客流，花了大钱举办美食节，还搞出一场国际美食大赛，从场地到评审、参赛者都十分用心。

陆则以前对美食节不太上心，不过这次不一样，他给小江牵了线，让小江去给老张打下手，又和裴舒窈约好要一起去玩，因此日程安排得满满当当。

既然已经把小江介绍给老张，接老张的事自然落在小江头上，陆则只需要准时去接裴舒窈就好。

傍晚下班后，陆则开车去机场接人。

徐淑珍已经得知陆则要带裴舒窈回来，心里一直很忐忑。她亲自下厨做了两道菜，看看时间还早，又进厨房继续捣鼓，一刻都停不下来。

卫父见徐淑珍这模样，也跟着忙进忙出。这回陆则把裴舒窈带回家，对他而言也是第一次见儿媳，一样激动。

两个小的更不用说，时不时要跑去门口看一眼。知道陆则有了喜欢的人，他们还是非常开心的，甚至有种老母亲般的欣慰——他们之前都觉得陆则是“注孤生”啊！

接近晚上七点，陆则把裴舒窈接回家了。

早前已经约好要登门，裴舒窈早早准备好礼物，进门后一一送给其他人。

大家都不是第一次见，落座后也不生疏，徐淑珍更是忍不住握着裴舒窈的手说了好多话，说到最后都有些语无伦次，自己也不知道自己在说什么。裴舒窈全程耐心地陪着徐淑珍说话，还喝了两小杯红酒。

吃过饭后，陆则送裴舒窈回家。

裴舒窈喝酒容易上脸，走到裴家门口时脸上还浮着几分绯红。

陆则很少注意别人的长相，不过裴舒窈已经被他贴上女朋友的标签，多看几眼也是可以的。两个人踏着月色站在裴家大门前，周围是徐徐晃动的花木影子。裴舒窈停下来时，陆则正注视她脸上的淡粉色。

“下次还是不要喝酒了。”陆则一本正经地交代。

“嗯。”裴舒窈口里答应着，伸手去抓住陆则的两只手。正值盛夏，两个人的手都热乎乎的。

裴舒窈微微踮起脚，给陆则一个道别吻。陆则一顿，微微俯首吻了回去。两个人都只是轻轻触碰，却觉得唇上滚烫起来。就在这时，一道车灯照在他们身上，正好照亮他们交握的手。陆则转头看去，只见一辆车由远而近地开过来，副驾驶座上坐着的不是别人，正是他未来的岳母伍心慈。

陆则若无其事地拉着裴舒窈上前，向放下车窗的伍心慈问好："慈姨好。"

伍心慈想到自己刚才远远看到的那一幕，心肝脾肺肾都有点儿疼。女大不中留啊！他们在大门口就亲上了，是不是太旁若无人了？

"要不要进屋坐坐？"心里再气，伍心慈还是和气地问。有什么办法呢，谁叫这是自己的女儿自己选的人？

陆则说："不用了，我就是送窈窈回来。"

伍心慈说："那窈窈上车吧，我们一起进去。"

裴舒窈转头看了陆则一眼。陆则说："明天见。"

裴舒窈朝他笑了笑："明天见。"裴舒窈坐上伍心慈的车，陆则站在原地目送她们离开，然后转身往回走。

人不在眼前了，伍心慈才问："今天你去卫家，感觉怎么样？"伍氏虽然没有卫氏大，却也是上市公司，哪怕是女儿和卫父的亲儿子凑一对也不算高攀。她和裴正德只有这么一个女儿，自然不愿意她受半点儿委屈，要是卫家或者徐淑珍有那么一点儿为难裴舒窈的意思，她是不会同意裴舒窈嫁过去的。

"他们人都很好。"裴舒窈说，"又不是第一次见，妈你和他们见面的次数都不少，用不着担心太多。"再说了，她喜欢的是陆则，别说陆则的父母都挺好，即使不好，她也有信心把自己和陆则的日子过好。

裴舒窈从小主意正，伍心慈也知道左右不了她的想法，只能说："你心里有数就好。"

第二天，陆则正好休假，早早地去接了裴舒窈，两个人开车前往美食节场地。正好章有的团队也搬迁过来了，陆则和他们约好一起转转。

各地美食节大同小异，很多是打着美食节噱头吸引人，实际上没什么好吃的。这次S省的美食节却下了重本，外围有适合普通游客和民众逛的小吃区，物美价廉，不用花费多少钱就能尝遍本省特色小吃，鼓励传统美食和创新美食齐头并进。会场内的展区高端些，汇聚各种国际美食，请的都是各国名厨。

早上只是让大家先熟悉熟悉场地，随便尝尝鲜，中午才是重头戏，有一场国际美食大赛。

陆则和章有约好在入口见。

陆则和裴舒窈停好车走出停车场，很快看到站在大门前的一群年轻人。侯志洲一行人齐刷刷地穿着格子衬衫，非常显眼。其中只有章有一身黑，看起来与周围的人格格不入。他们还没走近，侯志洲已经遥遥朝他们挥手："小陆，我们在这儿！"

这一声吼吸引了不少人的注意。

不少人转头看向声源处，很快就看到一群格子衬衫"码农"。

陆则和裴舒窈走近，侯志洲和他们说起这次团队统一着装的重要性，严重谴责章有毫不团结的行为，表示他这是在分裂团队的统一性。

"码农爱穿格子衬衫是刻板印象，"侯志洲还讲起他悉心挑选这身团队服装的用意，"就是因为够刻板，大众认可度高，我们才要这样穿啊！这样大家不就一眼看出我们是做什么的吗？唉，老大他就是不合群！"一个穿格子衬衫的人会"泯然众人"，一群格子衬衫却能吸引许多人的目光。

美食节的大门装点得非常亮眼，基调带有浓浓的中国风，字体和搭配又征集了不少设计师的创意，大胆的配色、时髦的设计，让不少人都忍不住停留在大门前拍照留念。

裴舒窈和陆则加入章有他们之后，有更多人频频朝他们看。为首的三个人都长得那么好看，后面还跟着一大群“格子衬衫”，实在让人想不关注都难。还有不少人忍不住偷偷拍了几张照片，准备和小伙伴们一起分享这个奇景。

陆则对这些目光倒是习以为常。由于上次有计划的约会活动发生了许多意外，这次他准备和裴舒窈度过一个单纯的美食节，和其他人一起随便吃吃喝喝。

章有一行人初来乍到，目的也很简单，尝尝S省的各式美食，了解一下有什么他们的新“据点”能够点到的外卖商家。这可是他们以后赖以生存的重要资源啊！他们团队里男多女少，大家都活得很“糙”，谁都不可能下厨，为了自己的嘴巴日后的幸福，每个人对待这次美食节的态度都十分诚恳、认真。

侯志洲一行人一路买过去，也不多买，每个摊位买一份，大伙每个人尝一口，坚持少量多样路线，坚决不在吃完一圈后把自己吃撑了。

陆则和裴舒窈不远不近地跟在其他人身后，也买了几样小吃你一口、我一口地分着尝。

换成以前，他们都不喜欢做这种慢腾腾随着人潮往前走的事，更爱坐在相对安静的地方徜徉书海，学自己感兴趣的东西，探索未知的世界。可现在他们走在人群里，感觉和自己想象中不一样，人很多，却没有想象中的厌烦情绪。

当两个人被人潮挤到一起时，手就顺理成章地牵到了一起。天有些热，陆则听着旁边的小孩儿吵着要吃冰激凌，父母无奈地把他抱到一处冰激凌摊位前排队。他想了想，拉着裴舒窈一起去排队。

侯志洲一行人走着走着，发现陆则不见了，转头一看，两个人牵着手在排队，挨在一起也不知在说些什么。

侯志洲心里酸溜溜的。作为一个很有“八卦心”的码农，他对网上的消息自然了如指掌，早吃过第一手“狗粮”。可隔着屏幕看和在现实世界看到他们在一起是不一样的！现在要问他有什么感想，他只想说，后悔，很后悔。当初在大学的时候，他怎么不早点儿谈恋爱？年轻人哪，一定要珍惜美好的大学时光，出了校门你就会发现，那是你一生之中能交到最多适龄异性朋友的阶段了！

侯志洲和章有离得最近，免不了和章有嘀咕几句。

章有闻言看了眼在冰激凌摊位前排队的陆则两人，想了想，也去队伍末尾跟着排队。冰激凌好，清凉消暑，排队还不用听侯志洲聒噪。

侯志洲："……"

这家冰激凌店似乎挺有名，队伍长得很，排队的大部分是年轻人，还有些带着孩子的父母。

陆则和裴舒窈一人拿着一个双球冰激凌出来时，章有才挪到中间。陆则朝章有打了招呼，和裴舒窈一起往前走，看看侯志洲他们走到哪里了。

他们走出几步后朝前望去，一群"格子衬衫"坐在供游客歇脚的遮阳伞下，手里拿着亮晶晶、"透心凉"的冷饮齐齐地看着他们，散发着身为单身者的怨念。

陆则说："怎么不走了？"

侯志洲说："喝点儿柠檬水消化消化再接着吃。"他给陆则两人挪了个位置，让他们坐下一起歇歇。陆则要解决冰激凌，话不多，侯志洲开始和他聊八卦消息："小陆，你知不知道我们老大为什么要带着我们来S省发展？"

"不知道。"事情其实不难推断，章有说找回弟弟了，接着就表示要来S省，两件事之间必然有一定的关联。以前章有留在首都，估计是因为家里只有自己一个儿子，哪怕不被父母喜欢，他也要尽到应尽的责任。现在他自然可以放手去做自己想做的事。

家族对很多人来说可能是助力，可对章有这种能力超群的人来说反而让他掣肘，让他不能放开手脚自由发挥。这些事既然章有自己没和侯志洲说，陆则自然也不会多嘴。

侯志洲也没再多说，因为章有也买完冰激凌了。他本人浑身上下都带着冷，偏举着马卡龙色的双球冰激凌，两个冰激凌球都粉粉嫩嫩的，画面看着有种强烈的反差。一群“格子衬衫”很有默契地拿起手机开始偷拍。冷面老大吃冰激凌，这么值得纪念的一幕当然要拍下来！

章有走近，对上的就是举起的一排手机，甚至连陆则都很合群地拿起了手机。

章有：“……”在所有人的镜头里，章有缓缓露出一抹浅笑。他本来浑身透着种难言的冰冷和沉郁的气息，忽然这么一笑，仿佛初春冰消雪融、枝生叶长，叫人也忍不住跟着愉快地扬起嘴角。

啪！

侯志洲的手机摔地上了。“老大，你笑了啊！”侯志洲捡起手机，难以置信地说，“我认识你这么多年，第一次看你笑！等等，啊啊啊，我刚买的手机，还没来得及贴膜屏幕就裂了！”其他人不客气地哈哈大笑，一点儿都感受不到侯志洲的痛心。

闹腾了一会儿，陆则心情很不错，逛了这么久，什么事都没发生，果然还是集体活动比较安全啊。都怪褚盈盈那家伙，整天说他和裴舒窈“体质特别”，一起出门肯定会遇到大事。陆则对此进行了一次反思和分析，发现他们碰上事的次数确实不少。可那也不能说是他们的问题。感官稍微敏锐一些的人，发现问题的概率自然更高，他们只是路见不平报个警而已，作为一个有社会责任心的公民，难道不该这样做吗？

陆则和裴舒窈解决完冰激凌，继续牵着手往前逛。

侯志洲哀叹完自己摔碎的屏幕，又看到陆则这对小情侣跟在自己后面，顿时感觉刚才喝完的冰柠檬水太酸了，酸得他浑身都在冒酸泡泡。

侯志洲忍不住没事找事道：“小陆，你们牵着手不热啊？”

陆则一本正经地说：“不热。根据热传递规律，热会从温度高的物体传到温度低的物体，人体温度都在37℃左右，温度差别不大，两个人牵手时发生的热传递非常微小。不信的话，你可以找个人试一试。”

侯志洲："……"

单人玩家侯志洲受到一记暴击。

单人玩家侯志洲血量清零。

单人玩家侯志洲已死亡……

裴舒窈甜甜地弯起嘴角。热是有些热，可她还是想牵着呀。

一群人溜溜达达，把外面一圈小吃逛完了，又从室内展区入口往里走。室内展区本身就是个美食城，很多参会的商家是改改欢迎语直接参加这次美食展。顶层一整层被开拓出来当比赛场地。为了让美食节不至于开个半天就完事，这次国际美食大赛赛程拉得挺长，贯穿整个美食节始终。一楼、二楼都是直接开放的，商家都按组织方要求在门口摆了试吃摊子，展示自己店的特色。

刚才已经吃了一轮，大家都不怎么饿，只是又有些渴了，就在一家人少些的鲜榨果汁店坐下喝果汁解渴。陆则要了一杯西瓜汁，自然而然地和裴舒窈坐在一起。

七月正值吃西瓜的旺季，西瓜随便挑都很鲜美多汁，榨出来的西瓜汁自然也鲜甜解渴。西瓜汁榨得也快，没一会儿就有个小孩儿端着两杯红艳艳的果汁走向陆则和裴舒窈。

小孩儿才十一二岁，大热天的，他却穿着长袖校服，看着有些古怪。不过美食城里冷气足，穿着长袖外套的人不算少，所以他的衣着倒也不算特别引人注意。

小孩儿小心翼翼地说："您好，这是你们要的西瓜汁。"陆则看了小孩儿两眼，礼貌地接过西瓜汁。

侯志洲倒是觉得稀奇，问站在柜台后面半开放式厨房里榨果汁的中年人："老板，你们店请童工吗？"

"不是，这是我亲戚家的崽子。"老板没有多说，只感叹了一句，"家里人都不在了，刚好我不能生，我们夫妻俩一直没孩子，就把他接到家里来了。这小孩儿太懂事了，让他别帮忙他还不肯，这不，暑假了，他非要来店里帮忙。”

老板说完，见小孩儿已经走回自己身边，不由得伸手揉揉他的脑袋，两个人看起来确实很亲近。

陆则喝了口西瓜汁，又往小孩儿那边看了眼。

裴舒窈敏锐地发现陆则的异常，问他：“怎么了？”

陆则想了想，只说了一句：“不太对。”这小男生确实很乖巧，明明是怯懦的性格，还主动到店里帮忙。男人对小男生确实也疼爱有加，应该是准备把他当自己儿子养没错。

陆则和裴舒窈对视一眼，问老板：“今天这么忙，就你和这孩子在这里吗？”

“我老婆回娘家了，”老板说，“她妈住院，要她去看护。虽说也不缺请护工的钱，可护工还是不如自己儿女贴心，能自己守着还是自己守着。再说，我们这店也不太忙，美食节那么多好吃的，我们这里没有什么花样的鲜榨果汁，哪有多少人来喝。”

说是这么说，老板却一点儿都不发愁，显然不是缺钱的人，家境应该挺殷实。听他的话，他妻子也是个孝顺母亲的人。能孝顺长辈，主动到医院陪护老人的人，对小孩儿一般也不会太差。

陆则又看向那个小孩儿。他的动作有些古怪，头总是微微低下，像是在闪躲什么。一开始陆则以为小孩儿是害羞，不过仔细看了一会儿，发现这表现可能并不是因为害羞。见小孩儿走近，陆则想再仔细看看，却发现小孩儿的眼睛正好被偏长的刘海儿挡住了。他问老板：“这孩子转学了吗？”小孩儿动作一僵。

老板说：“上学期我们就帮他转学了，不过学位不好弄，只能上私立的学校。”他乐呵呵地夸耀起来，对养子的优秀与有荣焉，“我们家小尧期末考考得可好了，刚转过来一学期就进了年级里的前一百名。”

陆则在心里掠过几个学校的名字。

省会既然是省会，教育资源自然是最好的，不光公立学校多，私立学校也多。这一带就有三家，其中两家招生比较严格，必须学生和家长一起通过面试才能上；还有一家入学条件相对宽松，但学费比较贵，很多中途转学、通不过其他学校入学考试的学生会选择这一家。

相对来说，校风、学风当然是前两家好点儿。不管公立私立，好学校难进是肯定的，所以，这小孩儿很可能是进了那家入学条件宽松的私立中学。

“是转到星晶中学了吧？”陆则报出学校名。

小尧明显又僵了僵。

老板倒是有些惊讶：“你怎么知道的？”虽说星晶中学是私立学校，不过前两年市里要求所有中学统一校服，不能搞特殊，所以他的养子的校服和其他学校的校服没什么区别，从这上面是看不出学校来的。

陆则说：“这一带的三家私立学校里面这家比较好进。”

“哦哦，是啊。”老板点头，“本来我们想带小尧去考其他两家，可他们说学位满了，不收转学生，我想着初中也就两年多了，就让小尧去星晶试试。”

“他的头发是不是长了？”陆则抬手摸了摸自己的刘海儿向老板示意，“刘海儿遮住了眼睛，看书不方便吧，时间久了会伤眼。”

“我也这么觉得。”老板算是找到知音了，“我早让他自己去理发，他胆子小不肯去。最近我老婆要去岳母那边陪护，我又在忙店里的事，想着都暑假了，一时也没特意腾出空陪他去剪。小尧，听到没，这哥哥也说头发剪短些好。”

小尧的手下意识地攥着衣服下摆，把柔软的衣摆抓得皱巴巴的。陆则若有所思地看着小尧。小尧一直半垂着头，像是藏着什么秘密怕别人发现。

陆则喝了一口西瓜汁，果然鲜甜。小尧陆续把其他人点的果汁端了出来。

小尧送最后一次果汁时，陆则放下喝了大半杯的西瓜汁，对小尧说："会场太大，厕所不好找，你可以带我去吗？"

小尧还没回答，老板已经开口："小尧你快带这位哥哥去吧。"开店这么久，老板看人还是有点儿眼力的，看得出这群客人绝对不是坏人。就凭陆则那张脸，他真要想干点儿什么坏事，没跑半天肯定就被抓。

小尧见养父已经答应了，只好缓缓走到陆则身边。陆则起身跟在小尧的后面，和他一起往厕所方向走，两个人都没说话。等离开鲜榨果汁店一段距离，陆则才开口："我是学医的。"

小尧微微一瑟缩，很想拔腿就跑。

"你的养父很爱你。"陆则说，"他说起你的成绩时，比自己赚了大钱还要开心，你是他的骄傲。"

小尧停下脚步，僵直着背脊站在那里。陆则说："你在隐瞒和逃避。"

小尧不吭声，手又下意识地抓衣摆。陆则说："隐瞒不可能长久，逃避解决不了问题。"他注视着小尧头顶露出的发旋儿，"你的左眼怎么了？"小尧浑身一颤，抬起头看向陆则，眼里盈满了泪水。陆则看到小尧遮住眼睛的刘海儿散开了，露出平时总藏起来的左眼。他眉头一跳，抬手轻轻掀起小尧的眼皮，发现小尧的左眼晶状体不仅混浊，还有些变形，恐怕是受了外伤。这情况一看就非常严重。

陆则严肃地说："你应该第一时间去医院。"

"万一他们不要我了怎么办？"小尧吸着鼻子，眼泪簌簌往下掉，"好不容易有人收养我，万一他们不要我了，我该去哪儿？"他那么努力地学习，那么努力地讨好养父母，那么努力地想要当他们喜欢的那种小孩儿，就是想要让他们别抛弃他。可是，他的一只眼睛看不见了。他就想先瞒着，一直瞒到瞒不下去为止。

陆则叹了口气，问："什么时候伤到的？"

"期末的时候。"小尧回答。

"怎么伤到的？"陆则追问。

“摔……摔的。”小尧开始结巴。

“你在说谎。”陆则的语气很平静。

小尧闭上嘴巴。他害怕，害怕自己的眼睛真的会坏掉，害怕养父母会发现，害怕养父母会抛弃他。

“你这样不行。”陆则说，“人体有强大的免疫系统，会帮你清除身体里的异常物质。人的眼睛里面有些物质是免疫系统没有接触过的，如果眼睛受了外伤，这些物质就有可能暴露出来。这样一来，免疫系统就会把这种物质列入清除名单，不仅攻击受到损伤的那只眼睛，还可能攻击你没受到损伤的另一只眼睛，到那时，你很可能彻底失明，两只眼睛都保不住。”

小尧变了脸色。

只盲了一只眼，等眼睛看起来不那么严重，他就可以装作什么都没发生。可要是两只眼睛都失明了，他可就真的成废人了。到那时候，哪怕养父母还愿意接纳他，他自己也不想再拖累他们。养父母都是很好很好的好人。

小尧六神无主地落下泪来，不知该怎么办才好。他到底还只是十来岁的孩子，哪怕经历有些坎坷，但心性尚未成熟，哪里受得了这种可怕的可能性。“他们对我很好。”小尧哭着说，“他们花那么多钱让我去那么好的学校上学，我怎么能再给他们惹麻烦？”

小尧抽噎着把事情的原委告诉了陆则。

转学生大多引人注目，如果他是心理素质好、长相出众或者性格活泼的类型也就罢了，偏偏小尧是乡下来的，和私立学校的同学格格不入，也不是开朗的性子，交不上什么朋友。他转过来后的第一次考试的成绩不是很理想，排名刚好比校董的儿子高一名。就因为这么小的一件事，再加上被同伴调侃“考不过一个乡巴佬”，校董的儿子开始针对小尧。有了校董的儿子领头，其他人也开始明里暗里地孤立他、欺负他。这次期末成绩出来，小尧考进了年级前一百名，特别高兴，结果下楼梯时不小心撞到校董的儿子，又被校董的儿子拖进厕所“教训”了一顿。小尧的左眼就是那时候开始模糊的。

一开始小尧也把被欺负的事告诉过老师，可是老师只说“那是校董的儿子”，之后并没有处理这件事。校董很有钱，认识很多厉害的人，老师不敢管他的儿子，同学也都怕他的儿子。要是自己把事情闹开，养父母会被他连累。

他真的好害怕啊，所以撒谎说感冒了，每天戴着口罩、穿着冬天的校服，遮挡身上的伤。

陆则说：“什么都能拖，病不能拖。病向浅中医，小病会拖成大病，小伤会拖成大问题。”

至于学校里的问题，还是该告诉家长的。小孩子不懂事，大人肯定该懂，越是有头有脸的人越看重名声，绝不会放任事态恶化。要是对方明知儿子做了什么还继续纵容儿子，那他迟早要栽跟头。

陆则注视着眼前的小孩儿。不是亲生的孩子，养父母哪怕有心想亲近也免不了有种种顾忌，尤其是孩子表现出闪躲意图时，养父母会更加小心地对待他。所以在这孩子有意的隐瞒下，他的养父母很难发现这件事。

“不要拿自己的身体当儿戏。”陆则认真地告诫小尧。

“我知道了。”小尧的唇微微抖着，说话也带着颤音。

陆则继续说：“你回去吧，我自己去厕所。”

小尧没想到陆则真的要去厕所，愣了愣，乖乖地点头。他一个人越过人群往回走，抬手擦掉脸上的泪珠。要是陆则一直劝他向养父母坦白，他可能还是不敢说。幸福得来不易，他不敢冒任何失去的危险。

可陆则只是平静地告诉他，他这只眼睛坏了，可能会连累另一只，让他早点儿去医院。他不能变成盲人，绝对不能！

小尧回到鲜榨果汁店时，泪痕已经被擦掉了，眼睛却还是红红的。他走到养父身边，哽咽着喊了一声：“爸爸。”

在为新客人榨果汁的老板一愣。平时这孩子很害羞，很少主动这么喊他们。老板低头看去，才发现孩子的刘海儿被拨开了，露出无神的左眼。

老板立刻紧张地问："你这眼睛怎么回事？什么时候弄的？是不是刚才在哪里摔伤的？刚才那位客人呢？"他看向裴舒窈一行人，想找到陆则的身影。

"他去厕所了，没有回来。"小尧红着眼眶说，"我这眼睛，不、不是摔的，期末的时候就这样了。"

会场很大，客流量也很大，陆则到厕所时，那里有挺多人在排队。相比女厕所的长队，男厕所这边还是快一些，陆则洗了手出来，女厕所的队伍还一动未动。女孩儿们正焦急地讨论着。

"啊啊啊，快点儿啊，一会儿顾顾要来了！"

"人也太多了吧，我刚得到消息就来了，没想到这边已经人山人海了。"

"也不是所有人都是为顾顾来的，这次美食节做得挺用心，不是那种搭个棚子卖点儿熟食敷衍的。"

陆则眉头一动。这是顾云飞要过来？因为早就决定来玩，他倒是没太注意相关宣传。偷听是不礼貌的，陆则脚步没停，走回裴舒窈他们所在的那家鲜榨果汁店。

店里的父子俩已经哭作一团。两个人虽然不是亲父子，但有亲缘关系在，长相有些像。

他们夫妻俩没孩子，得知养子的境况时夫妻俩讨论了很久，把事情都商量妥了才去接人。他们都对这孩子喜欢得不得了。可也正是因为喜欢，正是因为想让他真正接纳他们这对新手父母，他们对待这孩子才更小心翼翼。他们从来没想过，这份小心翼翼居然会给别人可乘之机，让孩子在学校受了那么多苦也不敢和他们说。

店老板那么高大的一个人，哭得眼泪鼻涕一起流，十分狼狈。他哭到陆则回来才想起店里还有不少客人，赶紧抽了几张纸巾把脸上的泪擦了，伸手抱住养子。察觉到养子身体微微颤动，店老板心里更加自责和痛苦。

店老板声音还有些哽咽，抱歉地对客人们说：“对不起，今天可能不能继续开店了，我得带小尧去医院。”

裴舒窈说：“孩子要紧。”她一边说一边和其他人一起帮老板把店里别的客人喝完果汁丢下的杯子收拾好。

小尧伸手拉了拉店老板的衣摆，定定地看着陆则。店老板这才想起自己还没感谢陆则，忙带着孩子上前对陆则说：“谢谢你，要不是你及时发现，我现在还不知道小尧遭遇了什么。”他掏出手机，“我们加个微信吧，等小尧的眼睛检查过了，我再好好向你道谢。”

陆则本来想说不用谢，想了想，还是打开手机接受了店老板的好友请求。他把列表里一个好友推送给对方，对店老板说：“这位是省院有名的眼科医生，你们可以挂他的号。这种情况越早治疗越好。”

店老板刚才已经听小尧说陆则是学医的，哪敢再耽搁，送陆则一行人出店之后马上关了店门，逆着人潮急匆匆地往会场外走。

陆则、裴舒窈和章有三个“不合群”的家伙被一群“格子衬衫”簇拥着继续往前。刚才侯志洲他们都听到了小尧的遭遇，好几个人都忍不住摇头叹息，七嘴八舌地议论起来。

裴舒窈也叹了口气。她忍不住看向陆则。她刚遇到陆则时，陆则也在念初中，那时的他也和同学玩不来，不怎么搭理别人，也不在意别人爱不爱带他玩。

不过裴正德说过，陆则休学是提前修完了初中三年的课。学校想留他每年给学校争个全市第一，于是同意休学，让他只要每学期回去参加期末考试就好。

陆则之所以会提出休学，还是因为他的一个朋友。当时陆则是被他小姑姑接到家里暂住，临时转学到那所中学。以陆则当时的性格，他是不会主动去交朋友的，学习那么有趣，为什么要交朋友？是书不好看，还是知识不够甜美?

可是初中都是有同桌的，陆则的同桌就是一个“小可怜”，连一个朋友都没有，他小心翼翼地向陆则伸出了橄榄枝。陆则也不在意，当朋友就当朋友吧，虽然这个同桌笨了点儿。不过经过十来年的观察，陆则也知道世上没多少人拥有聪明绝顶的脑袋瓜。就这样，陆则不时帮同桌解个难题，看到有人捉弄同桌时还会帮忙报告老师，对陆则来说，日子过得挺平静。没想到临近期末，却出了变故，这同桌把陆则骗到厕所，里面是一群看陆则不顺眼的人。

大概是一个朋友不能满足这同桌，他想要更多朋友，所以他帮那些欺负过他的人把陆则骗了过去。

陆则对此还是没什么感觉，他的教官说过，他是练过的人了，不能随便和普通人动手。不过教官还说了，事到临头，也不要站着被人打，要懂得随机应变。陆则当即把人一个个摁倒在水池里，让他们清醒清醒。他的同桌被吓得目瞪口呆。

陆则收拾完这群人，回去后就把初中三年的课程看了一遍，觉得没什么难的，等期末考了全市第一后就去和年级主任商量请长假的事。自那以后，陆则除了期末考试就没再回过这所学校。也就是在那时候，当时恰好在南方的裴正德时不时把陆则“捡”回家，苦口婆心地劝说陆则好好学习天天向上，别整天把心思花在别的地方。陆则表面上顺从地听着，回去之后还是每天瞎跑。

裴舒窈就是那时候认识陆则的。陆则平时对人不怎么感兴趣，对裴正德的书倒是很感兴趣，总能轻易被裴正德骗回家。她从外祖母家回到当时的家时，也想念父亲书房里的书，和父亲打了招呼就直奔书房，结果发现书房里有个面生的男生。他收拾得整整齐齐，一张脸也白白净净，和很多同龄人不一样。他靠在书架边津津有味地看着手里的书，完全沉浸在书中，连有人开门走进来都没发觉。

裴舒窈发现自己至今还把当时那一幕记得清清楚楚。也许有些东西在自己还没发现的时候，就已经悄然在心里扎根……

裴舒窈牵着陆则的手问："那孩子的眼睛严重吗？"

陆则说："挺严重的，不过方主任很擅长处理这类外伤导致的眼睛问题，只要尽早治疗，应该可以康复。"他说那些话主要是想让那孩子主动面对问题，这事要是不解决，哪怕眼睛治好了，下次还可能再发生同样的事。

既然店老板已经关店带孩子去省院，陆则几人聊了几句，就都没再多提。他们终究是外人，只能提出建议，真正能帮到孩子的还是他自己和他的养父母。

只是遇到这样的事，大家也都对继续逛下去没多大的兴趣了。已经到了午饭时间，陆则便领着人去了顶楼，找老张和小江。

小江正以迷弟的姿态给老张打下手，十分殷勤，瞧着跟老张的亲儿子似的。老张对这个帮手也很满意，虽然小江没有参加比赛的经验，但他对食物的喜爱很纯粹，偶尔能迸发出令人惊叹的灵感。人一上了年纪，就喜欢和年轻人凑一起，听听年轻人的想法，算是借用一下年轻人灵活的脑袋。

见到陆则，老张大手一挥，直接给陆则安排了一张空桌。

"小则，你真来了？"老张高兴之情溢于言表，看着裴舒窈一行人问，"这都是你的朋友？"

"对。"陆则点头，又牵着裴舒窈上前补充了一句，"这是我的女朋友窈窈。"

"哟，有女朋友了！"老张喜出望外，比自己有了儿媳妇还开心。老张和陆则的爸爸是同学，不过陆则的爸爸不怎么和别人往来，刚开始他们也没什么交情。可当老张家里出了事，陆则的爸爸把手里所有钱都悄悄给了他，让他振作起来帮家里渡过难关。反倒是平时嘻嘻哈哈和他称兄道弟的那些人，他还没开口，一个两个的就开始推托起来。

锦上添花易，雪中送炭难！

老张瞅着陆则，感觉就像看到当年那个面冷心热的陆爸爸一样。就陆则这性格，能有喜欢的人不容易啊，当然得抓紧给定下来。陆爸爸一看就不是会来事儿的人，这事情还是得他来操持啊！

老张立刻说：“我给你们整一桌菜看看适不适合当你们的婚宴的酒席！”

陆则：“……”

裴舒窈：“……”

还没到评比时间，老张这些参赛选手可以在主办方划出来的区域招待客人，以此增加比赛的互动性。当然，由于食材和大厨都是最好的，因此顶楼需要凭券入场或凭证入场，其他游客只能止步于楼下。

不过，各位参赛者都有亲朋好友来捧场（蹭吃蹭喝），也有不少“粉丝”不辞辛苦过来支持（千里送钱），顶楼看起来也不算冷清。陆则就是来蹭吃蹭喝的亲朋好友，而且还拖家带口地来。

比赛得亲自上场，其他时候自然可以让徒弟们一起帮忙。老张数了下人数，心里列出了适合的菜单，没等陆则反应就雷厉风行地把事情安排了下去，随即自己也扎进了厨房里忙活。

陆则一行人落座，没一会儿就听见楼下传来阵阵尖叫声。

侯志洲坐在靠近护栏的地方，听到动静后往下一看，看到一楼挤满了年轻的男男女女，都朝着入口处喊着“顾顾”或“顾云飞”。他惊奇地说：“看来这次主办方果然下了血本，居然真的把顾云飞请来了！”

第十六章 你不要骗我

顾云飞，年纪轻轻斩获“影帝”称号的劳模演员，得奖还不止一次，今年还想冲奖，不过不冲“影帝”了，想冲最佳导演奖。年初电影上映顾云飞露面“营业”，紧接着又开始了漫长的神隐期，粉丝们也跟着开始“养老”，好好工作好好赚钱，等着到时给他们家顾顾贡献票房。这也是一个充满正能量的粉丝群体。

顾云飞会以美食节评委身份出席这次国际美食大赛的消息，事先并没有得到宣传，昨天美食节官方账号上才放出这个消息。按理说顾云飞现在应该在拍戏，不该出席这种活动才是。

众所周知，这种地方性活动，官方账号一般是十分不顶用的，还是顾云飞后援会迅速把消息扩散开，才有这么多粉丝能赶过来看一眼他们心心念念的偶像。

也许是顾云飞发了话，短暂的骚动过后场面渐渐控制住了，尖叫声再也没响起过。陆则的位置离围栏也近，不过他对顾云飞的到来兴趣不大，没和侯志洲一样往下张望。

陆则照常和裴舒窈坐在一起嘀嘀咕咕，直至楼下渐渐安静下来，他的手机开始不停地振动。陆则拿出手机，发现是顾云飞发来的消息。

“小陆啊，你在哪儿？

“我来你们省会的美食节了，你要不要过来和我一起吃点儿好的？

“哥是评委哥带你飞，尝遍各国美食！

“你不是交了女朋友吗？带上你的小女朋友一起来！

“你理理我啊，小没良心的！”

陆则等对方一口气刷完屏，才回了一句：“我在顶楼，张家酒楼选区。”

三分钟后，顾云飞出现在他们眼前。

章有有些诧异。侯志洲震惊到合不拢嘴，刚才目睹这位影帝在楼下接受粉丝们的欢迎，他心里还一阵羡慕妒忌恨，只恨自己选错了职业，没去娱乐圈发光发热。他一个程序员，这辈子肯定没办法拥有这么多妹子粉丝了！结果他才刚感叹完，正主就朝他们走过来了！

顾云飞不仅过来了，还很自觉地从旁边挪了把椅子，坐在陆则腾出来的空位上。他们所在的位置是主办方提供的，虽不是包间，却也有一定的私密性，保证选区之间不会相互干扰。这种比赛老张早就参加腻了，不仅没把胜负放在心上，连宣传都没做，更是没跟亲朋好友打招呼，只有零星几个老饕闻香而来，因此陆则这边还算清静。

顾云飞坐下一看，一群“格子衬衫”，还是经典款的红黑格子，不由得脱口而出：“你们这是码农聚会？”

侯志洲一脸激动：“对，我们是搞代码的。”他还和章有嘚瑟起来：“老大，看吧，我就说这队服很有代表性，你还不信！”章有装作没听见。

和大明星同坐一桌，其他人都挺激动，团队里唯二的两个妹子还掏出小本子和顾云飞要了签名。等到第一道菜上来，激动人心的追星活动就结束了。

平时张家酒楼的饭菜就好吃，今天老张亲自下厨，味道自然更了不得，香，真的香。不是那种油腻扑鼻的香，而是非常诱人的香味，闻起来开胃无比。

每个人都被吸引着拿起筷子，没等第二个菜上来，盘子已经空了。两个妹子连偶像都没让，动作迅捷地把最后两块肉给夹走了。从第二道菜上来开始，顾云飞也不再顾及明星形象，加入抢菜大军。

一轮扫荡下来，每个人都吃得有点儿撑。

老张出来笑呵呵地说："怎么样？小则，这桌菜当你的婚宴的酒席不算差吧？"

侯志洲当即对陆则说："小陆啊，你们结婚一定要请我。"其他人纷纷应和："对、对、对，请我、请我，千万不要漏掉我。"

陆则和裴舒窈都不是脸皮薄的人，虽暂时还没有考虑过结婚的事，不过应起来一点儿都不心虚："当然，到时一定请你们。"

果盘上来后，顾云飞开始和陆则说起自己过来当美食节评委的始末："我最近在这边拍戏，要用个学校场景，选的是这附近的星晶中学。没想到校董认得这美食节的负责人，对方知道我在那边拍戏，非要邀请我过来，我想着也就给每样菜尝个味儿打个分，也不难，就过来了。"到地方上拍戏，很多时候他得适当地退让，要不然很可能牵扯出很多麻烦，浪费大量时间在不必要的扯皮上。阎王好见，小鬼难缠啊。

顾云飞一说出星晶中学，在座的不少人脸色有些微妙。毕竟他们第一次听到星晶中学的名字时遇到的还不是什么好事。

"校园片段长不长？"陆则问。

"不长，就几分钟。"顾云飞说，"怎么了？有什么不对吗？"

"还是换个地方重拍吧。"陆则简明扼要地把小尧的事和顾云飞说了。若是顾云飞再让这所可能存在问题的学校出现在电影里，难免会有不好的影响。陆则不希望顾云飞给它做宣传。

"还有这样的事？"顾云飞虽然还没结婚，可一直很喜欢孩子，马上说，"行，我回去就把这段换了！"

顾云飞又问："那孩子的伤严不严重？需要捐助吗？要是有需要的话，你回头和我说一声啊。"

"不用，他的养父家境还算不错。"陆则说，"这伤打人的该负责，现在只看好不好治，钱不是大问题。"

顾云飞一向热心公益，和陆则一样，没看见也就算了，遇上了免不了想管一管。听陆则说钱的问题不大，他点头说："行，回头你和我说说后续。"

两个人对话时太熟稔，他们不觉得有什么，其他人听了都觉得陆则的交友面真够广的，连顾云飞这种大明星都和他是朋友。

顾云飞这话痨从来不冷落别人，和陆则聊完了小尧的事，又跟其他人聊了起来，吹一吹自己和陆则认识的经过，又说说陆则这些年的"冷酷无情"。

最后他还和裴舒窈说："小裴啊，你辛苦了，他这人什么都好，就是你说一百句他不回一句，简直是铁石心肠。和他谈恋爱是不是很累？"说着他还唱了起来："爱上一个不回话的人，等待一扇不开启的门……"

陆则："……"这人说话跟连珠炮似的，给人留出了回话空间吗？

裴舒窈一直轻轻抿着嘴，脸上带着浅浅的笑容，两个好看的梨涡看起来分外甜美。

在顾云飞发表完一长串的感慨之后，她笑眯眯地回了一句："不会。"她给了顾云飞致命一击，"师兄从来不会不回我消息。"哪怕有时候他们各自有事要忙，忙完之后陆则肯定也会抽出空来回话。更多的时候他们的交流都是秒回的。

顾云飞听罢，悲愤地叉了一块西瓜，让西瓜甜美的汁液抚慰自己受创的心灵。

吃完美味，美食节之旅对陆则来说算是结束了。

左右老张对勇争第一也没什么兴趣，纯粹是抱着重在参与的心思来练练手，陆则蹭吃蹭喝完就和其他人一起跑了。不过陆则的到来对老张这边依然有不小的影响，主要是他把顾云飞招来了。手握顶楼入场券的人又有不少是顾云飞的粉丝，秉承着“哪怕不能和顾云飞同桌吃饭也要尝尝他吃过的饭菜”的想法，陆陆续续往老张所在的选区跑。这些人算是主办方挑选进来的群众评委，手里是握有“大众票”的。

一个中午忙下来，老张备好的食材都用光了，不少老相识忍不住过来说上几句酸话，说他运气好，开局就来了个顾云飞！老张得意扬扬地说：“谁叫那是我侄子的好朋友呢。”

这时网上已经有不少人发了顾云飞参加S省美食节的图，“顾云飞现身美食节”这个话题瞬间热度高涨，全是顾云飞的粉丝在刷屏。

就在这个话题在热搜榜单上节节攀升的时候，一张照片吸引了许多人的主意。那是一个粉丝偷拍的照片，拍到的画面是顾云飞拉了一把椅子往陆则身边坐的一幕。虽然顾云飞以背影出镜，但别说是背影了，就算只露一只脚丫子，粉丝也能把人认出来！

这不是重点，重点是除了顾云飞和另外三个俊男美女，剩下的人竟穿的全是格子衬衫！红黑格子，经典永不过时，集齐这么一整桌很难得。粉丝们甚至恍恍惚惚地觉得偶像他们几个人太不合群了，要是他们也穿上格子衬衫，不知道谁会是格子堆里“最靓的崽”？

“等等！我是不是眼花了，顾顾旁边的人是谁？”

“@陆则后援会，卤粉们，出来收图了！”

“上次顾顾自爆说和小陆医生是朋友，我还不相信，现在我信了！那么现在问题来了，这群红黑格子又是谁？我盲猜这是一群码农！”

“码农路过，我不爱穿格子！”

随着程序员们陆续加入“自证队伍”，营销号闻风而动，话题热度坐火箭一般升了上去。

顾云飞的团队面面相觑。

美食节落幕的时候，陆则收到小尧的养父发来的消息，说方主任人很好，得知是陆则推荐来的格外关照他们。

小尧的眼睛治愈希望很大。他身上还有其他伤，这么小的孩子居然一直忍着不说，连疼都不喊。现在他妻子也回来了，夫妻俩轮流陪着孩子。

在陆则的提醒下，他们请医院开了证明，已经带着孩子去报了案。他们是不准备让小尧继续留在星晶中学了，在离开之前必须向大家揭露这所学校的情况，一是给小尧讨一个公道，二是不能让其他孩子成为第二个小尧。

除了报警，他们还准备找媒体曝光星晶中学，以防这事不了了之，但过程并不顺利。这件事小尧的养父只是和陆则随口提一句，道完谢也就结束了对话，没有让陆则帮忙的意思。

陆则想了想，找到好友列表里的一个人，给对方留了消息："蒋哥，你应该还在筹备九月播出的'护苗月'专题，我这里有个选题不知道你感不感兴趣……"陆则简单地把美食节遇到的事做了归纳总结，发给蒋饶，还把小尧的养父发来的一些材料转发给了蒋饶，以证明确有其事。

《普法在行动》的"护苗月"专题的播出时间定在九月——学校开学的月份，顾名思义，这个专题是关爱青少年成长的，案件大多和青少年有关。陆则在蒋饶的朋友圈刷到过这个专题的相关介绍。"护苗月"专题持续一个月，目前内容应该还没有排满，即使排满了，这案例极具代表性，蒋饶应该会感兴趣。

果然，在陆则发完消息没多久，蒋饶就回复说这个案例很典型也很有意义，他会当成选题报上去，看看台里的意思。因为结果还不能确定，陆则也就没把这事告诉小尧的养父。

顾云飞刚重拍完校园戏的片段，就接到星晶中学的校董的电话。

“小顾啊，上次说的事你考虑得怎么样了？”对方语气殷切，“你要能当我们星晶教育集团的代言人，我们星晶肯定能开遍全国，到时我们星晶培养出大批人才，对你来说好处也很大啊。”没错，星晶的校董不仅热情地邀请他们剧组去学校里拍摄，还想请顾云飞当他们的代言人。要不是陆则提了个醒，顾云飞还真有可能答应。

顾云飞小时候家里穷，读书的钱都是东拼西凑凑起来的，读书还要走两个小时的山路才能到学校，条件可以说十分艰苦。就这样，他还曾面临学校没有老师、只能自习的困境。正是因为这样，顾云飞进入演艺圈后虽然成了“没有感情”的“拍戏机器”，却有一个很有人情味的爱好：给贫困山区搞教育——缺学校建学校，缺师资拉师资，缺设备捐设备。但凡与教育相关的公益活动，顾云飞都很有兴趣参与。要是星晶教育集团确实一心搞教育，顾云飞很乐意帮他们代言，甚至不要代言费都行。

可事实证明，这星晶教育集团的校董们终归只是商人。他们关心学校能开几家，关心学校能赚多少钱，关心一切与利益有关的事，唯独不关心孩子的未来——无论是自己的孩子还是自己学校的学生。

顾云飞拒绝了星晶的校董的邀约，重新拍完校园的戏份后回了片场继续磨两个主演的戏份。

星晶的校董被顾云飞拒绝后脸色很不好看，啐了一声，骂道：“不过是个卖脸的明星，有什么好得意的？”他骂完还不解气，又往办公桌上踹了一脚，震得桌上的摆件哐当一声掉到了地上。他才撒完火，又接到电话，电话那边说有人报警星晶中学有问题，而且事情竟和他的儿子有关系。星晶的校董立刻把自己的儿子喊了过来，问问是怎么回事。

一问之下，星晶的校董被儿子气得额角的青筋直跳。

只要是花钱能解决的问题，那都是简单到不能再简单的问题。他不想坐以待毙，颇有诚意地联系了小尧的养父。

小尧的养父刚被几家小媒体拒绝了，就接到了星晶的校董的电话。要是放在之前，他和这样的人物说话都会小心翼翼的，因为心里难免会有矮人一头的感觉。现在这位校董不说让儿子道歉，反而张嘴就问他们要多少钱才肯私了，小尧的养父接受不了。

孩子的健康是钱能买来的吗？这段时间小尧的心理也承受了极大的压力，身为父母，他们虽然不能给他带来大富大贵的生活，但也绝不会用他受到的伤害去换钱。小尧的养父毫不犹豫地拒绝了对方的私了要求，坚持要让警方介入查明真相，让该道歉的人道歉，该付出代价的人付出代价。

星晶的校董觉得这人敬酒不吃吃罚酒。一个小小的果汁店老板，也敢和他们叫板？

这段时间小尧的养父母请了人看店，看店的人说总有人来店里找麻烦，小尧的父亲明白，这事是不能善了了。

就在小尧的养父一筹莫展的时候，蒋饶给了陆则答复：这个选题通过了，他这几天就带着团队过来录制节目。陆则马上把这个消息告诉小尧的养父，并询问他这边的进展。

《普法在行动》要来拍小尧的事！

小尧的养父这些天都在琢磨怎么把事情曝光，甚至连走自媒体的渠道都考虑上了，没想到陆则居然告诉他这么个好消息。“谢谢你啊，小陆医生。”小尧的养父感激地说，“要是没有你帮忙，真不知道该怎么办才好。”小尧的养父又把情况和陆则说了说。

陆则挂了电话，眉头微微皱起。没想到事情还是往最糟糕的方向发展。那校董的儿子不是没被教好，而是当爹的本身也不是什么好东西，这才养出这么个儿子。

五点过后，裴舒窈来接陆则下班。

伍家外婆做寿，她又赶了回来。上次她去了卫家，这次陆则要和她去伍家亮相。两家都是经商的，没利益关系也有几分面子情，更何况现在还有可能成为亲家，自然该多走动。

陆则下楼时，裴舒窈已经站在楼下等着他，薄薄的暮光落在她身上，让她整个人泛着明亮的光晕。

“师兄，”裴舒窈主动牵住陆则的手，和他并肩走在林荫道上，关心地问，“你的心情不太好？”

“没有。”陆则回握那暖和的手掌，感觉心里的所有褶皱都被抚平了。

他简单地把小尧一家的遭遇告诉了裴舒窈。

陆则从小感情淡漠，不爱管闲事，可他的观察力又太过敏锐，哪怕他不主动去了解、去倾听，别人的情绪也总轻而易举地被他捕捉到。别人的挣扎、痛苦、愤怒、绝望，他都能轻易地洞察到，这样的天赋，有好处也有坏处。

至少他在很早以前就被迫发现，他并不是无所不能的。比如在当年徐淑珍还在挣扎犹豫的时候，他就察觉她即将离开他，但不能去改变那一切。很多事即使他发现了，也没办法去挽回。

陆则说：“我觉得这样的人（星晶的校董）投身教育界不是什么好事。”

在很多人眼里，教育早就成了一门生意。可你做生意也得好好做不是吗？

裴舒窈说：“上次我向我妈了解过星晶，它已经在好几座城市开了分校，规模还挺大。我妈没多说，不过听语气是不太喜欢他们。听说他们还盘算着邀请顾哥当代言人，趁机再开一批分校。”

“顾哥不会答应。”陆则说。

“对，顾哥没答应。”裴舒窈把对方的好算盘和陆则说了，“他们还打着关心教育的旗号，想让顾哥当成做公益，不收代言费。”在商言商，你想找代言人就掏钱请，打着公益的旗号让别人干白工、担风险，自己白得好处疯狂捞钱，世上哪里有那么好的事？

裴舒窈觉得这样的人的脸皮实在太厚了，怪不得能养出那样的儿子。陆则也这么觉得。

小尧的养父得知《普法在行动》要过来录制节目就放下心来，陆则心里却还是不高兴。他想，实在不行的话，他还可以借个律师团队给小尧一家。处理这些事，他们是专业的！

眼下他还得考虑去伍家的事。

"我就这样去没问题吧？"对人情往来，陆则还是不太擅长，不知道自己直接穿着上班前套上的衣服上门算不算失礼。

裴舒窈打量起陆则来：他的衣服很多是由徐淑珍定制的，质量绝对不差，随便穿一身都很妥帖——既不会太隆重，也不会显得不重视。更何况他长得帅，长得帅的人穿什么都好看。

"外婆最喜欢英俊帅气的小伙子，"裴舒窈笑眯眯地说，"她肯定会满意的。"

两个小年轻一起登门，本来就不用太正式。

裴舒窈开车载着陆则前往伍家老宅。

伍家人口简单，到裴舒窈的妈妈这一代有三男一女，可惜三个男的都无心经商，更没有这方面的天赋，最终振兴伍氏的责任落到了伍心慈的头上。

到第三代，连裴舒窈这个女孩子也没兴趣接班，就看谁那么倒霉先被父母摁头进公司了。

伍老爷子去得早，家里年纪大的只剩伍家外婆。她出身书香门第，不太爱热闹，但儿孙绕膝的日子谁不喜欢？每年节假日和生辰，她都早早盼着儿孙回来。

自从知道裴舒窈这个外孙女谈恋爱了，伍家外婆一早想见见陆则。听说陆则今天要来，伍家外婆吃过午饭就开始考虑自己穿什么衣服。临到傍晚时她把满头银丝梳得整整齐齐，再三对着镜子照来照去，确定镜子里是个慈和又端方的老太太才不再折腾。

这么多孙子孙女，伍家外婆最喜欢的就是裴舒窈这个外孙女。本来她最担心这个外孙女太爱学习，也太过聪明，一般人很难入外孙女的眼，没想到女婿有先见之明，早早挑拣了个出色的学生带在身边。

这早也见晚也见的，他们可不就容易见出感情来？

伍家外婆笑呵呵地等着儿孙们回来。

陆则跟着裴舒窈抵达伍家老宅时，人已经到得差不多了，众人听说他们到了，都齐刷刷地转过头看他们。

今天陆则和裴舒窈都穿得挺休闲，眉眼也都带着浅浅的笑意，两个人站在一起显得非常般配。

老太太不喜喧闹，做寿也只打算开家宴，没请外人，在座的都是亲朋好友。众人看到这么一双璧人走进来，一瞬间有些恍惚。其实伍家人男的俊、女的俏，长相都不差，可和裴舒窈两人一比又略逊一筹。

这么好看的人，他们家占了两个，别家绝对要羡慕死！别管陆则家庭有多复杂，未来也还不知会是什么境况，光看这长相他们就无条件支持裴舒窈把他骗回来。他们不缺钱，也不指着裴舒窈去联姻攀关系，只要裴舒窈喜欢就好。

陆则受到伍家人一致的欢迎。

陆则没给伍家外婆带太贵重的礼物，只在吃过饭后提出给伍家外婆送一首曲子。

伍家外婆年轻时很爱音乐，至今家里还修有专门的音乐厅，里面不仅放着满壁柜的唱片，还有各种乐器。这一点裴舒窈和陆则说起过，所以陆则才准备给伍家外婆送一首曲子。

听陆则说要送她曲子，伍家外婆顿时来了兴趣，不由得问：“你用钢琴还是小提琴？我这儿都有！”

陆则摇了摇头，说：“有二胡吗？”他没学别的乐器，只学了二胡。

“有啊，没想到小则你喜欢二胡。”伍家外婆神色有些怅然，差遣儿子去取自己的二胡来。她牵着陆则的手感慨：“其实这么多乐器，我也最爱二胡。说起来已经是好几十年前的事了，小时候我总觉得我不是北方人，每次听到二胡声都想哭，连在梦里都念叨着要回家。”

陆则认真聆听。其他人也是第一次听伍家外婆说起这么一件事，全都安静地听着。

伍家外婆叹息一声，接着说：“那会儿我还不知道是怎么回事，到我妈去世时才和我说，其实我是被捡来的。只是他们捡到我时世道太乱，扔孩子的事太多了，他们找了几天找不到我的家人，便带着我一起回北方。”

几十年过去，哪怕她的亲人还在世，怕是也早忘了他们当初扔下的小孩儿了。正因为找到亲人的可能性很小，对方对她存有血缘亲情的可能性也极低，所以伍家外婆才从未在儿女面前提起这件事。只是不知道为什么，听陆则提起二胡，她就忍不住倾诉一番。这些年她欣赏过不少二胡曲，还特意去听过不少演奏会，没人能给她儿时梦里的那种感觉。兴许是因为人会自动美化回忆，所以现实里的曲子怎么都比不上梦里听到的。

陆则见老太太神色怅然，接过伍家舅舅递来的二胡后开口说：“这曲子是我好几年前偶然学来的，窈窈说您很喜欢音乐，我就想拉给您听听。”

他不太会送礼，不过一直牢记一个送礼原则：投其所好。他思来想去，感觉自己能拿出的让伍家外婆感兴趣的礼物也就这么一首曲子了。

伍家外婆知道这是自己过寿的好日子，不该太惆怅，也就含笑看着陆则坐到一旁拿起二胡开始拉奏。

二胡的声音在许多人的印象中都是凄婉苍凉的，陆则拉奏的这首曲子却不一样，曲调欢快如林间清泉，时而轻缓，时而腾跃，时而眼前落英缤纷，时而眼前草色青青，仿佛春到人间，处处都春暖花开。

不是所有人都懂音乐，可是所有人都听得出陆则拉二胡拉得很稳，忍不住凝神静听，身心都沉浸其中。

一曲终了，陆则缓缓放下二胡，情绪也慢慢从曲子里抽离。

裴舒窈这时注意到老太太的情绪不对，脸上还挂着两行清泪。裴舒窈忙抓着老太太的手问："外婆，你怎么了？"

陆则也注意到伍家外婆居然泪流满面。

"这曲子，我听过。"伍家外婆握住外孙女的手，声音有些发抖，"我听过的。"她在梦里听过啊。

陆则怔住。

伍家外婆由着裴舒窈帮她擦了泪，问陆则："这曲子你从哪里学来的？我买过那么多唱片，听过那么多演奏，却一直没找到这首曲子。"

见伍家外婆神色急切，陆则也不隐瞒。他学二胡这事，裴舒窈也听说过，裴正德就是在陆则跟人学二胡时把他"捡"回家的。

那人是坐在路边帮人修鞋的鞋匠，岁数大了以后眼睛有点儿看不清。不过补鞋这种手艺活儿，一向都是熟能生巧的，干熟了不用看都能补好，他的眼睛好不好也没人在意。他本人也不在意，每天坐在大树底下等生意，夜里就回政府分给他的小平房里住着。

裴舒窈记得陆则前两年还提了一句，说那一带拆迁了，他那位二胡师父也分了一套小小的回迁房，补鞋手艺还是没落下，每天他依然寻一棵大树坐在底下等客人。由于现在需要用老法子修鞋的人已经不多了，他平时没什么生意，城管也就当他是个纳凉的老头儿，没驱赶过他，甚至偶尔会过去照顾一下他的生意，和他聊聊天，问问他生活上有没有什么困难。

只是他们都没听陆则拉过二胡，因此也不知道陆则随便在路边跟人学一学，居然拉得这么好，还学了一首让伍家外婆听了都潸然泪下的曲子。

"他不爱说话，我不知道他家的情况。"陆则说，"我跟他学了两个月，没看见他的家人，这些年下来也没看他有什么亲人来找他。"

"他多大了？"

“应该比您大几岁，今年该七十了。”

“七十了，我也六十六了。”伍家外婆说，“这曲子就是我小时候常梦见的那首，我觉得它应该和我的血亲有关系。他、他长什么样啊？和我像不像？”

陆则沉默。

他们长得并不像。他那二胡师父一看就受过许多苦，脾气古怪，不爱和人打交道，后来眼睛又坏了。岁月是无情的，你过着什么样的生活，就会在你脸上留下什么样的痕迹。这样一个人，让人很难看出他和养尊处优的伍家外婆有什么相像的地方。

“我有他的照片。”陆则说，“上次他们几个老人家聚会时拍的。”陆则拿出手机，翻出了相册里的一张照片，把手机拿到伍家外婆面前让她看上面的合照。

照片上，几个老人正襟危坐，一本正经地看着镜头，标准的老友聚会合照。

二胡师父的回迁房和威霸物流所在的大楼很近，那边已经成了他们见面吃饭看戏剧的固定地点，平时几个老人家凑在一起说说话、聊聊天，倒也不算寂寞。只是二胡师父看起来还是不太合群，不仅坐在最边缘，眼睛也没有看镜头。

这样的照片也不太能看出二人的长相有没有相似的地方。伍家外婆却忍不住拿过陆则的手机看了又看，像是想透过屏幕看清楚对方是不是自己小时候曾在梦里思念过的亲人。人越老，就越念旧。儿女长大了，老友老伴陆续去世，牵挂的人越来越少，免不了会把过去的事翻来覆去地想。

伍家外婆这一辈子平安顺遂，夫妻和美，儿女孝顺，从来没遇到什么烦心事，正是因为这样，那仅有的遗憾才变得格外鲜明。

可这么多年过去了，她不确定自己的记忆有没有被时间篡改过，是不是因为曲子太好听不自觉地把它套到了久远的回忆里去。天底下哪有这么巧的事？她听了那么多二胡曲都找不到的曲子，怎么可能突然来到她眼前？伍家外婆冷静下来，把手机还给了陆则。

作为一个紧跟潮流、经常上网的老太太，伍家外婆给自己的失态找了解释："现在不是说有个什么曼德拉效应，说的是人会不自觉地修改自己的记忆，比如有句歌词很多人觉得是'五十六个民族，五十六枝花'，其实是'五十六个星座，五十六枝花'。"她拍着陆则的手背说，"可能是你拉得太好了，我不由自主地把你拉的曲子当成我梦里听过的那首了。"

有些事发生的概率不大，最好一开始她就不要抱有过高的期望。

她这一辈子已经足够圆满了，不该再贪心。

陆则和裴舒窈对视一眼，拉了几个小孩儿过来逗伍家外婆开心。

到陆则两人要走时，伍家小舅舅送他们出门，犹豫着对陆则说："小陆，要不你问问你那个师父是什么情况，小时候有没有丢过妹妹？"虽然可能性很小，但伍家小舅舅还是想试试。他看得出来，他母亲眼里燃起过希冀。

他们这些做儿女的能陪伴父母的时间很有限，对母亲的关心也不够，要不是今天陆则拉二胡勾起了他母亲的回忆，他们可能根本不会知道他母亲藏着的心事。

中国人讲究叶落归根，要是连自己的根在哪里都不知道，难免会伤心遗憾。

"好。"陆则说，"要是方便的话，不如取一些样本来做个鉴定。如果他们有亲缘关系，比如是兄妹，可以通过线粒体DNA（脱氧核糖核酸）鉴定出来。"

兄妹之间做通常意义上的亲子鉴定往往会鉴定为无血缘关系，但如果真是一母同胞的兄妹，他们是来自同一母系的个体，那么他们的线立体DNA遗传基因相同，所以可以通过检测线粒体DNA确定他们的亲缘关系。

虽然那只是伍家外婆的一个梦，但只要有一丝可能，就值得他们尝试。

陆则在回去的路上委托威霸物流那边的人帮忙取样本。在事情没有确定之前，他不想提前和二胡师父说起。

二胡师父年纪也大了，经不起折腾。

血液、指甲、带毛囊的头发等都可以做样本，完全可以在不惊动本人的情况下取样。两边把送样品的时间敲定，陆则便紧锣密鼓地预约相关机构，希望能尽快出结果。

第二天一早，两份样品同时抵达检测机构，接下来他们都只能耐心地等待。

与此同时，年方三十的小李走马上任，来到了自己负责的新片区。他因为上半年立了功，回了市区顶缺，没想到位置没坐热，这边突然空出个顶好的位置。

正在上升期的小李积极争取，成功被调过来接手这个片区。抵达新岗位的第一件事，小李打算先看看有没有积压着没做完的事情。新官上任三把火，以前这边什么情况他不管，可既然他来了，那就必须得把效率提上来！

结果拿到第一个“历史遗留问题”，小李就看到个熟悉的名字——“陆则”。

案件的受害人是个未成年人，现在正在医院治疗眼睛。这孩子的养父做笔录时陈述了事情经过，说这件事是一个叫陆则的实习医生发现的，他第一时间带孩子去了医院做检查……职业也对上了——实习医生！目前在当实习医生的陆则有几个？在全国范围内的小李不知道，可是在他认识的人里面，只有一个！

当天晚上，陆则收到两个好消息。

一个是小尧的养父打来的电话，说案子结了，对方亲自过来赔钱和道歉。

听说星晶集团出现巨大财务危机，学校都不一定能开下去，学校董事召开紧急会议时还打起架来。虽然这样的结果并不能弥补小尧受到的伤害，但知道那些找他们麻烦的人栽了跟头，他们也算是出了一口气。

小尧的养父还拍了张一家三口的合照发给陆则。虽然照片上的小尧还用纱布裹着一只眼睛，不过已经能露出开心的笑容。

另一个好消息当然和伍家外婆有关：鉴定的结果出来了，他们确实是一母同胞的兄妹。

陆则没想到一首曲子会牵扯出这样一段渊源，给二胡师父打了电话。

二胡师父姓周。周师父今年已经七十岁，两眼半盲，独居。没生意时，他就拿起二胡来拉，平时拉的曲子很随意，大多是周围的商场流行什么，他就拉什么。要是晚几年他这么干，说不定会被人拍到网上走红，可惜自从教会陆则，他就不爱自己拉二胡了，错过了网络时代的兴起，没能当上“网红修鞋匠”。

陆则把事情的始末告诉周师父，周师父听了，好一会儿没说话。

“师父？”陆则不由得喊了一声。

“真的？”周师父说，“你说的都是真的？这不可能，不可能的。”

“为什么不可能？”陆则拧起眉。

“那时候，连我都才五岁。”周师父说，“她还不到一岁，路不会走，话也不会说，怎么可能记得那首曲子？这不可能。”

周师父说完，两边都安静下来。感觉可能说谎，数据却不会说谎，鉴定结果表明他们从血缘上看有亲缘关系。

漫长的静默过后，周师父终于忍不住和陆则吐露了一段过去。

那时候他不到五岁，母亲怀着妹妹，日子虽不好过，一家人却也咬牙撑着。妹妹生下来后，父亲总是反反复复地给他们拉同一首曲子，那曲子欢快又美好，听着仿佛能让他们忘记饥饿和寒冷。可惜美好是短暂的，母亲产后没得到好的照顾，身体越来越虚弱，没过多久就永远地离开了他们。父亲痛苦不已，失去了继续支撑下去的意念，在一个无人的夜晚跳进了冰冷的湖水里。

父母被草草下葬之后，有一对没儿子的夫妇决定收养他传承香火，不过他们不打算养女儿，就把他妹妹扔到了路边的大树下。他哭过闹过，最后趁着别人不注意，走了好几天山路偷偷跑出去找妹妹。

可惜当他凭着印象走到那棵大树下时，妹妹已经不见了。他在大树下哭了一整天，被一个修鞋匠捡回家。那时候大家都吃不饱饭，自己的孩子都可能扔掉，很少有人会捡女婴回去养。

修鞋匠反复告诉他，那么冷的天，他妹妹肯定已经没了，让他早点儿死了心。他不信。他妹妹那么小，都没好好看过这个世界，怎么可能就那么没了？

可是他也没什么好办法。等他长大了，继承了修鞋匠的手艺，也试着攒钱登报找过人，可妹妹身上既没胎记，也没信物，最终他也没能找到人。时间一久，他也慢慢放弃了，虽然依然习惯性坐在大树下等着，心里却也清楚自己不可能等到妹妹回来。

现在，陆则告诉他有人认出了那首曲子。

周师父的声音有些颤抖：“你不要骗我。”

陆则认真地说：“我没骗您。你可以问威哥，我就是让威哥悄悄取的样，检测机构也是国内最有名的那家，结果绝对信得过。我先把结果告诉您，接下来可能安排你们见面。”

“她在你们那边？”周师父忍不住问。

“对。”陆则说，“她是窈窈的外婆。窈窈你以前也见过，现在她是我的女朋友。”

周师父没想到自己和妹妹离得这么近。

陆则找了女朋友的事他们也是知道的，还讨论过他们到时候去喝喜酒是坐飞机还是坐高铁。说实话，两样他都没坐过，要不是陆则要结婚，他也不会考虑远行。

周师父挂了电话，找出张镜子照了照。他得眯着眼仔细看才能看个大概，自然不经常照镜子，更不在意自己的外表看起来如何。现在他突然感觉自己有点儿邋遢，胡须有点儿乱，头发也有些长。

周师父回房间翻找一通，找出陆则逢年过节买给他们的衣服。他一直觉得自己都是半截入土的人了，穿新衣服纯粹是浪费，旧衣服、旧外套应付应付就好。可现在不行，他得穿得体面些，不能丢妹妹的脸。

周师父找出套衣服换好，下楼找了家理发店，让人给他把头发和胡子都理一理。都说佛靠金装，人靠衣装，说得还真不错，他这么一捯饬，看起来很精神。把自己收拾好，周师父带上钱和身份证，拄着拐杖拦了辆车去了机场。

机场的服务很到位，周师父在志愿者的指导下买了票，又在志愿者的指导下走到候机室坐下。

周围有不少人在说话。

换在之前，周师父绝对不会一个人到这种人多的地方。直到坐在候机室里，他胸膛里那颗鼓噪的心才慢慢平复下来。可惜他现在不能好好看看妹妹长什么样。

他这一辈子，恨父母丢下他们兄妹俩，恨那对夫妻把他妹妹孤零零地扔在大树底下，恨世道不公。他最恨的就是自己当年太小，眼睁睁看着妹妹被抛弃。人生短短数十载，他一直苟且生活。他原以为这一辈子也就这样稀里糊涂地过完了，没想到，他的妹妹还活着。

周师父紧攥着身份证和机票。

他不敢问陆则太多，不敢去想妹妹想不想见自己，只想马上飞过去，哪怕只能远远看上妹妹一眼。

陆则不知道周师父做的这一系列事情，他和周师父说完，又打电话给裴舒窈，把结果告诉她。

裴舒窈没想到世上竟真有这么巧合的事。既然结果已经出来了，裴舒窈直接出门去找陆则，两个人一起奔赴伍家老宅。

伍家外婆还没睡，事实上自从听过那首曲子，她就很浅眠，每天睡得晚起得早。哪怕说服自己不要多想，她还是忍不住翻来覆去地想她的家人到底是什么样的，他们会不会有一点儿想念她，他们为什么要丢下她。这些问题日夜啃噬着她的心，让她无法安眠。她没想到这天晚上裴舒窈又过来了，还带着陆则。

伍家外婆打起精神露出慈爱的笑："你们怎么晚上过来了？跑这么远会不会影响你们工作？"

伍家老宅位于市郊，直接圈了座山当园子，离市中心有些远，适合养老，通勤确实不太方便。

"不会。"陆则应了一声，和裴舒窈一起坐下。他把带来的鉴定结果拿给了伍家外婆。伍家外婆顿住，感觉这份文件会给她带来极大的冲击。她抖着手，颤着声音问："这是？"

"DNA鉴定报告。"陆则说。

伍家外婆打开文件逐字逐句地往下看，看到最后的结果时眼泪不由自主地涌了上来。

陆则等伍家外婆情绪稍稍平复，才娓娓和她说起周师父说出的那段往事。得知周师父这几十年来无亲无故，身边连个亲近的人都没有，几十年如一日地坐在大树底下替人修鞋和拉二胡，伍家外婆心疼得不得了。

她虽然失去了血亲，却被养父母呵护备至地长大成人，从来没吃过什么苦头。可她这位兄长过的是那样的生活，还一直生活在自责里，这让她怎么能安心？

伍家外婆站起来说："不行，我要马上去南方接他过来。"

陆则把伍家外婆劝住了，打开手机给她看刚刚收到的一条消息。

周师父："我登机了。"还附带机票截图，上面有详细的航班信息。周师父顺利登机后才发消息过来，显然是不想等人安排，被送来送去，只想第一时间见到妹妹。

距离飞机抵达S省还有好几个小时，伍家外婆却怎么都不肯去睡。她拉着陆则的手感叹："好孩子，你真是个好孩子啊，要不是你，可能我们兄妹俩这一辈子都见不到面。"他们这样的年纪，再晚个几年可能真的会天人永隔，所以她还真得感谢陆则。

其他人得到消息也都赶了过来，包括裴正德和伍心慈。得知陆则的师父之一居然是伍家外婆的兄长，裴正德是最自责的。当初他还嫌弃陆则不务正业，学二胡都不跟正经搞声乐的人学，非跑去路边跟着人蹲在树底下拉着玩，那不是浪费时间吗？当时他只顾着"拐带"陆则，把这根好苗子拉回正轨，根本没有好好关注陆则的那位师父。

毕竟陆则的师父实在太多了，看起来全像闹着玩似的。

谁能想到，那会是他岳母的血亲！

所有人度过了无眠的一夜。

周师父在凌晨飞到S省，陆则和裴舒窈开车去接人。两个人抵达机场后，很快就看到什么行李都没带的周师父。

周师父先看陆则，然后努力想看清陆则身旁站着的裴舒窈。

以前周师父对陌生人总是漠不关心，眼睛又不好，从未仔细看过裴舒窈的长相。即便前段时间他们一起关注过陆则的恋情，也看过两个人的合照，却并没有多想，只觉得陆则眼光很好，这娃子长得怪好看的。现在知道了，周师父觉得她有点儿像记忆中的父亲。他父亲男生女相，又因为是做音乐的，气质非常特别，见过他的人很难忘记。

周师父犹豫着说："这是窈窈吧？"

裴舒窈爽快地改口："舅公好，外婆他们在家里等着，我们先上车吧。"这一声"舅公"把周师父喊得眼眶湿润，一时不知该说什么好。

陆则把周师父搀扶上车，二人一起并排坐在后座上。周师父不知该怎么和裴舒窈搭话，只能犹豫着问陆则："我要不要买点儿什么？"他凭着一股子冲动坐飞机过来，现在真快见到人了，心里又非常不安，很害怕自己的到来太过突兀。越是在意，他越是忐忑。

“不用。”陆则说，“大家都没睡，一直等着您过来，您能早些到比买什么礼物都强。”

周师父不再说话。

裴舒窈也没说话，专注地开车。

车开进伍家老宅，伍家外婆已经得了消息，站起身走出主屋，想赶快看到自己从未真正见过面的兄长。

“妈，慢点儿，小心台阶！”伍家舅舅紧跟左右，开口提醒。

“在自己家，我还不至于摔着。”伍家外婆没让儿子女儿搀扶，快步走了出去。

裴舒窈把车停下，后座的车门也开了，陆则先下车，绕到另一侧把颤巍巍摸索着开车门的周师父扶下车。

周师父想好好看看眼前的妹妹，眼泪却止不住地上涌，让他的视线更加模糊。他站在原地，不知所措。

伍家外婆也哽咽着说不出话来。

还是小辈们把两个人扶进了屋，让他们坐下说话。

兄妹俩都是活了大半辈子的人了，最初的激动过去后终于都收了泪。也许是因为有血脉亲缘在，他们哭了一场以后一点儿都不觉得生疏，拉着手叙起话来，都挑拣着高兴的事来说。

伍家外婆说自己的丈夫和儿孙，周师父也说陆则这个徒弟，至于曾经经历过的艰苦和心酸，那都已经过去了，再不必提起。

这对一别数十年的兄妹叙完旧，才提起陆则演奏的那首曲子。

周师父继承了父亲的音乐天赋，不仅能把流行曲子用二胡演绎出来，还牢牢记得儿时父亲反复拉给他们听的曲子。算起来，那可以算是他们父亲的遗作。

他们的祖父就是民乐大家，收徒无数，父亲周颐不仅师兄弟曾占据民乐大半江山，自己也少年成名。

周师父在伍家老宅暂住了下来。陆则在天亮之后回了医院。

时间转眼到了八月。按照学校临床医学八年制的实习要求，学生第五年开始统一实习，实习期间要把医院绝大多数科室轮转一遍。这大半年陆则勤勤恳恳地在外科这边实习了一轮，已经超额完成了外科这个大类目的实习学时。

从八月开始，陆则按照从裴正德那边拿到的实习计划从内科开始混学时，争取尽早把内科这个大类目也解决掉。他只有提前把实习计划上的外科、内科任务完成，接下来才能从容不迫地继续中西医双肩挑。

内科楼各科室都很欢迎陆则的到来。

要知道陆则是裴正德的爱徒兼未来女婿，又有江老和阎医生力荐，自身专业水平过硬不说，还有两个了不得的爸爸，怎么看都是他们的准同事！要说以前还有人不长眼找他的碴儿，现在在见证过几拨人倒大霉之后，已经没谁会和他过不去了。

看看那位曾经找上门来碰瓷的系花和副院长的儿子凄惨的现状吧。在一年前，谁能想到会这样？

据医院里陆则的一位不愿透露姓名的校友表示，他曾经也对陆则心怀恶意，可惜还没付诸行动，自己就倒了霉，所以奉劝大家最好不要对陆则起坏心。

陆则就这么顺顺利利地开始轮转到内科楼。内科最需要人手的是呼吸科。

八月天气还是有些炎热，并不是呼吸科最忙碌的季节。不过不管是不是流感高峰期，呼吸科的医生护士都忙得脚不沾地。

陆则一大早回到医院，呼吸科主任例行组织本科室成员阅片。呼吸科的病人大多肺有问题，呼吸科的每个医师都要阅片无数，练就一双善于发现问题的火眼金睛。

这对陆则来说是个学习机会，他早早抵达办公室，在属于自己的位置上旁听。陆则从来不会擅自插嘴，只有被主任点名时才会发表自己的意见，不过他每次都能正中要点，比呼吸科专家还差点儿，但比起其他年轻医师略胜一筹。呼吸科主任对陆则越发喜爱。

这年头有能力又谦逊肯干的年轻人不多，愿意主动留在呼吸科的人更是少之又少。呼吸科活儿重事多，风险还大，十个呼吸科病人九个有传染风险，比其他科室危险多了。

呼吸科主任准备等陆则轮转结束后争取争取，游说陆则转他们呼吸科。打着这样的主意，呼吸科主任看向陆则的目光越发慈和，只差没把他当亲儿子看。

陆则对此一无所察，依然勤勤恳恳。

比起心外科，呼吸科的病人多且杂，现在虽然不用在手术台边一站就是好几个小时，他的事情却只多不少。好在陆则有药庐在，连轴转也不是太疲累，每天都精神奕奕地干活儿。

等陆则忙完一轮，裴舒窈已经飞回首都去了。

由于陆则让伍家外婆和周师父兄妹相认，顺利获得了伍家人的认同，岳家人算是搞定了一半。

他趁着休假又去了伍家。

周师父在伍家住得挺习惯，伍家外婆的儿孙都忙，平时没儿孙陪伴在她身边，如今兄妹相认，平时总算是有个说话的伴儿。本来伍家外婆已经不爱往外跑，周师父一来，她又捡起了对音乐的热情，两位老人家经常穿着簇新的兄妹装去音乐馆听演奏会，日子过得潇洒又充实。

陆则放下心来。

陆则来了，伍家外婆很高兴。她拉着陆则的手说："小则，我有个想法。"

周师父也看向陆则。

"什么想法？"陆则问。

“那首《春喧》是我们的父亲的遗作，我们想把它发布出去，算是留个纪念。”伍家外婆说，“我和你师父的想法是，就由你们师徒俩合奏一曲。现在很多歌手不是在网上发布单曲吗，你们把它录制下来发到网上去，也不算埋没了它。”

“我没问题。”

周师父也点头。

这种事当然不能让两位老人家去张罗，陆则和周师父商量过后便约了市内最好的录音棚。那里本来已经排满了，巧的是刚好有人有事退了预约，正好让陆则捡了漏，把他们塞到下午的档期去。因为准备同步摄像，做成MV（音乐短片）放出去，陆则和周师父换了师徒装。陆则给自己和周师父简单地上了妆，一起去了录音棚。

两个人多年没见，到了录音棚后没有马上录制，而是先进行练习。到底是师徒，哪怕几乎没有合奏过，简单地磨合过后竟已经能配合得非常默契。

一首《春喧》很快在录音棚诞生。录音棚的负责人确认录像和收音都很完美，才忍不住和陆则闲聊：“小兄弟，你看起来有点儿眼熟，是不是明星啊？”

“我不是明星。”

负责人好奇：“你们二胡拉得这么好，肯定挺有名气啊！不是我自夸，来我们这里录音的人可不少，连顶流歌手都有不少，省内搞民乐的我几乎都认识，你和你老师是第一次来我们这边录音吧，你们哪个学校的？”

陆则实话实说：“我学医的。”

负责人：“……”

陆则很快拿到成品。他听了几遍，确定没有问题后登录账号把它放了上去。

这天晚上，陆则的粉丝们刷到了一条特别的微博。

luze2020：“周颐作品《春喧》。”

这条微博底下立刻热闹非凡。

“我看到了什么？爷爷，你粉的博主更新我们看得懂的微博了！”

“周颐是谁？没听说过啊。”

想要抢占评论区头排的粉丝们在微博下议论纷纷，其他人已经点开MV看了起来。

画面上，一老一少分坐两边，手里都拿着二胡等着录制开始。按下播放键，流畅的乐声就从他们手中的二胡上倾泻而出，独奏时这曲子已有几分春日暄和、百花争艳的热闹之意，合奏时更是把这种欢快热闹的感觉推到了最高点。

司徒智是云音乐的运营主管，也是一个热爱音乐的人。司徒智有个女儿特别喜欢一个博主，天天把对方挂在嘴边。为人父母，就是有操不完的心，司徒智表面上对此不屑一顾，背地里却悄悄关注了那个叫luze2020的账号，希望多了解了解女儿喜欢的人。

这天晚上，司徒智听到女儿的房间先是传出一首陌生的曲子，而后就是女儿打滚嗷嗷叫的动静。他“掐指一算”，可能是那个叫luze2020的博主又有动静了，默不作声地回房打开电脑点进luze2020的主页。接着，司徒智就陷进去了。

陆则不是医学生吗？怎么二胡拉得这么好？那位老人又是谁？难道是陆则的二胡老师？他自认为对民乐圈也算了解，可不认识这一号人啊！无数疑问萦绕在心头，让司徒智在单曲循环的同时点开评论区开始找线索。

不看还好，一看他吓一跳。虽然这个博主不算名人，但MV才发出来没一个小时，转发、评论竟都已经破万。可惜这破万的评论里大部分是“啊，我死了”“太好听了”“这是什么神仙曲子”没什么有用的信息。

其中也混有一些冷嘲热讽的网友，说这个小陆医生天天刷屏太烦人，现在还拍MV，果然是要出道做明星了。这些人的加入给这条微博添了把火，粉丝们开始盘点陆则展现过的才艺，最终的讨论话题莫名其妙地变成了“谁还没报过几个兴趣班”。

关于陆则报过几个兴趣班，粉丝们一直都很感兴趣，以前陆则已经展现过篮球技能、攀岩技能，还被间接证明过有文身和绘画技能，现在陆则在音乐领域也露了一手，众人不得不感叹老天不公平，怎么把所有技能都分给了陆则，轮到他们时就一个技能点都不让他们加。

为了反击那些阴阳怪气的网友，粉丝们开始讲述自己上兴趣班的辛酸史。

父母都怎么说来着？要学跳舞，跳舞可以塑形；要学钢琴，弹钢琴提升气质；要学画画，以后有一技之长可以立足；要学跆拳道，以后不至于被人欺负；要学一门体育专长，锻炼身体增强体质……总之，甭管天赋如何，什么都试试，不去试一试，怎么能认清自己是个全方位的“战五渣”的事实呢？

这个话题的国民度就高了，不少人看到便点进去讨论两句。这让陆则的粉丝反驳网友的那句“谁还没报过几个兴趣班”莫名其妙地在热搜榜上有了一席之地。

网友们点进这个热搜话题不仅可以参与讨论，还可以看到最热门的那条相关微博——陆则的那首曲子。

司徒智看到这个发展过程有点儿缓不过神。他看了一圈，没找到线索，却有了一个大胆的想法。他当下就私信联系陆则，希望陆则能把曲子发布在他们云音乐平台，平台会给这首曲子最大程度的推广，让更多人听到它。

这当然是有偿的，现在网络发布新单曲已经是音乐圈很常见的事，音乐人可以通过这种方式获取报酬，粉丝们也可以通过这种方式给偶像花钱。

司徒智积极游说陆则："酒香也怕巷子深，你把曲子发布到网上，应该也希望它能被更多人听到。只要你愿意把它授权给我们，我们会尽最大努力把它推广出去，让它赢得更多人的喜爱。"比起流行音乐，这种纯音乐的推广难度更高，流行音乐大家都可以哼两句歌词，纯音乐却很难通过口口相传传唱出去。

晚上，陆则查看微博私信答疑。现在他的粉丝量飙升，无关紧要的私信也多了起来，他一般都挑拣着看。瞧见司徒智的私信时他本来不打算理会，可看到司徒智的账号有公司认证，就多看了两眼。

陆则对乐坛不了解，看见司徒智在鼓吹平台的重要性，想了想，打电话询问顾云飞这方面的事。他对靠这曲子获利没什么兴趣，不过对司徒智说的推广挺感兴趣。

顾云飞知道陆则不缺钱，既然只是想要推广曲子，事情就好办了，所有商业平台的推广都是可以买的，只要你出得起钱。顾云飞借了相关的团队给陆则，让他们帮陆则去和各个平台接洽，全面推广这首曲子。

司徒智本来是抱着想要独家授权的想法去谈的，怎么都想不到对方竟不为钱所动，不仅免费上传到各个音乐平台，还自己买广告位！而且，和他们接洽的人竟然是顾云飞的人。他们就算不给钱的面子，也要给顾云飞一个面子！更何况陆则的人气摆在那里，引流效果绝对不会差，怎么算他们都是赚的！

一夜之间，《春喧》在所有排得上号的音乐平台上线，还都被安排在主推位置。

很多陆则粉丝看到推广，怀揣着要给陆则打钱的想法点进去，结果点开音乐播放软件一看，曲子是免费的，连会员都不用冲就能随便播放、随便下载！

随着《春喧》在云音乐平台上线，评论区里迅速拥入许多书写故事的人。

“今天失恋，上来听歌，被这首曲子治愈了。”

“认识小陆医生的第三百天，依然没能成功给小陆医生打钱。最开始我觉得他长得帅，后来我发现他不仅长得帅还多才多艺，再后来我发现他不仅多才多艺还人品好、脾气好，这么优秀的小陆医生，叫我怎么不爱他。”

“我听哭了。明明没有歌词，明明曲调那么欢快，我的眼泪却止不住地流，莫名觉得这首曲子背后一定有个伤心的故事。它太快乐了，伤心的人听了会流泪。”

曲子的铺天盖地的推广，当然免不了引起更多人的关注。

从专业的角度来看，这部MV拍得乏善可陈，就是两个人坐在那里拉二胡，连镜头角度都没换一下。这样的MV又是上热搜榜又是被各大音乐平台主推，明显是花了大价钱！

民乐不是一直走“人淡如菊”的低调路线吗？不过所有的艺术，归根到底都是拿作品说话的，收到推送消息的人都没立刻下定论，而是先点开曲子听了一遍。听完之后，乐评人们活跃起来，先把这曲子和两位演奏者的技巧夸了一遍，然后发出相同的疑问：“周颐是谁？”

周颐这个名字，还没来得及被更多人知晓就已经湮灭。

在周家祖父门下求过学的师兄弟如今大半已故去，知道这个名字的人更是少之又少。时光就是这么无情，任你才华横溢、天纵奇才，只要你没能在人间留下足够深的痕迹，就很容易消失在滚滚的岁月长河之中。

关心周颐是谁的自然不只乐评人，还有不少民乐教授。近年来民乐作品不少，令人眼前一亮的新作却不多，这首绝对算是名列前茅的那种曲子，很多民乐教授准备把它列入自己的教学课程里面。

不过在那之前，他们先要弄清楚这首曲子到底出自什么人之手。

很多人联系不上陆则，辗转打电话给裴正德，问裴正德具体怎么回事。都是高校联盟的老朋友，裴正德也没隐瞒，把陆则和周师父的师徒缘分告诉大家，也说起了当年英年早逝的周父。得知这曲子是什么时候写出来的，许多人忍不住慨叹：在特殊时期越是满怀对美好的向往和期盼，越是容易被现实击垮。天真的理想主义者往往最难熬过那段艰苦岁月。不管怎么样，历时数十年，这首曲子终归重现人间。

第十七章
欢迎来到产科实习

八月的最后一天，《普法在行动》播出了减肥胶囊陷阱一集，陆则作为特别嘉宾在节目中出镜。

这期《普法在行动》一播出，月初刚因为《春喧》进入不少人视线的陆则又成了热议的焦点。

很多人觉得陆则这嗅一嗅就嗅出胶囊里混着什么药物的技能很不科学，节目为了播出效果明显夸大了陆则这个嘉宾的能力。一般这种嘉宾是由相关专家担当的，这次请个医学生上镜惹来了不少非议。可惜不管网上网下怎么讨论，节目还是照常播出。

到了第二天，《普法在行动》进入护苗月专题，观众们又在屏幕上看到那个熟悉的身影。没错，也许是为了让人集中讨论，节目组把陆则参与的两个案子连在一起播了，“问题胶囊”篇播完，紧接着就讲学校的问题。

这一集刚好在九月一日开学日播出，不少学校要求在开学的第一节班会课上统一播放这集内容，加强中小学师生对类似的校园问题的认识，指引中小学师生该如何应对这类问题。

这段时间，陆则联合章有他们做了个简单的网站和配套的APP，上面汇集各种求助热线电话，其中不仅包括常见问题的举报热线，还有当地家庭暴力问题的求助热线、当地自杀干预热线和当地各辖区的紧急报警电话等，界面干净整洁，操作简单明了，只需要提供自己的定位就可以自动跳转。

各地其实都配有各类工作机构和工作人员，只是很多人不知道该向哪里求助。现在网络已经足够发达，有这样一个APP指引，也算是给很多不知该向谁求助的受害者一个方向。陆则和蒋饶商量着趁着这期节目播出时把求助热线APP推广出去。

随着节目播出，各地的相关机构也迎来了短暂的忙碌期，组织工作人员和志愿者们对有需要的求助者进行关怀，各地中小学也默契地开展了一场全面的自查行动。

这期节目的影响力比想象中还要大。

蒋饶得知很多学校把这期节目当成“必修课”强制在每个班级播放时，都觉得有些不可思议。他们这档节目收视率不低，在观众之中口碑也不错，这种待遇却是第一次。

蒋饶和陆则打电话说了这件事，还忍不住调侃起来：“很多人和我说，我这‘普法一哥’的位置要让给你了。你比我年轻，比我帅，客串得了演员，坐得了专家席，要是能常驻我们《普法在行动》，我们的收视率肯定节节攀升。怎么样？有没有兴趣再跨个界？”

陆则断然拒绝：“没有兴趣。”他被裴正德游说着来了个中西医双肩挑，平时已经足够忙碌，哪还有精力去身兼多职。

蒋饶也没勉强，只让他下次再遇到什么特别的案子可以联系他。

转眼到了九月底，陆则结束了内科的实习，在众人喜迎国庆时转到了新的科室——妇产科。自古以来，妇产科的男医生地位就颇为尴尬，古时就曾有个大夫事急从权帮一位将军的爱妻生产，顺利接生之后被将军一刀劈了。到了现代，也有许多患者的丈夫、男朋友不理解妇产科里为什么会有男医生。

可惜现实非常残酷，医疗人才有限，妇产科医生依然是男性居多。

省院还算男女平衡，妇产科一半医生是女的，一般来说患者要求女医生负责检查或接生也会满足她们的要求。

妇产科主任也是女的，姓柳。

柳主任对陆则早有耳闻，这会儿陆则落到她手上，确切地说是轮转到妇产科，她很想看看这年轻人会不会觉得尴尬。陆则却表现得很专业，平时话就不多，到了妇产科之后更是正经得很。

身为妇产科主任，柳主任非常忙碌，一整天都雷厉风行地在会诊室、病房、产房等区域往来不停。

目前陆则只是个实习生，到妇产科自然也不能独立给人看病。柳主任因为本身工作繁多，不方便带实习生，就给他安排了一位年轻的女医生当带教老师。

女医生姓朱，今年三十五岁，精力还算不错，每天的门诊号也总是早早地挂满。

妇产科又分妇科和产科，朱医生主要负责产科，陆则也就跟着学习孕妇生产前后的相关知识以及如何协调安排好孕妇们的产程。

作为一个未婚男青年，陆则每天都一脸严肃地跟在朱医生后面查房，听朱医生与待产或者养胎的孕妇们闲聊。在取得产妇和家属的同意后，他还能旁听问诊和进产房助产。孩子不会挑时间出生，所以妇产科国庆不放假。

几天下来，陆则已经熟练掌握了剖腹产、自然分娩和无痛分娩的基本技巧。亲眼看过几轮生产过程之后，陆则对生孩子的辛苦有了更直观的认知，悄悄地和裴正德要了几个滋补汤方，休假时煲汤给徐淑珍喝。

这天早上科室开会，柳主任给陆则安排了一个新任务，让他负责周末的孕产妇保健讲座。这门课程每个周末都会开，偶尔有专家开讲，平时都由普通的医生、护士来主持。课程材料都是现成的，注意事项也是整个科室的经验结晶，陆则不需要过多发挥，只要记熟相关内容，耐心地给产妇们讲解和答疑就好。

现在大部分产妇是上班族，一般会工作到生产前才休假，休假之前只有周末她们才有足够的空闲时间来听课，所以课程安排在周末。

别人都忙，这项任务自然而然地落到陆则头上。要是换成别的实习生，柳主任不一定放心把事情交给他们，可陆则不一样，陆则可是上电视都不紧张的人，主持个孕产妇保健讲座怎么了？

陆则取了资料表示会好好准备。

这天中午，产房接收了一个特别的孕妇。对方是朱医生的同学，今年也三十五岁，怀的是第一胎，预产期还没到，但吃过午饭后突然难受，她丈夫马上火急火燎地把人送了过来。产妇叫孙莉莉，在路上她的宫口已经开到差不多三指，一来就被送进产房。

她的丈夫是高校教授，看上去是个腼腆内敛的人，遇上这样的事时却也着急得很，手足无措。好在产妇一直定时产检，各项资料非常齐全，血型、伤病史、过敏史这些朱医生都心里有数，人一到朱医生马上亲自替这位老同学安排无痛分娩。

在欧美各国无痛分娩的普及率非常高，接近百分之九十的女性生完孩子，办完手续就能活动自如地回家。相比之下，国内的无痛分娩普及率比较低，老一辈的人大多迷信顺产对孩子比较好，无论什么情况都希望能顺产。

随着医学发展，麻醉技术日渐成熟，只要产妇身体情况适宜，完全可以在条件允许的情况下根据医生的建议选择痛苦更小的分娩方式。

每个人对痛苦的承受力不一样，身体素质、心理情况也不一样，要是在产妇极其怕痛苦或者恐惧的情况下非要让她顺产，这等同于在她身上割几十分钟的肉。这样的痛苦，男人都忍不了，更何况是体质往往偏弱的女人。

陆则依然紧跟在朱医生身边打下手。孙莉莉自己也曾是省院的妇产科医生，只是前几年出了事才退到社区去了。对陆则这个男实习医生，孙莉莉接受度良好。

省院的无痛分娩是半身麻醉，产妇的意识是清醒的，打完麻醉后孙莉莉还是能感觉到宫缩，只是之前那种马上要生出来的感觉好像缓和了些许。孙莉莉还有心思和陆则开玩笑："小师弟在产科实习过，以后是不是会更疼老婆？"

陆则点头，认真地回答："会。"

女孩子太辛苦了，那么小的身体要孕育出另一个生命，有些不靠谱的父母和丈夫还会因为分娩方式的选择争执起来，给产妇施加更大的压力和痛苦……总而言之，她们太难了。

孙莉莉的生产过程很顺利，麻醉生效之后不到一小时孩子就出来了，是个男孩子。因为孙莉莉在妊娠期有意识地控制饮食，孩子六斤出头儿，不大不小，健康平安。

孙莉莉的丈夫一直在产房外等着，得知母子平安时非常高兴，对朱医生几人再三感谢。孙莉莉的父母和公婆都来了，两个大男人不好意思多问，还是孙莉莉的母亲过来询问有没有什么需要特别注意的地方。

"你也知道，莉莉这孩子不容易。"孙莉莉的母亲得知生产过程非常顺利，这才和朱医生感慨起来。在母亲的心里，儿女再大也是小孩子，需要自己操心，孙莉莉的母亲也一样。她叹息着说："那两年要不是遇上小韩，我都怕她想不开。"

朱医生宽慰说："都过去了，现在不是挺好的吗？"

"是啊，现在挺好。"孙莉莉的母亲眉目舒展，脸上也有了笑意，"小韩人特别好，他们也有孩子了。"知道产科医生忙，孙莉莉的母亲也没拉着朱医生聊太久，便去病房看女儿。

陆则是在晚饭时得知孙莉莉的故事的。

孙莉莉是二婚时才怀的孩子。孙莉莉的第一任丈夫有弱精症，很难有孩子。孙莉莉结婚时就知道了，也没在意，夫妻俩决定当丁克族，日子过得也算和美。孙莉莉三十岁时已经在省院站稳脚跟，和朱医生并称省院“妇产双姝”，在年轻医生中算是非常厉害的人了。

可前夫的父母不甘心，非要他们想办法生个孩子。孙莉莉忙得不得了，哪有时间折腾这个，问题出在前夫身上，要配合治疗也是前夫去治。夫妻关系因为孩子的事笼上一层阴影。前几年孙莉莉又遇到一件要命的事：职业暴露。

那时急诊送来一个产妇，没有产检记录，但马上要生了。省院接收了这个产妇，紧急地帮助产妇生下了孩子。在接生完之后，参与这次接生的医护人员才知道这个产妇是HIV（人类免疫缺陷病毒，即艾滋病病毒）携带者，这一家人等到她宫口开到一定程度才急忙把她送到医院生产，就是怕她被拒收，故意隐瞒了情况。

事实上，医护人员的职业暴露之所以会发生，不仅是因为患者及家属的故意隐瞒，还有一种可能性，那就是由于一些病毒（如HIV）的潜伏期很长，患者也不知道自己是病毒携带者，而当时的情况又相当危急，医院来不及给患者做病毒检查……而不论是患者有意隐瞒还是他们本就不知情，所导致的后果都极有可能害了自己的孩子也害了医护人员。

要是孕妇在孕期发现自己是HIV携带者后及时在医生的指导下服用阻断药物，可以将母婴传播的可能性降到最低，也可以让医生在接生时做好充分的防护措施，最大限度地减少医护人员因职业暴露染病的风险。

一般而言，医生进产房和手术室都做了严格的保护措施，这样能保护自己也保护患者，可永远没有万无一失的防护方法，因为产房里接触到患者体液的机会实在太多了。

当时孙莉莉在帮患者进行剖腹产时就曾不小心接触到患者的血液。她第一时间向上级打了职业暴露报告，进行预防性用药。药是用了，但她还要在接下来的三个月乃至一整年的时间里接受观察，才能确定阻断药物有没有生效、自己是否被感染。

虽然省院没有出现过及时服用阻断药物后还发生感染的情况，但是孙莉莉还是承受了巨大的心理压力。而这个时期本应在她身边支持她、安慰她的丈夫，却因为她回家吐露了职业暴露的事要和她分居。也是在这个时候，平时十分忙碌的孙莉莉才发现前夫已经出轨半年，出轨对象是他的一个工作很清闲、小鸟依人型的女同事。

前夫振振有词地说："她不仅温柔孝顺，还愿意和我一起做试管婴儿，你却总是只顾着自己的工作，一天到晚想着评职称，不是我有心出轨，而是你太自私了。"

夫妻俩彻底撕破了脸。在他们闹离婚期间，公公婆婆的嘴脸极其难看，先骂她生不出孩子，又公开说她没准得了艾滋病。所有亲朋好友都在看孙莉莉的笑话，偶尔亲友聚餐时还有人小心翼翼地远离她。

刚发现那个孕妇隐瞒病情时孙莉莉没有哭，和丈夫发生争执时孙莉莉也没有哭，可那些来自亲近信任的亲人、朋友的伤害和不理解让孙莉莉崩溃了。她好强了三十年，一直努力当同龄人里最优秀的那个，结果在别人眼里还不如当一朵能生儿育女的菟丝花。孙莉莉家事缠身，精神状况又不好，父母非常担心，陪着她把婚离了，又劝她从省院辞职出去散散心。

在父母的悉心陪伴下，孙莉莉拿到了结果为"阴性"的复查报告，也慢慢走出了婚姻破裂的阴影。她不再追求事事拔尖儿，却也不可能放弃工作。孙莉莉没有再回到省院，而是考去离家比较近的社区医院工作。相比省院，那里压力小，工作相对轻松，比较适合当时的她。也是在社区医院，孙莉莉认识了现在的丈夫。

本来孙莉莉没打算再一次结婚，可既然幸运地遇到了适合的人，她也不会因为之前婚姻的失败而止步不前。事实证明孙莉莉的选择是正确的。

她的丈夫是文学系教授，书卷气很浓，为人也比较理想主义。因为没有遇到心动的人，哪怕他工作和出身都不错，长相也非常出色，到三十多岁仍是单身。一开始还有亲戚在背后议论他三十好几还不结婚，怕是有什么问题。

比起之前的婚姻带给她的痛苦，这一次的婚姻让孙莉莉开朗了不少，她感到满足又幸福。

朱医生和陆则说这些自然不是单纯地闲聊，而是提醒陆则无论什么时候都要对病人、对自己负责。医生、护士时刻都可能面对职业暴露的危险，所以哪怕是第一万次操作，也要和第一次一样小心。

对前辈的谆谆教诲，陆则认真受教。

国庆假期的尾巴就是周末，陆则早早到了医院，准备按照柳主任的安排开展这周的孕期保健讲座。

他依然穿着医院配备的白大褂，只是摘下了口罩，露出了那张平时查房时藏在口罩后的俊秀脸庞。

在省院产检的孕妇们基本都会按照医院的安排来听课，了解一些孕期和生产前后应该掌握的基础知识。

思思和小妮是一对好闺密，两个人一起结婚不说，还一起怀孕，连怀上的时间都差不多，目前都怀孕五个月了。她们平时都一起来做产检，这次还约好一起来听课。为了孩子，她们可是连笔记本都带来了，决心要好好听课、好好抄笔记，用心良苦！两个人穿着宽松的孕妇闺密装拉着手进入“教室”，往台上一看，都傻眼了。

等等，她们没走错吧？现在的妇产科医生都这么帅的吗？

全世界放假，医院依然要有人值班，国庆也一样。抓着国庆假期的尾巴，省院开展了几项对外活动，有各科室的专题讲座，也有欢迎各界前来监督的开放日。几项活动碰在一起，官方账号自然挑选有代表性的活动进行宣传。

妇产科报的是妇产科常规课程，以前官方账号已经直播和上传过比较成熟的网络公开课，所以宣传部门收到妇产科的消息时没太注意，官方直播间直播的是内科的一个专题讲座。

省院的医生都很忙，没多少时间搞工作以外的东西，能腾出空来录制一次公开课是很难得的，宣传部门当然全力配合。相比之下，妇产科的讲座就比较冷清了，只有原本就预约好过来听课的准妈妈们按时到达。

陆则对此不甚在意，按照早早拟定的大纲开讲。他有丰富的听讲座经验，对准妈妈们的接受水平心里有数，讲得深入浅出。

虽然课程安排在休假期间，但许多准妈妈是独自过来的，很少有丈夫陪同听课的。在很多人的观念里，生孩子是女人的任务，没男人什么事，孕期的保健知识男人听来做什么？孩子出生以后，操心孩子的同样是女人居多，不少男人借口工作忙，回到家都懒得伸手抱一下孩子。

陆则把常规的内容讲完，建议准妈妈们关注省院的官方账号，上面上传了相关课程，她们要是忘记了什么可以重温。更重要的是，这样可以让准爸爸们也看一看，让他们了解作为一个男人在妻子最辛苦的孕育时期该做些什么、如何迎接新生儿的到来。有意识地让丈夫多参与孕期诸事以及孩子的成长过程，尽到他们应尽的义务，有助于加深父亲和孩子之间的感情。习惯得从一开始就培养起来。

孕妇精力有限，讲座时间也有限，陆则很快把这个周末该讲的内容讲完，给准妈妈们留下了一定的提问时间。可能是陆则长得太好看，不少人反而不好意思上前，还是思思和小妮这对闺密先上去问了两个关于宠物的问题。陆则耐心地为她们解答。

问完正题，思思开始跟陆则闲聊："陆医生，你看起来很眼熟啊！"

陆则说："我今年在医院里轮转，可能以前你在其他科室见过我。"

思思说："不是啊，我今年都没去过其他科室。"

小妮捅了捅她，说："他是小陆医生啊！"小妮爱上网，看向陆则的时候眼睛亮亮的："小陆医生，我看过你的MV，你二胡拉得超好！"

虽然她们两个人是好闺密，但小妮很爱音乐，思思却听到音乐就头疼，以前遇到外放音乐的场合还会自备耳塞，她自称是"音乐过敏"。两个人哪怕无话不谈，在爱好方面也不能勉强，小妮也从来不会强迫思思喜欢自己爱上的东西。小妮以前不关注朋友圈的文章，也不上微博，对陆则了解不多，还是上个月各大音乐平台一起力推陆则的二胡合奏，才知道"小陆医生"这个人。

小陆医生简直是"宝藏男孩"！可惜闺密因为听不了音乐，没法和她一起欣赏。不过，陆则出场的那几期《养生大讲堂》她们一起看过。

陆则看起来比在节目上还帅。思思还有些"脸盲"，一时间没认出陆则来。思思听闺密这么一说也恍然点头道："原来是小陆医生，你的养生讲座我们都听了！今天你讲得真好，谢谢你啊！"

"不用谢，有用就好。"

有人开了头，其他准妈妈也上来找陆则问了一些问题，还有人提出想和陆则合影。陆则见她们都挺着大肚子，也就没有拒绝。他一通忙碌下来，转眼已经是中午。

陆则和准妈妈们挥别，便去食堂吃饭。

这群准妈妈回去以后发微博的发微博、发短视频的发短视频，还有不少在朋友圈里分享合照，算是给省院这个课程做了小范围的宣传。

省院的宣传部门还接收到好几拨询问，都问为什么陆则的讲座还没有放上网，她们本来准备中午就让丈夫听听。

这个要求有点儿稀奇，毕竟哪怕现在要求加强省院的精神建设，搭建好医患沟通的桥梁，省院的官方账号依然是冷冷清清乏人问津的。其实大家都忙，连个拍合照的空都很难腾出来，实在没太多精力搞什么精神建设。

难得接到准妈妈们的催促，官方账号的负责人马上去把录制好的讲座视频复制过来上传到官方账号上，还发了简单的宣传公告。

本来这个讲座视频除了来听课的那批准妈妈，依旧没有别人会在意，可就在这天晚上，网上发生了一件奇事。

一个以哗众取宠来吸引“流量”的营销号跳了出来。这个营销号叫渣男bot（bot，网络语，指定期更新），平时以“看图说话”的形式编过不少跌宕起伏的“狗血”爱情故事，写得还挺吸引人，有一大批粉丝天天在他的微博底下追着看。

今天这位渣男bot意外地看到几张照片，都是孕妇和同一个男人的合照。这男人非常年轻，长得还很帅，穿着白大褂，看起来像个医生，让他瞧着有点儿眼熟。但甭管眼不眼熟，这人都是个讨人厌的小白脸。他最痛恨这种又年轻又帅气的小白脸了！渣男bot把照片上传，随后开始噼里啪啦地即兴创作，说这个医生专治不孕不育，跟他的所有女病人有不正当关系，那些还没出生的孩子就是证明。

渣男bot这个账号属于一个四十多岁的单身汉，他打了半辈子的光棍，工作不怎么如意，活儿多钱少，每天被老板骂。他一直觉得生活没什么意义，直到发现自己可以在网上吸引别人的关注——胡编乱造坏男人的事迹，轻轻松松让大家一起骂人掐架——才再一次对生活充满激情。

这次他的创作欲也很强烈，很快就编好这个精彩的故事，激动地把它发到了网上，等着粉丝们一起痛骂这个小白脸。

渣男bot没想到的是，这个故事确实引起了很多人的注意，一开始只是他的粉丝在痛骂这个没有医德的医生，后来越来越多的网友加入进来，不少人在发同样一句话：“小陆医生？”很多不明真相的人便开始痛骂“小陆医生”，于是这条造谣的微博转发过万。

渣男bot蒙了。他以前编的故事，从来没有这么火爆过。这简直是他的人生巅峰啊！

这时候陆则后援会迅速加入战场。陆则后援会没做别的事，直接保留证据举报，接着才去了解陆则怎么会和这么多孕妇合照，然后就找到了陆则今天刚开的讲座的视频。

看到讲座标题时，粉丝们也蒙了。“孕产妇保健讲座”，继攻占老年人的朋友圈之后，小陆医生又准备攻占宝妈的朋友圈吗？在渣男bot这位“热心博主”的帮助下，陆则的讲座又火了。

妇女孕期因为激素问题，烦躁易怒，很多人懒得去医院听这些常规课程，书也不太看得下去，全凭口口相传的经验度过妊娠期。现在出现了这么一个讲座视频，主讲人是小帅哥，人长得帅不说，声音也好听，讲座内容翔实有据，操作指南简单易行，还悉心规劝年轻夫妻们共同度过妊娠期、哺乳期与孩子成长期，准妈妈们谁不喜欢？

一夜之间，这个名为《孕产妇保健讲座》的视频迅速在各大社交网站流传开，每个人都热心地转给了身边有需要的准妈妈，而准妈妈们又按照陆则的建议把它转给了自己的丈夫。

陆则一大早起来，便和裴舒窈相约去晨练。虽然两个人一个在首都，一个在省会，不过这不要紧，只要大家一起干同一件事，距离完全不是问题！

路上没什么人，只有清洁工早早地到岗，赶在上班族上班前把街道打扫干净。

陆则边慢跑边戴着耳机和裴舒窈闲聊，才知道网上发生了什么——凭借着渣男bot丰富的想象力，他成功地脚踏数条船了……也正是关注这事的人多了，很多网友才发现这个渣男bot以前就爱编造一些夸张的故事让人唾骂照片里的男主人公。

兴许是因为粉丝少，每次他胡编乱造的微博的转发评论都不多，他编得那么起劲一直也没有被造谣的人找上门过。可惜常在河边走，哪能不湿鞋？陆则为他带来了极高的关注度，但这样的关注会让他付出代价。所以，昨天晚上话题发酵以后，接到一大批举报消息的网警连夜把渣男bot本人抓了。

陆则从来不把网上的事放在心上。每天上网的人有几个亿，什么想法的人都有，真要一个个去计较就不用忙活别的了。像这种闲着没事上网编故事的人，要是造成了不良的影响，自然会有负责管这些的人出来处理。再不济，还有卫氏帮陆则兜底，对这种恶意损害陆则的名誉的人，卫氏当然是告到他被判刑为止。

因为陆则对此事不上心，私下还是有人在悄悄地传播相关的流言。

钱国凯是一名国企员工，学历不低，出身农村，混得人模狗样。

钱国凯的前妻就是孙莉莉，他们是同学。相比他，孙莉莉的家境明显要好些，而且在毕业那年，钱国凯还被查出生了病。他们俩是自由恋爱，孙莉莉没在意这个，还是和他结婚了，两个人婚后和和美美，日子越过越好。

只不过人到中年，看着身边的人都有了孩子，钱国凯心里还是很不好受。听别人说，像他这样的情况，还是有希望有孩子的，不然还可以去做试管婴儿。但孙莉莉是个死脑筋，不肯去做试管婴儿，她还说，一开始商量好要做丁克族了，为什么还要折腾。

钱国凯也是接受过高等教育的人，大学时期认识的人多，见识也广，觉得做丁克族也不错，夫妻俩可以过二人世界，多美好啊！可开始工作以后，一切就变了，等迈过三十岁的坎，爱情褪了色，现实的压力席卷而来，父母的游说、同事的调侃，让钱国凯渐渐有了别的想法。

这个时候，公司新来的女孩子吸引了他。

这女孩儿和他一样没有背景，靠自己在大城市立足。哪怕吃过很多苦，她依然和天生强势的孙莉莉很不一样，她性格温柔又体贴，做得一手好菜，一看就是非常顾家的类型。他在工作上帮助了她几次，她就总是用充满崇拜的目光感谢他，让他有了前所未有的满足感。

离婚另娶之后，钱国凯和新任妻子商量着去做试管婴儿。

试管婴儿也不是都能成功的，他们试了两次都没成功，妻子一直没气馁，反而还温声细语地鼓励他，说要再试试。没想到他们费尽心思做试管婴儿没成功，妻子却在第三次调理身体准备再试一次的时候自然受孕了。这真是让钱国凯扬眉吐气。

要知道最近孙莉莉生了个儿子，他们有不少共同好友，孙莉莉生了孩子以后，不少人明里暗里地来挤对他。

当年钱国凯和孙莉莉算是班上的模范情侣，都说毕业季是分手季，他们愣是扛住了种种问题走到了一起，让不少人拿他们来举例说校园爱情也有好结果。在钱国凯和孙莉莉离婚时，很多人不敢相信这件事。当时他们离婚时，钱国凯的妈妈到处讲孙莉莉不能生，还可能得了艾滋病，孙莉莉也在气愤之下把钱国凯有病的事公开了，双方闹得挺难看。

这会儿钱国凯突然公布说妻子怀孕了，很多人觉得稀奇。

一个沉寂已久的讨论群有人“冒泡”，推了代表去问他是怎么回事，是不是第三次做试管婴儿终于成功了。众人得知是自然受孕，讨论群迅速热闹起来。

“是不是真的啊？都这么多年了……”

“概率挺低的吧，不知他走了什么狗屎运。”

“管他呢，反正莉莉现在挺好，她老公都评教授了，现在还有孩子了。”

“我上回遇到莉莉了，莉莉现在看起来比前几年都年轻，她丈夫也帅，比钱国凯那个人渣好多了。”

大伙讨论了一阵，都有些感慨。

女人的价值虽然不能用嫁得好不好来衡量，可嫁得不好会被拖后腿是真的。要是一开始没被钱国凯哄去结婚，遭遇那么糟心的一家子人，孙莉莉现在说不定已经成为省院妇产科的台柱之一，哪会因为一次职业暴露就转去相对清闲的社区医院。大家感慨完了，没再说什么。

这天下午却有人发了链接给钱国凯，添油加醋地说现在的医生没医德，什么事都做得出来。

这人的头像改过了，名字也没备注，钱国凯没认出是谁，不过看到那人发过来的标题就心里一颤："警惕！医生居然这样给患者治不孕不育……"

这篇文章的开篇是几张图，拍的都是产妇一脸幸福地依偎在同一个男医生身边。那男医生的脸被打了马赛克，但看得出来长得高大又帅气。

钱国凯也长得挺帅，不过有个硬伤：不够高。以前孙莉莉和他出去时都很照顾他的自尊心，有意识地改穿平底鞋——孙莉莉一穿高跟鞋，看着就比他高了。这也是钱国凯更喜欢现任妻子的原因，她长得娇小可爱，让他觉得自己高大又伟岸。

钱国凯忍不住点了进去。他也知道这种文章不可信，很多是拼稿、洗稿凑出来的营销文，可这文章里有照片还有不少人的"亲身经历"，看得钱国凯的一颗心七上八下。钱国凯回忆了一下，替他们治病的那个医生还挺帅，虽然差不多有四十岁了，但是保养得很好。他听人说，很多医生的私生活非常混乱，莫非这孩子有可能不是他的？

钱国凯的心情很不美妙，在回家路上他一直想着这件事，偏偏这时候家里人又闹矛盾了。

一回到家，钱国凯他妈就号哭着拉他坐下："国凯啊，爸妈一把屎一把尿把你拉扯大，你可不能当没良心的白眼儿狼啊！我刚听到你媳妇和她妈打电话，说生了孩子房间就不够了，想把我和你爸赶出去。你听听这是什么话？你是我们的儿子，你不养我们，难道还要我们回那鸟不拉屎的山里去吃苦？"

钱国凯看向妻子。妻子红着眼眶不说话，只是坐在那里默默地摸着还没显怀的肚子。

当初孙莉莉离婚时闹了一场，非要把一起买的学区房卖了分钱，而且孙莉莉又拿出各种出资和还贷凭证，他分到的钱根本不够买大房子，添上他父母一辈子的积蓄也只够买这么一套两室一厅的房子。

想到孙莉莉的狠心，钱国凯越发觉得不懂得给自己辩解的妻子太惹人心疼。

钱国凯劝他妈：“妈，我们怎么会赶你们走，我说过我会孝敬您和爸的。也就是小月她妈在电话里说了两句，小月肯定也不会同意。小月是什么样的人你还不清楚？她这人最孝顺了。”

钱国凯的妈妈看了眼儿媳，有心再哭诉两句，又发现自己肯定哭得不如儿媳楚楚可怜，立刻住了嘴。

以前孙莉莉虽然性格强横，但对他们很客气，也不介意钱国凯拿钱补贴他弟弟。第二个儿媳不一样，不明着闹，只吹枕边风，经常让他们老两口吃暗亏不说，还成功地让儿子的心往她那边偏。

钱国凯的妈妈刚决定偃旗息鼓，就有亲戚在微信上给她发了一篇文章，标题和钱国凯收到的那篇一模一样。她看完了，心里也开始打鼓。那亲戚还敲边鼓，说那孩子来得离奇，可别替别人养孩子了。

钱国凯的妈妈也不好无缘无故地发作，憋了好几天，终于在儿媳因孕吐得太厉害没有做晚饭时爆发了：“才怀上没几天就整天装虚弱，我生了四个也都是干活儿到生那天才歇着的，哪有这么娇弱？我跟你说，别以为你怀孕了就了不起，我儿子没离婚你就和他睡了，现在怀上了谁知道是不是我儿子的孩子？”钱国凯的妻子气得不行，当场和她吵了起来。

钱国凯一回到家，看到婆媳俩又闹了起来，马上要扭打成一团，只能冲上去把她们分开。可他轻轻一推，人是分开了，妻子也摔地上了。妻子很快见了红。一家人把她送到医院，就被医生告知孩子已经没了。

钱国凯的妻子直掉眼泪，不知道自己为什么要和别人抢这么一个老公。她刚工作就和钱国凯堕入爱河，不顾别人的目光非要嫁给他，折腾了几年，好不容易怀上孩子还被弄没了。她哭着说：“不是怀疑这不是你们家的种吗？现在孩子出来了，拿去做亲子鉴定吧！看看是谁家的孩子没了！”

见儿媳这么说，钱国凯的妈妈也知道这是她的亲孙子。她一屁股坐下猛抹眼泪：“我的老天爷啊，为什么要这么对我们老钱家？我们老钱家真是命苦啊，想要个孩子怎么这么难？”

都说好事不出门，坏事传千里，钱国凯的妻子流产没几天，这事就在熟人之间传开了。有好事者还把这事转告给孙莉莉。当时孙莉莉正和丈夫一起陪着孩子在小区里的母婴坊游泳，收到这个消息时，心里毫无波澜，只是有些怜悯那个没出生的孩子。

还没出生就以这样的方式从世间消失，却也不用降生在那样的家庭，对那孩子来说也不知是幸还是不幸。

陆则当然不知道自己被造谣的事还有这种后续，在妇产科开完两轮孕产妇保健讲座后，又收获了一群准妈妈粉丝。此时，全国除了粤省之外都陆陆续续进入微冷的深秋。陆则终于结束了在妇产科的轮转，腾出空去和裴舒窈约会。

最近裴舒窈在给手里的课题收尾，陆则这次没有特意挑选约会场所，准备当一个没有脑子的男朋友，开启追随状态陪裴舒窈在首都逛逛街。

既然入冬了，当然要多买些冬天的衣服，陆则很快被裴舒窈弄了一套从头到脚的新行头。两个人穿着情侣外套在大街上牵着手溜达了一圈，约上朋友们去吃羊肉火锅。

年前陆则跟裴舒窈约好一起去拜访裴老爷子。

裴老爷子是老知识分子，年轻时也是学术界的美男，现在年纪大了，学术圈里还流传着许多关于他的传说。他现在住在一个四合院里，左邻右里都是和他有差不多履历的老人，加起来曾经是学术界的半壁江山。

平时裴正德回来得不多，因为从过去的表现来看，裴正德没有达到老爷子们的平均智商，老爷子们不是很爱带他玩。相比之下，裴舒窈和陆则的到来可就受欢迎多了，周围好几个老爷子过来邀请陆则过去玩，并在裴老爷子面前表达了羡慕和嫉妒之情。

好苗子就那么点儿，最聪明、最帅气的被裴家的娃子骗走了，他们家的女孩儿没机会了！

第二天一早，裴老爷子送走了陆则和裴舒窈，马上打电话给裴正德。

裴正德受宠若惊："爸，怎么了？小陆他们走了吗？"

"刚走。"裴老爷子摘下老花镜，关切地问裴正德，"窈窈过了年就二十了，她和小陆的婚事什么时候定下来啊？我看年初就有几个黄道吉日。"

裴正德："……"好了，他知道了，老爷子这是对陆则非常满意。到底是自己看上的学生，裴正德对此也很骄傲。只是想到陆则拐走了他的宝贝女儿，还成功赢得了老爷子的喜爱，裴正德的心情有些复杂。两个当事人都没表态，他们急什么啊？他们可是嫁女儿的，表现得那么急切做什么？

裴老爷子对裴正德的这种观念很是鄙夷："一看就知道你不太了解现在的年轻人，都什么年代了，还讲什么女孩子该矜持。你看看网上的小姑娘，一口一个'老公'地叫着，还一口一句'我要给你生孩子'，别人都这么积极主动，就你一个人想着要矜持要等别人主动提，迟早让人撬了墙脚。"

作为曾经站在学术前沿的老一辈，哪怕是老了也不会放弃汲取新知识。他是最早的一批上电脑培训班的人之一，现在有什么新软件、新平台他就去下载来看看。对年轻人的了解，裴老爷子不比裴正德少。

"你们都忙，过年大家多少有时间，你就安排安排，先趁着人齐订个婚，以后什么时候领证、什么时候摆喜酒就看他们自己的想法。"裴老爷子把事情安排得明明白白，还不忘补夸一句，"小陆这孩子很好，人聪明，和窈窈也投契，你别考虑那么多了，全家最闲的就是你，赶紧帮他们把婚事安排妥当吧。”

全家最闲的裴正德：“……”他好歹也是个高校院长，许多人一辈子爬不到这个位置。不能因为家里的其他人的成就都比他高，就说得他跟个吃干饭的闲人似的！话是这么说，裴正德还是积极地联系亲家询问他们的意见，哪怕再忙，腾出空吃顿饭订个婚还是有时间的。

陆则和裴舒窈是最后知道自己马上要订婚这一消息的。他们得知这件事的时候，两家的长辈已经兴高采烈地定好了订婚的时间和地点。等到发现还缺一对订婚戒指时，两家人才发现还没和两个当事人说，于是把这一切告诉他们，让他们自己抓紧时间挑戒指，毕竟戒指尺寸别人不晓得。

长辈们这么热心，陆则和裴舒窈都觉得压力有些大，不过晚上还是通过视频讨论戒指款式的设计。他们不准备买现成的，决定自己设计一对。

两个人在视频两端飞速画着设计稿，交换了好几次意见才商量出订婚戒指的设计图。因为要日常佩戴，所以两个人的戒指都没有镶嵌太多花里胡哨的东西，他们准备在戒指上刻出人类自诞生以来的许多重大发明与发现，两个戒指并在一起可以拼凑出简单的人类发展史。要在戒指上表现这么复杂的时间轴，图案还比较细致，对雕工的要求非常高，陆则辗转托人请已经不再接活儿的大师出马，他们才拿到符合设想的成品。

订婚戒指一到位，订婚的日子也到了。因为是订婚，所以陆则和裴舒窈没请太多人，只请了两家血缘比较近的亲戚一起来做见证，不过即便如此，这次订婚宴来的人还是不少。

伍家外婆自从找回哥哥，每天都精神抖擞，这次订婚宴自然也亲自参加。裴老爷子感觉挺久没活动筋骨了，也坐飞机飞过来做个见证。

这两个年纪最大、辈分最高的人都到了，小辈们自然也乌泱泱地跟来一片，弄得发现这群人到来的市领导都开始回忆最近本市是不是要开什么商业会议或者学术会议。

相比之下，陆则这边来的人就不怎么齐。陆则知会了陆爸爸，但陆爸爸想回来却腾不出时间。陆则的小姑姑倒是从国外飞了回来。

陆则的小姑姑最近几年在帮学员们筹备国际比赛，半定居在国外，得知陆则订婚，她赶紧安排好手上的事情订机票回来。她以前也见过裴舒窈，她们见了面就是一个拥抱，不见丝毫生疏。剩下就是徐淑珍和卫父带着两个孩子赶了过来。

裴正德本来还觉得陆则这边的人是不是来得太少了，就听陆则说加两桌人。

裴正德惊讶地说："两桌？"

陆则说："威哥他们说包了飞机，要带师父们过来，"陆则把订婚的消息统一给师父们发了过去，只不过他本来准备等结婚时才请师父们过来，没想到过了两天，师父们从二胡师父那里听说了陆则"势单力孤"的事，便拜托威哥帮忙。威霸物流和航空公司有合作关系，包一架飞机不难，没费什么事就把师父们往返的行程安排得妥妥帖帖。

这下子双方来的人"势均力敌"了。

订婚当天，什么事都不用陆则操心，订婚的地点在卫氏旗下的酒店，当天直接包了场。

一切都非常顺利，只是威哥他们送陆则的师父们过来时引起了一点儿骚动。

陆则的师父们都穿着款式相同的长外套，只在颜色上有细微差别，这样一群老人走下车很是气派。要不是天气不适合，他们再戴副墨镜就更时髦了！若只是一身行头特别，别人也不会太过关注，关键他们都是性格特立独行、一辈子从头倔到尾的人，气质很特别。

这样一来，路人们都不由自主地被他们吸引，还有不少人拿出手机偷拍。众人再一打听，全市最有名、最昂贵的饭店今天不对外营业，这群老人却径直往里走，明显是有大事发生啊！

有人忍不住把照片和小视频发到本市论坛上。陆续又有人提供新的照片，说卫家的人、伍家的人都进了这家饭店。还有人捕捉到几个学术界大牛的身影，这些大牛还都姓裴。

“我有一个大胆的想法。”

“这还不清楚吗？卫家和伍家要联姻了吧。实不相瞒，我在这对在一起的时候已经买了这两家的股票，坐等暴涨。”

“不会吧，小陆医生和小裴师妹到结婚年龄了吗？会不会太早了？”

本市论坛的人气很高，网友们很活跃，还有不少公共媒体或公众号的记者混迹其中。有人敏锐地察觉到这是个大热点，把这些照片和讨论内容整理好，抢先发到了其他平台上。

陆则完全不晓得自己订婚的消息已经在网上被挖掘得差不多了。

一次性见到这么多师父，陆则也不心虚，还给他们和江老以及几个不在粤省的师父相互介绍，光师父就满满当当地凑齐了两大桌。

陆则和裴舒窈两方的人又相互认识了一番。

裴老爷子对陆则的师父们很感兴趣，拒绝坐主位，反而跑去和陆则的师父们拼桌。一桌子人擅长的领域不同，出身和际遇也不同，坐到一起却一点儿都不生疏，你来我往地交流起来。

人老了，要忙的事情也少了，逐渐对以前不感兴趣的东西有了兴趣，难得遇到这么多专精于某个领域的人，他们当然是热络地交流如何发展兴趣爱好。

最受欢迎的项目是养花，这个大家都能做，不管是家里还是工作的地方都可以摆上一盆。善于养花的老人受到了极大的欢迎，更是按照每个人的性格替他们挑了品种，让他们回去试着养养。

饭桌上的气氛非常好，陆则和裴舒窈这对小情侣被两边的长辈殷切地叮嘱了许多话，交换了订婚戒指。

陆则戴上戒指之后还觉得有点儿不真切，从此以后他是有未婚妻的人了，往后他们可以名正言顺地站在对方身边，告诉所有人他们是彼此的伴侣。这种感觉既新奇，又让人忍不住由衷地高兴。

订婚宴结束时，饭店外竟聚集了不少当地媒体的记者，他们都在关注卫家和伍家是不是要联姻。

卫氏和伍氏在省内都是数一数二的大集团，如果两家真的联姻，那就是强强联手，说不定两家都能更进一步，这对本省经济、对两家股价都会有极大的影响。这样的大事已经不是娱乐版块的小八卦消息了，完全可以登上财经版块。

伍心慈和卫康盛没有让两个年轻人被牵连进来，安排人把其他人送离饭店，他们和记者们进行简单的问答，传递一个信息：他们确实会进行深入合作，争取共赢。

关注这个问题的不仅是财经界，还有学术界。订婚宴的照片一经传开，不少人认出了裴家那一家子的学术人才。

身为陆则的岳父兼老师的裴正德，在普通人眼里也算是功成名就了，不仅在高校联盟混得风生水起，每年为医院和医学界输送大批人才，还娶了伍心慈这位成功女性。可这样一个人放到他的家人当中，也显得有点儿暗淡无光。毕竟裴老爷子是在学术界极具影响力的老前辈，他的几个儿女也都在各个领域发光发热。平时他们不聚在一起，大家没什么感觉，现在大家才发现，这一家子人的智商都超高！

有人眼尖地发现陆爸爸全程没出现在任何照片上，兴奋地讨论陆爸爸是不是又在搞什么大工程。

还有一些网友则开始研究那群身穿长外套的老人。虽然他们身处不同的行业，但只要被一个网友认出来，他们的过往经历、过往事迹就能被扒得一干二净。大家发现这些人正是陆则那些五花八门的技能的来源！

光是来的人就这么多了，还有一些像陆爸爸一样脱不开身来不了的人呢？所以小陆医生到底还会什么？

订婚宴进行期间，网友们已经把这些话题通通讨论了一遍，等陆则闲下来上网时才发现网上正在进行一场投票：

你们觉得小陆医生和小裴师妹什么时候生孩子？

A.今年生

B.明年生

C.三年抱俩

网友们疯狂地选C。

陆则满脑子问号。

陆则看看时间，就算等到裴舒窈刚满二十时他们就去领证，也赶不上今年生了吧？至于三年抱俩，那就更不行了，毕竟生产对女孩子的伤害太大。且不说裴舒窈想不想生，就算裴舒窈想生，那也不能生得太快，得先把身体恢复好。

陆则看到很多人来自己的微博下问订婚是不是真的，想了想，把拿到订婚戒指时拍的照片发了上去，配上了一句话："今天订婚，谢谢大家关心。"

粉丝们立刻拥进这条新微博的评论区。

"祝福你们！"

"看了眼盒子上的标签，我冷静下来了，这个我要不起，呜呜呜。我爷爷给我奶奶送过这位大师的作品，非常漂亮，但是也非常昂贵。"

"居然是魏大师的作品？魏大师不是不接活儿了吗？我羡慕了！"

"你们都关心大师和价钱，我是俗人，只关心上面的花纹！这花纹乍一看只觉得好看，可是我把图放到最大后才发现里面另有玄机！"

"它们拼起来是按时间轴走的人类发展史，分开来看也很自然。这是什么神仙构图！"

…………

年初开局一个订婚宴，象征着卫、伍两家即将联手，新的一年所有人都进入了忙碌状态。

有了婚约，陆则感觉身上的责任沉甸甸的：现在他身边一堆老人家，师父们都上了年纪，需要赡养；接下来他和裴舒窈可能还要有孩子，孩子那么小，身体也弱，可不能随随便便对待。

陆则和裴正德商量过后，决定今年参加几场考试，一举把该拿的资格证都拿到手。

自从获得来自药庐的医学传承，陆则花了一整年的时间消化和转化相关内容，每天晚上也都会在药庐里或者实验室搞相关研究。年前他已经整理出一份论文准备投到《生命》杂志。

《生命》是国际上分量最重的科学杂志之一，能登上《生命》的文章都是能对某个学科造成极大影响的。陆则了解过《生命》的发表流程，要是文章审核得快，应该能赶在毕业前发表。

如果论文发表顺利、考试高分通过，再加上以前发表过的论文以及裴正德他们的联名保荐，陆则这次可以一次性拿下规培合格证、执业医师资格证、毕业证和博士学位证。这在国内并没有先例，不过裴正德对陆则很有信心，觉得他完全可以成为这个先例。

裴正德一直知道陆则从买了车以后就经常去实验室捣鼓，每天也在看海量专著，解答起专业问题来从没有犹豫的时候，却不知道他做的课题竟已经可以出成果了！看过陆则的论文之后，裴正德马上开始申请，要给陆则走特殊通道。

陆则在医院的实习表现有目共睹，更重要的是，他这个研究结果要是能真正转化出来，对相关临床治疗和医药市场都会有极大的影响！这样的人才如果还要按部就班地走常规路线，谁都不可能答应。即使没有现在这篇论文，裴正德也是可以帮陆则打申请报告的。

和裴正德商量好之后，陆则继续在医院和实验室之间来回跑，很多时候直接住在实验室那边。

卫父不懂研究和研发方面的事，不过既然医院和实验室都送给了陆则，他自然不会给陆则一个空壳子。陆则接手医院之后别的地方都没插手，只动了实验室，现在实验室的人基本都已经是他的课题研究成员。有设备、有人手，只要陆则找到方向、理好思路，一切都不成问题。

陆则这边岁月静好，每天两点一线地忙碌，没空关注别的事，网上却又陆续出现许多关于陆则的负面言论。

只要是与陆则有关的讨论帖或者话题，就涌现不少人表示陆则不务正业，天天博人眼球。陆则后援会的粉丝们有点儿气愤，可冲上去反驳吧，又怕显得自己太咄咄逼人，反而连累陆则，只能当看不见。毕竟很多人不管谁对谁错，心永远先偏向弱势的一方。他们固然可以一拥而上和对方对战，可一旦闹大了吃亏的还是陆则。

由于这些发言从腔调、内容到格式都比较统一，明眼人都看得出来这是有人偷偷地买了网络水军抹黑陆则。只是陆则最近沉迷实验，压根儿不知道发生了什么，更别提给出回应。

首都，星辉传媒。

徐明辉坐在老板椅上全神贯注地打着字，办公室里飘荡着噼里啪啦的敲击键盘的声音。一段话出现在他的屏幕上："没话说了吧？你们天天吹他，不如把他的实绩摆出来看看。他救过几个人？做过几台手术？拿过几个有分量的奖项？他也就只能在青少年比赛中逞威风。年轻人就是容易被煽动，冷静点儿吧，承认他很普通没那么难。"

徐明辉，徐家的长孙，陆则的大表哥，性格太浪荡，前年和褚家退了婚，还因为和褚家老三一起去某种会所被抓，成了圈子里茶余饭后的笑话。他继承家业是没戏了，只能从家里弄了些钱，开了一家传媒公司。现在文娱产业兴旺，他有钱又有家里可以依靠，没花多少力气就把公司组建起来。运营方面专业人士负责，徐明辉只需要在重要决策上拿拿主意就成，勉强也活成个富贵闲人。

不过褚家老三现在不带他玩了，徐明辉的日子过得有些乏味。人一闲下来，就容易胡作非为。

最近徐明辉被父母念叨得很烦，他的父母总拿他和陆则比。陆则订婚的消息早传到首都来了，这桩婚事促成卫氏和伍氏联手，同行都认为这两家将来肯定有大发展，纷纷严阵以待。徐家父母是这样说的："别看人家陆则不经商、不从政，人家好歹能联姻，你连个女人都哄不了，真是没出息！"听听这是什么话，他能忍吗？

徐明辉气不过，开始沉迷在网上抹黑陆则，不仅自己做，还要让公司合作的网络水军一起做，他发一句，水军跟着刷屏千万句。这种把陆则打得不能还手的感觉真是太爽了，以至于徐明辉有些欲罢不能。接下来三个月，只要被家里骂了或者公司发展得不顺利，徐明辉就带人上线抹黑陆则。反正他说的话有理有据，算不得造谣，陆则想告他也告不了！

唯一令徐明辉觉得不够过瘾的是，陆则全程没有搭理过他。他不痛快，很不痛快。他的这种不痛快在陆则轮转到社区实习，发现并举报了一个潜藏在社区的传销头目而再次上了热搜时彻底爆发了。

徐明辉开始带领网络水军火力全开，把陆则骂得体无完肤，说他正事没干多少，一天到晚管闲事。

虽然有省院的医生和陆则的带教老师陆续出来证明陆则在实习期间的表现非常好，直接当医生都没毛病，但还是有不少人被徐明辉的水军们带偏了思路，认为这个医学生太爱哗众取宠，不好好当医生，把自己弄得跟个"流量"明星似的。

质疑的声音越来越多，蒋饶本来准备再邀陆则上《普法在行动》，讲一讲传销的特点和危害，看到这个趋势后打消了这个念头。陆则既然选择花那么多时间在医学上，自然是一心要走这条路的，而这次的传销案本就和医学没什么关系。蒋饶是做新闻、舆论相关方面工作的，比谁都清楚舆论的力量，现在这种情况他再把陆则带上节目，无疑会把陆则推到风口浪尖上。

虽然没再邀请陆则当嘉宾，蒋饶还是找他讨论了一些细节，顺便提醒他可能有人在他背后下黑手，小心别吃亏。陆则听了有些纳闷。他是一个医生，真没有出道的打算，也没挡谁的路，谁恨他恨到费那么大劲儿引导舆论抹黑他？

陆则向蒋饶道了谢，刚关了对话框，老朋友顾云飞的消息又轰炸过来。

“我出关了！

“想我了没？

“知道你没，你是个没有心的人！

“我刚拿回手机就听说有人黑你！还要你拿出实绩！

“你说说你，怎么当个医生都有人要你拼实绩？你还没毕业呢！

“算起来你是不是还得三年才毕业？我想找你看病是不是得好几年之后？

“学医真的太难了，如果我有孩子，我一定不让他学医！大好的青春全赔进去了！”

陆则：“……”这手速也太快了，完全不给人插话的机会。

顾云飞也没打算让陆则回答什么，只是憋久了得尽情释放一下话痨的天性。他说够了，才说起正事：“我刚才叫人去查了，黑你的是星辉传媒养的水军，星辉传媒的老板叫徐明辉，你认得吗？”

“那是我妈的兄长的儿子……”

顾云飞好半天才反应过来，对陆则弯弯绕绕的说法表示谴责：“你直接说他是你的表哥不就得了？”

“我妈和家里断绝了关系，基本不联系了。”自从知道徐家找过他们父子俩，徐淑珍和徐家的关系就淡了，他自然也不会喊徐明辉表哥，徐明辉也不会认他这个表弟。不过这么多年来他和徐家人一直井水不犯河水，徐明辉怎么突然又恨上他？

顾云飞出身普通，对这些富贵人家的恩怨情仇简直叹为观止。“你母亲的娘家人真是眼瞎，”顾云飞说，“哪怕你当时还小，你爸爸可不小了，他们看不出你爸爸的能耐吗？”

“当时可能看不出来。”陆则说，“而且我爸爸虽然在自己的专业上很厉害，但是我必须承认，他当不了一个好丈夫。”

顾云飞知道自己一个外人没法评价什么，只问陆则：“那要我帮忙解决吗？”

“不用。”陆则说，“对我也没什么影响。”

“行吧，那我先叫人盯着，你有需要再找我，我先去泡个澡。”

顾云飞和陆则聊完就去了浴室，放热水准备舒舒服服地泡澡，驱除疲劳。顾云飞刚脱完衣服，竟接到了经纪人的电话：“看热搜！头条。”

顾云飞看到水已经放好，优哉游哉地躺进浴缸才拿过手机打开微博。热搜榜第一位的话题是“心肌再生”。他点进去一看，最前面的热门微博是“重磅发现！心肌再生靶向药已有重大突破，论文今日在《生命》刊出……”这让顾云飞摸不着头脑。经纪人为什么让他看这个？难道是因为上次有人骂他没文化，经纪人要他多学点儿知识？

这时候网上已经沸腾了。事情要从今天的《生命》电子刊说起。今天一收到电子刊，不少忠实读者像往常一样拜读里面的文章。这些忠实读者包括相关行业的头脑人物、奋战在科研一线的学者研究员、准备踏入相关行业的学生，以及国内许多科普文章作者。

消息传得快，谣言也传得快，科普博主们每天都很忙碌，既要绞尽脑汁思索怎么才能让大家愿意接受略显深奥的科普知识，又要与到处乱飞的谣言做对抗。

客居在Y国养病的梁先生就是科普博主，因为患有一种罕见病而到处求医，最后在Y国找到了合适的治疗方法。他本身就是搞了半辈子学术的学者，生病之后非常关注前沿科学，平时会翻译一些国外的文章发到网上和网友们分享。这既能转移他生病的痛苦，也能缓解他的思乡之情。

今天拿到《生命》的新刊，梁先生激动了。这里面有一篇文章是出自中国的年轻人之手，这文章不仅文笔流畅，还内容翔实有据，拿出的数据和实例都极具说服力。论文讲述的是，在几种重要物质的作用之下可以定向促进心肌细胞再生。正文还阐述了如何提取这几种重要物质、如何定向到心肌细胞的完整过程，以及相关实验结果。

细胞再生疗法一直是研究热点，国内外都有相关研究项目，心肌再生更是许多人瞩目的焦点。原因很简单，心血管疾病近几年已经跃升为全球第一位死因。人的身体像是灵魂寄居的机器，运作时间久了必然会生锈老化。

心血管系统是全身负荷最重的系统，它每时每刻都要运送营养和代谢废物，这个过程中它可能会堵住、坏死，会出现各种各样的问题。随着人年龄的增长，心血管系统的问题会越来越多，越来越严重。心肌梗死就是心血管疾病的主要死因之一。

正因为如此，研究它的人多，盯上这块肥肉的也多。前几年M大学就因为“开山鼻祖”涉嫌学术造假宣布撤回其有关心脏干细胞治疗的三十篇论文，在业内引起轩然大波。也正是由于前几年的那场学术风波，《生命》对这种重磅文章的审核会比一般论文更加严格。

梁先生把这篇论文看完了，虽然这种新发现不能治疗所有的心血管疾病，但是光凭有效促进心肌再生这一点就是个爆炸性的发现了。要是有药物能促进心肌细胞再生，并且通过靶向引导顺利把药物送到病灶，那完全可以有效避免许多心梗死亡的悲剧发生，让病变的心脏重新焕发活力！

可惜梁先生对这篇文章的翻译太专业，并没有引起太多人的关注，只有少数和他互相关注的专业人士和科普博主能理解这篇文章的意义。关注梁先生的也有媒体记者，记者和梁先生交流之后，征得梁先生的同意把稿子转到了自己报社的账号上，并对文章内容进行了归纳总结，让它更通俗易懂。

看到这项重大发现，不少人把它转到首页，期待相关药物能早日投入生产。这种新药可能会比较昂贵，但是只要能救命，贵一点儿也可以接受！

质疑的声音也有不少。因为前几年的学术造假事件，很多人对心肌再生方面的研究持观望态度，不少人还号召大家理性看待这条新闻，《生命》只是学术平台，发在上面的也不全是真理。

随着关注这篇论文的人越来越多，许多人发现论文的第一作者是陆则！一开始业内人士只觉得这名字耳熟，没往网上正在被骂的“小陆医生”身上想。而且陆则还那么年轻，就以第一作者的身份在《生命》上发布这么重大的发现，绝对不可能！光是登记在案的关于心梗的研究就数不胜数，这已经是一条重要的研究分支，突然出现这么一篇文章，简直让业内的所有人措手不及！

事实上，不仅网上已经吵翻天，在此之前，《生命》的编辑部也进行过一场相当激烈的争辩，原因就是这篇论文出自一个年轻人之手。任何领域都少不了偏见的存在，年纪小、学历不高……这些因素叠加在一起可以轻易引起不少人的轻视和反感。

“简直是天方夜谭！”

“小孩子就该在家里玩泥巴，学术界不是给他们玩耍和镀金的地方！”

直至负责审核的老约翰逊等人把文章看完，核实过相关数据和图文影像资料，那些叫嚷着“自大的东方小鬼”的人才彻底哑火。

相比外界的震惊和质疑，陆则后援群里的粉丝们却关起门来热烈讨论起来。

每个人的论文都有自己的风格，陆则这样的人尤甚。只要看过他以前的论文就会发现，这篇论文不管是整体框架还是论述思路，全都在叫嚣着一件事："这是陆则写的！"经读过陆则的论文的人一分析，陆则后援会的粉丝们已经确定这篇论文的作者不是跟小陆医生同名同姓的另一个人，而是陆则本人！

粉丝们开始积极地了解如何订阅《生命》。

徐明辉花了两个月时间潜入陆则后援群，和陆则的粉丝们打成一片，没事会进群看看有什么可供他攻击陆则的点。现在徐明辉觉得机会来了！

也不看看陆则才几岁，本科都没毕业，也好意思认领这什么《生命》的论文！徐明辉虽然看不懂论文的内容，但是看网上的反应，也能猜出一二。这么厉害的东西，怎么可能是陆则一个毛头小子研究出来的！

徐明辉顺手截了图，扔给网络水军让他们运作一番，想着一定要让陆则和他厚脸皮的粉丝们长长教训！

本来很多人只是私底下猜测，徐明辉这一手操作反而让"陆则论文《生命》"这个话题引起热议。不少人向裴正德打听这篇论文到底是不是陆则写的。

裴正德最近也发现了有不少人在网上攻击陆则，但是《生命》编辑部没给准信，他也不好说什么。现在论文刊出了，裴正德感觉自己神清气爽，痛快地说："对，就是小陆的论文。前两年他继父不是送他一家医院吗？当时连着实验室一并送他了，这就是他带着人独立搞的第一个课题。"

实验室是个非常耗钱的地方，但陆则没有这方面的顾虑，只要有了思路，就可以砸钱做。而且进入大学后，陆则跟着裴正德做了不少课题、去了不少学术研讨会，早已具备独立搞课题的能力。

只是裴正德也没想到陆则一上来就放大招。他这个当老师的能怎么办？当然是开开心心、骄傲地炫耀一下啦！裴正德用"没有多厉害，也就一般般"的谦逊语气让一堆人挂了电话，世界终于清静了。

见到有人把这件事推上了热搜，还欺负陆则的粉丝，裴正德当机立断地让学校官方账号转发了科普博主梁先生转译的论文概要，并附带了一句很短很低调的话："恭喜我校陆则同学的论文在《生命》刊出。"

与此同时，陆则后援会也出了一份特别的教程：《生命》期刊订阅指南，电子刊和实体杂志都有哦！

第十八章
我愿意

陆则的论文在《生命》刊出的消息一传开，不仅裴正德这个正牌老师收到各方问候，阎医生也差不多，逢人就要被调侃一句“你这么看好小陆，小陆却帮心内科挖你的墙脚，你难受不难受”。

阎医生当然不难受，要是这药能投产，很多问题可以止步于心内科，对他们心外科来说工作量反而会减少。

难道医生就盼着患者生病？能让患者以痛苦更小、代价更小的方式痊愈，哪个医生不想？反正心外科手术耗材大多便宜，用药也不贵，一台手术七八个小时做下来提成也就那么点儿，少些手术，医生的压力也小些。再说了，也不是所有心脏问题都能靠心肌再生解决的。

总之，阎医生一点儿都没有因为一种新药的诞生而担心自己会失业。有人上赶着来跟他说这件事时，他还会炫耀几句，说自己邀陆则来心外科果然没看错人。要不是天天和心外科打交道，陆则在实验室搞的第一个大动作会是与心脏相关的吗？他这一炫耀，调侃的人就闭嘴了。

除了当老师的备受瞩目，卫康盛这个继父也春风得意。

一开始，卫父把医院和实验室转到陆则名下，卫家内外有很多质疑的声音。毕竟卫父和徐淑珍结婚有很大一部分原因是为了报徐家的恩，他报恩以身相许就算了，怎么还真把徐淑珍和前夫的儿子当自己的孩子？就是自己的孩子，也没有孩子学医，爸爸直接送家医院当生日礼物的吧？陆则都还没毕业！

现在很多人才发现还是卫父眼光独到。这样的成果只要能投产，还怕弄不回一家医院吗？陆则现在这么年轻，这才是他第一次带团队攻克的课题，如果这篇论文没有水分，研究成果也能顺利通过临床试验，那很难想象以后陆则到底能带来多少奇迹！

这一天，不知多少人对卫父投以羡慕、嫉妒的目光，也不知有多少年轻人被家长狠狠地敲打："看看人家陆则，再看看你！"

陆则对自己再次成为"别人家的孩子"毫不知情。

他目前轮转到社区，正好和当初在妇产科遇见的孙莉莉凑一块了。孙莉莉已经休完产假，又回到社区医院上班。孙莉莉和他一起探讨病例，他的实践机会倒是挺多。

自从在社区帮助警方抓获了传销头目，陆则在这一带就出名了，老人们每次遇到陆则都要问一些养生问题，有时候陆则留意到谁有小毛病也会提醒一两句，一来二去老人家们都对他很信服，他说什么就做什么。对此，很多老人的儿女有些狐疑。

今天，住在绿园社区的秦先生回到家，女儿殷勤地出来给他捏肩。一看到女儿的做派，秦先生心里咯噔一声，觉得女儿可能要"作妖"。他不由得问："怎么？又想买新裙子了？"

女儿心爱的小裙子，小则几百，大则几千，对初、高中的女孩子来说真的有些贵了。秦先生和妻子都是普通的工薪族，两个人虽然只有这么一个女儿，但也不会溺爱，一般都是采取奖励制。

老爸都开口了，女儿立刻两眼放光地说："爸，我想订一本杂志！"

"不就是杂志，订就是了。"如果是别的要求，秦先生可能会犹豫一下，可是爱看书是好事，养成习惯总是好的！秦先生多嘴地问了句：“什么杂志？”

女儿早做好了准备，把在手机上打开的页面往秦先生面前一凑。秦先生看了标题，再看了价格，最后看了语言，顿时沉默。这杂志就算是电子刊也不怎么便宜。秦先生不想打击女儿的热情，过了片刻才问：“你看得懂？”

女儿说：“我会努力的！”她卖力地摇晃着秦先生的胳膊，“爸我跟你说，奶奶说她可以出一半钱哦，到时候奶奶会和我一起看的，有不懂的我可以和奶奶讨论！”

秦先生没想到秦奶奶会对这个有兴趣。秦奶奶年轻时是英语老师，看专业期刊倒也不成问题。只是她一个学文科的人，看《生命》这种偏理科的期刊做啥？

秦先生答应女儿先订电子刊看看。现在很多前沿杂志提倡全面电子化，纸质杂志发行得比较少，订阅起来也比较麻烦，还是电子刊方便快捷。电子刊还可以先单独订几期，要是女儿的兴趣减退就不买了，不至于浪费一年大几千的订阅费。

吃饭时，秦先生没忍住问了秦奶奶怎么突然想看期刊，秦奶奶说：“你忘啦？上次我在花园摔倒，是一个年轻人扶的我，他还帮我看伤，才刚上手，我扭到的脚就不疼了。多好的孩子啊，今天我看文章，说他的论文发表在《生命》上了，就准备支持一下！”

秦先生吃了一惊，没想到他们这小社区还卧虎藏龙，细问之下才知道人家只是轮转过来实习一段时间。秦奶奶是学文科的，不懂，秦先生在大学念的却是理科，比谁都清楚《生命》这期刊在学术界的分量。还在实习就搞出这样的大成果，现在的年轻人可真了不起啊！当初他听说这年轻人扶起摔倒的陌生老奶奶，就感觉这年轻人不一般！

这一晚，同样的事发生在不少家庭中，很多自己手里有钱的人包年订阅，没钱的至少也软磨硬泡地让家长帮忙订了这期的电子刊。

现在能够紧跟科学前沿的人并不多。而随着各种电子娱乐形式的兴起，别说是外文期刊，连中文学术论著也很少有人能静下心去看。这次订阅了《生命》电子刊的人，也不是全都会去点开看，很大一部分只是跟风订阅的。但是这其中只要有一小部分的人愿意用心看，那就是意外之喜。

陆则第二天才知道后援会倡导粉丝们都支持一下《生命》电子刊，思考片刻，发了条抽奖微博："抽十个人送《生命》电子刊全年订阅。"

这条抽奖微博很快被粉丝们大量转发，"硬核抽奖"这个话题也被送上热搜榜的前排。没办法，因为不少期刊官方账号转发了陆则的微博。以前刊出过陆则的论文的国内期刊更是一改以前的高冷姿态，纷纷抽奖送自己的电子刊。

粉丝们被这一系列操作弄得眼花缭乱，只恨自己英语不够好、专业能力不够强，转发起来都底气不足，纷纷立誓要好好学习。这种积极向上的气氛感染了不少人，但是感染不了潜伏在粉丝群里的徐明辉。

徐明辉完全不明白事情怎么会发展成这样。

从这些参与的期刊官微来看，以前陆则也在国内核心期刊上发表过论文，但是都没激起水花。现在被人列举出来，才有不少人发现他写得太好了！

那么这些论文为什么会被人翻出来呢？就是因为徐明辉带头发质疑陆则的评论，陆则的学校出来认领论文，陆则以前的那些"平平无奇"的论文现在才被人夸上了天！

徐明辉开始怀疑人生了。他潜伏在这个群里干什么？徐明辉咬咬牙，把群退了。群管理员和几个群友过来问他怎么退了，是不是遇到了什么事。以前徐明辉在群里编造了一套身世凄惨的说辞。群里几乎都是心肠软乎乎的女孩儿，见徐明辉退得突然，大家的问话句句带着关切。徐明辉自从被家里放弃后没少遭人白眼，没想到在网上倒是遇到这么多心怀善意的人。他心中感动，不想暴露自己是为了抹黑陆则才进的群，于是随便编了一个理由糊弄了过去。

没想到刚应付完群里的妹子，徐明辉就接到公司的电话，说他们公司的艺人被群众举报吸毒，一下子进去了好几个，其中他们公司的“一哥”“一姐”还干了点儿别的离谱的事，被狗仔拍下来卖给了营销公司，现在网上都闹翻天了。

这突如其来的变故让徐明辉怔了一下，不知怎么想起陆则的那群小粉丝总说的“和陆则作对的人都会倒霉”。徐明辉觉得自己的这个想法很危险。

吸毒这种事，徐明辉自己不碰，也不会去管这些作死的人，就算“一哥”“一姐”是公司的摇钱树，公司也只能放弃他们了。

在这个风口浪尖上，徐明辉决定做一个大胆的尝试。他登录了公司的微博，没管新公告下方乌烟瘴气的评论，自顾自地编辑了一段话，并转发了陆则的抽奖微博。

星辉传媒：“想要将来站得高，打好基础也很重要！抽一百个人送一套《高考必刷题》《百校联盟金考题》《五年高考三年模拟》。//@luze2020：抽十个人送《生命》电子刊全年订阅。”

正在抵制吸毒艺人的网友和认识徐明辉的人都很迷惑：“你在说什么？徐明辉，你要是被绑架了就眨眨眼，我们会带上手机、开好直播间来救你的！”

陆则对徐明辉的“幡然醒悟”依然一无所知。

陆则今天休假，去了章有去年刚落户在S省的公司。他有一个新项目要和章有谈一谈。

章有离开首都后和S省合作了一个重要项目，目前项目处于收尾阶段，正在考虑接适合的新项目。

朋友之间也不能随随便便就拉人来干活儿，这次陆则准备了很齐全的材料。这个项目不是他临时起意的，是早年被郭教授推荐参与过的神经义肢研究。

目前断肢再植手术已经十分成熟，一般的断肢都能保住，不过还是有不少保不住肢体需要截肢的情况。陆则以前参与过神经义肢研究项目，却对现有的神经义肢不是很满意。截肢的人会出现“幻痛”情况。人在失去本应存在的肢体后总感觉它依然在原处，当患者意识到自己已经永远失去那部分肢体之后，会承受身体与精神上的双重折磨。

上次和章有他们合作完成手术机器人的研发和测试时，陆则就有了不少新想法，这段时间他把这些想法整理好了，准备拉章有入伙。章有带着包括侯志洲在内的核心团队认真看陆则的展示。哪怕现在的计算机技术已经非常成熟，人体依然是一台最复杂、最精细的机器，简简单单一个触觉就有千千万万个神经元共同处理。想要降低伤者的“幻痛”，就要在增强义肢灵活度之外，重点研究是如何“恢复”义肢的触觉。

这一过程需要用计算机技术进行反复分析、反复验证，研究出肢体在进行相关活动时所进行的神经活动，从而在义肢上嵌入相关功能。这就是“生物-计算机”的脑机接口技术。

顺着这个方向研究下去，能够深入挖掘的领域非常多，但饭要一口一口地吃、路要一步一步地走，不能急于求成。光是神经义肢的研究，他们也得耗费大量的精力和资金才有可能取得令人满意的进展。

即使能成功地改进解读大脑信号的算法，要投入生产也还有许多问题需要解决，陆则得继续找材料学、工程学等数理化人才加入他们。

陆则现在就是光杆司令，能用的就只有实验室的那批人，他准备先把章有拿下，接下来再去首都一趟，挖些人才回来。至于本省的人才，那当然是要多少有多少，毕竟他有个院长老师。

陆则给章有的团队展示完项目的内容，轻松解答了章有的提问，成功拉到了第一批项目成员。

陆则离开没多久，章有接到家里的电话，说是有人托家里人让他加入某个研发项目："你在S省可没这样的机会，当初我就让你别任性。"

章父对章有的选择很不满意。以前章有回家时虽然不怎么说话，也不在家里住，但参与的项目大多是国家支持的类型，说出去让他很有面子，不像现在在地方上混，简直是越混越回去了！章父说："我已经答应下来了，你赶紧买机票回来进项目组。"

"我有自己的安排。"章有冷淡地回答，"我不会回去了，请不要再擅自帮我答应什么事。"

"你这是什么态度？"章父怒道，"我都答应了，你不回来我的脸往哪儿搁？"

"你答应的，你自己去好了。"章有淡淡地说完，直接挂了电话。别说他已经答应陆则，就算他没答应也不会回去的。

章父没想到章有敢挂自己的电话，对着手机吹胡子瞪眼。什么时候章有敢这么对他了？

章父气得不行，回到家见章母带着小儿子要出门，问："这是要去哪儿？"

"带小安去相亲。"章母说，"上次那个女孩儿小安没看上，你不是说章有要回来吗？不如给他们牵个线。"

自从找回小儿子，章母提起大儿子时也不难受了，只是觉得亏欠小儿子太多，有好对象还是想着先介绍给小儿子。小儿子没看上的，给大儿子介绍也行，都是知根知底门当户对的人。

章父冷哼："他说不回来。"

章母皱着眉道："怎么不回来？"

章父说："翅膀硬了，不把我这个父亲看在眼里了。真是白瞎了章家养他这么大。"

章母也觉得大儿子不识好歹，那么好的项目，家里给他争取来机会他居然不去。夫妻俩一致决定冷着章有，再也不管他了。

陆则不知道自己不小心挑破了章有父子间的虚假和谐。章有这边的事敲定了，他立刻飞了趟首都，先约上裴舒窈，随后逐个拜访熟识的教授。他拜访的意图很简单：挖人。“我这项目缺点儿人，您能给介绍几个不？”

对陆则和裴舒窈这两个选专业时“叛变”的家伙，许多教授的心情很复杂。当初他们要陆则和裴舒窈选他们的专业的时候，这俩人不肯，现在陆则觉得缺他们这些方面的人才了又来伸手要，世上哪里有这么便宜的事？

“要多少人？”老教授绷着脸听完陆则的介绍，最终还是开口问。

就这样，陆则在首都撬了一大拨墙脚，甚至还忙里偷闲地和裴舒窈去看了场电影，电影是以《黄台瓜辞》为背景的故事。

《黄台瓜辞》相传是武则天次子李贤所写，“种瓜黄台下，瓜熟子离离。一摘使瓜好，再摘令瓜稀。三摘尚自可，摘绝抱蔓归”，暗喻武则天不该将儿子们赶尽杀绝。

电影的主角却不是李贤，而是唐中宗李显。李显是历史上的一个传奇人物：他爹是皇帝，他妈是皇帝，他自己是皇帝，他弟是皇帝，他儿子还是皇帝。但相比他的传奇身世，他本人的表现比较普通，在电影里也像个旁观者。一开始他和兄长李贤在斗鸡，兄长的幕僚、身为“初唐四杰”之一的王勃写了首《檄英王鸡》助兴，惹得武则天大发雷霆，认为王勃挑动兄弟相争，把王勃驱逐出府……这样一个并不平静的开端，预示着接下来可能会是一场惊心动魄的权力角逐。

整部电影从李显的角度见证了唐高宗驾崩、武则天改旗易帜的那段历史，演员大多是老戏骨，年轻演员的演技也过得去，电影拍得很不错。陆则看完电影发现能挑的刺儿都是些无关痛痒的小问题，全程很少有让人出戏的时候。他正准备和裴舒窈讨论，却敏锐地在片尾的“艺术指导”一栏看到一个熟悉的名字。那不是裴舒窈又是谁？

走出电影院，陆则才和裴舒窈说起自己的发现：“怪不得你选这部电影。”不提它的剧情怎么样，至少场景和服饰还原得很好，有闪着光的小情小爱，也有震撼人心的大场面。

作为一部踏踏实实讲故事的历史电影，它其实有些偏离大众的口味，不过在观影的过程中，观众们都有笑有泪，出来后不少小情侣或小家庭在讨论电影内容。如果说这部电影是想要展现大唐风华以及塑造一位有血有肉的一代女帝，那无疑是成功的，导演轻轻松松就把人带进了那段风起云涌的历史里。

两个人边聊着电影边牵着手往外走，准备到地铁站再分别——陆则还得连夜飞回去，以赶上明天的早班。

论文已经在《生命》刊出，裴正德打的申请自然也通过了，现在他只要顺利结束实习、通过考试就可以拿到几个资格证。越是临近实习的结束，他越是要有始有终地好好干。

陆则和裴舒窈说了接下来的安排。因为要把别人三年的学习内容压缩到这短短两三个月里面，他得认真准备，免得到时丢了裴正德的脸。

两个人在地铁站坐上相反方向的地铁。

陆则抬起头往对面看去，看到裴舒窈站在地铁里朝他笑。陆则想起他们还没交往的时候，似乎也曾有过这样一幕，当时他没反应过来，忘记回她一个笑。

陆则在车门关上前朝着对面露出笑脸。

比起第一次带实验室成员研究心肌再生项目时的悄然无声，这次陆则北上请人引起了不少人的关注。在没有做出成果之前，很少人会把自己的研究方向到处嚷嚷。

面对各方询问，陆则都一本正经地挡了回去。

在毕业季到来之前，他先全力备考并协助卫氏药业进行心肌再生药物的全面研发。

转眼到了毕业季，陆则为期将近一年的轮转学习结束了。和其他毕业生不同，陆则要跟着不同阶段的学生完成所有考试，一次性结束学业。

在陆则的考试结束时，省中医协会发来邀请，要他进行一场特殊的考试。

中医协会会长姓孔。孔会长在陆则那篇论文的鸣谢名单那里看到了不少中医医生的名字，也在陆则选择的药材原料之中找到几种中医治疗心梗的常用药，认为这药应该有他们中医的一份荣耀。

可惜公众并没有关注这个，大部分人只关注过分年轻的陆则。

现在学校还给陆则“开后门”。既然西医这边都会特殊人才特殊对待，中医怎么就不可以？

孔会长和江老聊过，目前陆则的诊断和开方都非常准确，他没有太多可以教陆则的东西，这大半年来只带着陆则积攒经验。比起江老，陆则可能还有不足的地方，但是他明显已经远远超过及格线。

“小陆啊，我是中医协会的孔会长，我们见过的。”孔会长直接给陆则打电话。孔会长拜访过江老，只是每次都不怎么受欢迎，其中两次见到了陆则。

这个年轻人精力旺盛到令人羡慕，一般人光是学一样就筋疲力尽了，陆则却轻松平衡好时间，实习做得好，中医学得好，科研也没落下。他就是不睡觉也做不成这么多事啊！后生可畏啊。

孔会长不知道的是，陆则确实有不眠不休的本领，他在药庐里短暂停留就可以消除疲劳，长久在里面读书更是能滋养筋骨。等灵泉开启，药庐可以支撑更多人的存在，陆则想把裴舒窈一起带进去。

陆则在心里琢磨着，礼貌地回应：“孔会长有事吗？”

孔会长开门见山地说：“是这样的，你什么时候有空过来协会一趟，我有件很重要的事和你商量。”

陆则考完试了，他的项目人员还没到齐，目前还是有空闲时间的。他说：“现在就有空。”

孔会长做事很圆滑，本事不算大，但为人还不错，比起前两任会长来说算是挺好的。江老以前和协会撕破脸，现在也不怎么到协会去，不过经过孔会长孜孜不倦地登门“骚扰”，江老的态度已经有所松动，有什么事自己虽然还是不过去，却会让陆则跑腿。陆则虽然不知道孔会长说的“很重要的事”是什么，但还是开车去了中医协会。所谓中医协会，其实是医协的中医师分会，办公地点不怎么宽敞，里面的设施也有些陈旧。

陆则敲门进了孔会长的办公室，看到的是身穿深色polo（马球）衫、脑门非常清凉的孔会长。他礼貌地喊：“孔会长好。”

孔会长已经站了起来，热情地上前招呼陆则坐下，拿出一份考核方案给陆则看：“小陆啊，是这样的，我向江老咨询过，你的水平完全可以出师了。虽然有明文规定学习年限，但你本身也有师承，即便你那位师父不方便出面，也不能抹杀你深厚的功底。所以，经过讨论，我们决定给你安排一场特殊的考核。今年刚出的规定你知道吧？中西医可以双肩挑了，考核完后你可以多个证傍身。”

陆则也知道这项新规定。既然孔会长主动提出这个考核方案，陆则一口答应。双方达成共识后，孔会长把日期定了下来，让陆则先离开。

陆则一走，孔会长马上忙碌起来。这次虽然给陆则开了绿色通道，但孔会长腰杆挺得很直。论基本知识，没有谁比陆则更扎实，没见陆则都参与过中医项目吗？论临床水平，陆则有江老打包票，就江老那个倔脾气，要他帮学生造假比杀了他还难。论科研水平就更不用说了，一般在校生和年轻医生有哪个能和陆则比？

果然，孔会长通知考官们时，没有一个人提出异议。所有人都是有私心的：学中医的好苗子本来就少，西医专业都拿博士学位抢人了，他们怎么能什么都不做？不就是给陆则发个证？西医敢发，他们也敢发！当然，前提是陆则能通过考核。

为此，一群中医学教授和协会成员聚在一起开了会，共同决定这次特殊考核的考题。

六月底，陆则先参加了一轮笔试，以满分的成绩通过，看得监考的教授回去在群里痛骂了自己的学生一通。至于骂学生的理由？没有理由，他们就是觉得好苗子没到自己手上，心情郁闷。

第二天陆则被领去省中医院。既然叫中医院，那当然是主攻中医的地方。省中医院在国内都是有名的，各地患疑难杂症的患者在多方求医无门之后都会找到这边来。

对这种被治到一半的病人，以前很多医生不愿意接手。运气好的，可能是前面的人已经治得差不多了，接手的医生收个尾就好；可要是运气差，遇上几经转手、越治越糟糕的病人，事情就麻烦了。

不过省中医院底气足，什么病人都肯接手，什么病都愿意治。

陆则来到省中医院时引来不少人的关注，最初是小护士和年轻病患们，后来连中老年病患都开始往他身上瞄。能来中医院的哪个不是养生爱好者，肯定会看《养生大讲堂》，养生文章也绝对不会落下。这两年逢年过节，陆则当初搞的保健品测评还会被翻出来转发呢！养生话题的经久不衰，决定了陆则在公众间的知名度不会走低。更何况最近陆则带人研发的心肌再生药物还引起了新一轮的热议。

人老了，心血管系统的问题会越来越严重，“心梗”这个词是横亘在许多老人心里的大石。心梗发作快，昨天还好好的人，可能第二天就没了。有时候看到认识的人一个个离开人世，自己心里也会担心和煎熬，生怕自己连和家里人道别的机会都没有就一命呜呼。心肌再生药物虽然不能解决所有问题，却着实给心梗高危人群吃了一颗定心丸。

对这位年轻医生到中医院来，很多人好奇到底是为什么，和相熟的医生护士打听，医生护士们也不太了解。

等有病人提出能不能让实习医生参与诊断后，不少医生护士的心里才稍稍有点儿底，不过也仅仅是猜测而已……

这天陆则和医生们开的方子都经由专家把关，结果专家惊讶地发现，陆则开的方子和江老一脉相承，不仅用的药材简单，见效还快。都说是药三分毒，事实上不单是药，凡是入口的东西或多或少会含有对人体有害的物质，只是含量多少的区别。

药物与药物之间药性的融合，其实就是一连串复杂的化学反应。做过化学实验的人都知道，试剂量多量少、谁先加后加、混合还是分开，都会对反应结果造成影响。所以医生用最简单的方子，一来能减少患者的经济负担，二来能减少治疗过程中的不确定性。

这次负责陆则的临床实践能力考核的老专家性格比较古板，虽然听孔会长说江老都表示陆则临床能力不错，还是存着挑刺儿的心思。毕竟，陆则就算拿到证也不会来中医院，他为什么要给陆则开方便之门？可一天考核下来，老专家不得不承认确实有人学什么会什么，不管哪个领域都能学得比其他人好。

七月初，两份考核认定表几乎同时送到了省医协。

因为知道总协会一直对陆则虎视眈眈，省医协也遵循特事特办的原则，快速通过了两份申请。

陆则被通知去领证的时候正和章有他们开完会——明确各方人员的交接，免得研发过程中有问题不好沟通。他没有走正常程序，他的证也不会和其他人一样统一发放，要他自己去领。要是不方便拿，他留下邮寄地址也是可以的。陆则还不至于这一点儿时间都没有，只不过有些迷茫：现在发证都这么快吗？他才考完没多久。陆则怀着疑惑去领证，又被工作人员的热情惊住了。他在一干工作人员的目送之下离开协会，心里还有点儿不真实的感觉。

不过想想自己身边就有不少履历三级跳的人，相比起来自己一路走来其实还挺按部就班的，陆则也就不琢磨了，带着证回家了。

他没急着去省院报到，而是先抓好新开的项目，等明年新医生统一到岗才过去。

比起药物研发，神经义肢的研制更注重多学科合作，陆则光是完成团队磨合就花了一个多月的时间。组好团队后，他只需要把握好方向、整合好阶段性成果就成了，不用再从早到晚泡在实验室里跟数据以及义肢打交道。

想要研制成果能骗大脑说“这是真的肢体”，需要解决的技术难题实在很多。通过电话询问过正骨师父的意见后，陆则准备去南方一趟，把自己的正骨师父请过来。正骨师父不懂什么神经血管，但是和骨头打了大半辈子交道，闭上眼睛都知道四肢的构造。

陆则觉得各个学科、各种专才的相互碰撞能够让项目有更大的突破。

陆则飞到南方时，天气从秋天转到了夏天。他本来穿着长袖长裤，走下飞机一看，到处都是短裤短裙，非常清凉。

陆则在南方生活过，也不用人接，熟门熟路地找到正骨师父的新诊所。

“都说了不用你来接。”正骨师父绷着一张脸，身上穿着早上特意挑的唐装，对陆则颇有微词，“上次我都去过了，自己飞过去就好。”上次他们可是一起去参加过陆则的订婚宴的，难道没到半年他就忘了路怎么走？

要是陆则说要接他过去养老，正骨师父是绝对不会去的，但是陆则说需要他帮忙，正骨师父欣然答应。

“请人当然得有请人的诚意。”陆则说。

正骨师父的小学徒热情地和陆则打招呼：“师兄好！”正骨师父想说什么，看到小学徒笑得见牙不见眼，又闭上嘴。陆则来接他，他当然是高兴的。

小学徒看了眼陆则身上的衣服，对陆则说：“师兄你们那边已经冷了吗？那师父收拾的衣服可能太薄了，得换几套，我去收拾！”小学徒跑了，师徒俩坐下说话。

没一会儿，小学徒忙活完出来，小心翼翼地守在一旁等他们聊完才说：“师兄，我是你的后援会的第一批粉丝……”小学徒说完群里最近的动态，才提出自己的要求，“我能不能跟你合个照啊？”

陆则没有拒绝。

小学徒挨着陆则咔嚓一下，拍了一张大头合照。见师父在旁边欲言又止，他马上机灵地替师父排忧解难：“师父，我给你和师兄也拍一张！”

正骨师父说：“接下来天天见，有什么好拍的。”话是这么说，他还是走到陆则身边端端正正地坐下，坐姿笔直笔直的，一脸严肃。陆则见师父这样，也跟着坐得笔直。

小学徒拍了好几张，凑过去让师父挑。其实没什么好挑的，每张基本都严肃得可以上新闻联播，看起来没什么差别。

闹腾完了，正骨师父开始叮嘱小学徒接下来不要胡来，一定得守好诊所，不能砸了他的招牌。

小学徒拍着胸脯保证：“师父您放心吧，客人们都说我学到了您的真传。以前他们还不想找我，现在都愿意找了呢！”

正骨师父不说话了。他的正骨手法虽然好，但年纪摆在那儿，他渐渐有些力不从心。要是他能在有生之年让自己的本事发挥更大用处，也算是一种幸运。

陆则虽然是过来接人的，但来都来了，自然要拜访一下亲朋旧友，这一拜访大半天就过去了。

傍晚吃完晚饭，陆则拉着正骨师父的行李箱在威霸物流专车的护送下前往机场，一下车就引来不少人注目。威霸物流的专车太有辨识度了，本来就引人注目，大家再一看，陆则还长得这么帅，那当然得多看几眼！还有人偷偷拍照。

陆则对别人的关注早已习以为常，心平气和地和正骨师父去候机。

其间甚至还遇到认出他，求签名的妹子，陆则顿了顿，倒也没拒绝。

妹子兴奋地带着陆则签了名的本子回到自己的位置，旁边的大妈好奇地问：“靓女，那是明星吗？”

“不是明星，不过很有名的。”妹子积极地解释，“您没看过《养生大讲堂》吗？”

“我不爱看电视，就喜欢刷刷小视频。”大妈说，“我老公说养生节目都是骗人买药的。”

“小陆医生不一样，他不卖药的。”妹子“安利”起来很有针对性，一个方向不成又转到另一个方向，“小陆医生还上过《普法在行动》好几次，超厉害的，嗅一嗅就知道药物组成成分，有一次去吃饭就发现老板娘在吃的减肥药有问题！”

大妈听了果然对这位“小陆医生”大为改观，拿出手机开始在妹子的推荐下观看相关视频……

此时，陆则带着正骨师父登机，趁着夜色飞往S省。

飞机降落时，还不算深夜。S市机场有多条降落跑道，有两架来自不同方向的飞机几乎同时降落。

两拨乘客在前往出站口的路上遇上，陆则发现不远处一对年轻男女的情况不对。

这对年轻男女打扮时髦，脸上都化着妆。即使是在往外走，女孩儿手里还是拿着手机在看，手机里传来一阵奇异的叫声，是网上很流行的“土拨鼠尖叫”。

土拨鼠本来自由自在地生活在草原里，不知道什么时候开始，突然继大熊猫和小猫咪之后变成了“小网红”。它可爱的站姿、可爱的叫声让不少人格外想和它亲近，出去旅游时经常会投喂或者抚摸它。跟它一起拍视频上传到网上的人更是数不胜数。

事实上对野生动物而言，和人类过于亲近并没有好处，很可能会改变它们的正常习性，让它们无法适应原本的生活。而且很多野生动物携带的病毒、病菌和寄生虫可能会感染人类。野生动物体内的寄生虫转移到人体内的例子有很多，病毒、病菌等病原体也有从动物身上转移到人体内的可能，比如由啮齿动物传播的鼠疫和禽流感、猪流感等。甚至还有研究表明，有一种癌症可以在贝类之间传染。要是这种贝类癌症再发生变异，可以转移到人体，那对人类的危害是难以预估的。

目前，人类对早期癌症还有点儿办法，对晚期癌症基本是束手无策，只能勉强减轻病人的痛楚、稍微延长病人的生命。所以，乱吃、乱接触野生动物，对自己、对野生动物来说都是一种危险行为。

在经过陆则身边时，女孩儿正兴奋地对身边的男友说："你看，我们的视频点赞又破百万了！"

之前陆则还不确定，在看到对方手机屏幕上播的小视频时，基本已经确定自己的判断。

陆则和正骨师父说了一声，就找到了机场的工作人员。这件事非常严重，由不得陆则耽搁。陆则出示证件后向工作人员说明情况："那趟飞机是从N省飞回来的，他们接触过携带病原体的野生动物，很可能感染鼠疫。"鼠疫有两到三天的潜伏期，发病比较快，但是初期症状是常见的咽喉肿痛、发热头疼，要是患者不放在心上，只当成是普通的发烧感冒，很可能就耽误了治疗。这种传染性强、发作快的传染病，一旦发现必须全面防控。

听到"鼠疫"二字，机场工作人员心里的弦马上绷了起来。对传染性疾病如何防控，机场工作人员每年都要接受相关的培训。机场这种地方客流量大，五湖四海的人都汇聚于此，一旦出现传染病，很可能通过各个航班迅速往境内境外蔓延！

工作人员马上上前拦下那对男女，核实他们的航班、询问他们这次出行接触过什么之后，客客气气地把他们请去检疫。这对情侣暂时还没出现严重症状，没有咳嗽、咳痰的情况，飞机上的乘客只要没和他们进行过于亲密的接触，应该都是安全的，只是也存有一定的感染风险。

机场对这种情况自有一套应对措施，发出紧急广播，截留下这批乘客。鼠疫作为和霍乱并列的甲类传染病，但凡有一点儿传播的可能都要高度重视，他们小心谨慎不会错，哪怕可能判断有误、可能被乘客抱怨，也比让传染病扩散要好。

这一夜注定有很多人无眠。

陆则作为发现这件事的人也留了下来。

陆则很快见到了很多熟人，不过他们没空打招呼，都紧张地对两位疑似鼠疫患者进行隔离观察。

一阵兵荒马乱之后，检测结果出来了。

那对情侣果然直接接触了携带病原体的野生动物，还被当地的跳蚤叮咬过。为了让自己拍出来的视频更具独特性，他们这次在当地租了车，深入人迹罕至的地方寻找野生土拨鼠。他们在这个过程中接触传染源的可能性太多，陆则一时竟不能确定是哪种方式染上的。不过可以确定的是，他们现在确实是罕见的鼠疫患者，需要进行为期不短的隔离治疗。与他们接触过的人也都被告知要隔离观察，他们乘坐过的飞机和其他交通工具也要进行全面的灭鼠灭蚤消毒。对这种结果，这对年轻男女很震惊。网上拍土拨鼠的人很多，视频里的小动物很可爱，也没见有人得病，他们认为这根本是危言耸听。怎么轮到他们去拍，他们就那么倒霉染病？对他们会有这种侥幸的想法，机场的医护人员觉得他们太天真了。这种事哪怕概率很小，也不能掉以轻心，就像飞往非洲这些传染病高发地区，游客得提前打好各种疫苗，没有打疫苗不许出境，回来后也要进行严格的检疫。难道一个人还能因为觉得自己体格健壮、身体倍儿棒，感染传染病的概率很小，就拒绝打针？

网上的人气虽然能当饭吃，但是人气能把命买回来吗？

这两趟航班的人不少，发生这样的大事哪怕机场不对外公布也是瞒不住的，因此这个话题的热度很快在网上飙升，迅速引发不少人的讨论。

平时很多人也觉得土拨鼠可爱，可是此时此刻，看着一条条科普信息，看着许多专家出来说明鼠疫的严重性，大家都沉默了。

虽然现在还不确定这两个乘客的病真的是从土拨鼠身上传染的，但如果真的爱它们，人们似乎确实应该远离它们一点儿。

可爱的东西到处都有，为什么非要去接近一种可能携带致命病原体的野生动物呢？

鼠疫的事情很快就闹得沸沸扬扬，陆则后援会整理出一份科普资料发布了出去。

陆则虽然很少做这种基础科普，在网上大多只回答深奥的专业问题，但是几次登上《普法在行动》和《养生大讲堂》说明他对公众健康问题是非常上心的。所以，哪怕陆则没有站出来说话，他的粉丝们也自发扩散科普文章，想让更多不把健康放在心上的人多多重视。

这个时候，陆则后援会还不知道鼠疫是陆则发现的。

将鼠疫患者转移走以后，机场被隔离的人经过一段时间的观察也陆陆续续地回家了。

由于公众对这件事非常关心，S省疾控中心和机场发布联合公告，公布完整的事件发生过程和采取的相关应对措施。这篇文章写得十分详尽，其中还提到多亏了一位热心的医生及时发现问题，才挽救了两位患者的生命，避免更多人被感染。公告还附带一些科普信息，希望有过相关行为的群众密切关注自己的身体情况，千万不要掉以轻心、心存侥幸，毕竟及时治疗可以很快回归正常生活，延误时机很可能会丢掉性命。

这种科普内容网上太多了，大家更关心前半段提到的那位姓陆的年轻医生是谁。这种情况大家过于熟悉，让人很难忽略。

“S省，姓陆，医生，我有一个大胆的想法！”

“画重点：二十出头儿，相貌出众，目光坚定又真诚，说话令人信服。”

“这要不是小陆医生，我把头摘下来！”

“我发现一件事，以前关于小陆医生的报道都是说‘实习医生’，这次改成了‘年轻医生’，小陆医生终于转正了吗？”

…………

随着话题热度持续走高，机场那边核对了陆则留下的信息，发现这位陆医生确实是在网上人气很高的陆则。只是陆则全程非常低调，和身边的老者一起配合着机场工作，所以他们并没有特别说明这位医生是谁。机场的官微回复了点赞数最高、指出“这位陆医生是陆则”的事实的评论：“是的，确实是小陆医生！”

于是，“小陆医生发现鼠疫”这个话题在热搜榜的前排露了脸。

对陆则这种动不动免费上热搜的行为，大部分人已经习以为常，粉丝们的腰杆也挺得笔直，对此十分骄傲。虽然出现鼠疫不是什么好事，但是能及时发现问题，降低鼠疫暴发的可能性，就是做了件天大的好事啊！而随着老一辈的人和年轻人纷纷投入陆则后援会的怀抱，中间的“妈妈辈”也在满天飞的科普文的攻击以及父母和儿女坚持不懈的洗脑式推荐之下逐渐沦陷，陆则的粉丝群日益壮大也日益多元化！

陆则对此也有所感觉。因为药庐里的灵泉开了。

经过这两年的摸索，他发现不一定非要打出岐山派的名头，只要他这个拥有药庐的人能获得足够多的所谓“信仰值”，灵玉里的地图就会逐渐解锁。比起信息闭塞的古代，现代社会想要获得足够多的关注、赢得足够多的信任与喜爱要容易得多。最明显的就是，陆则除了一开始为了叶老头儿上过《养生大讲堂》，其他时间并没有特意去做什么，现在灵泉依然成功地开启。

陆则站在药山脚下，看着山上奔涌而下的飞瀑。

“这就是灵泉？”陆则瞅瞅那相当于把山劈成两半的银练，再看看它在山脚下汇聚成的宽敞河流，不免疑惑起叶老头儿所说的“灵泉”来。

叶老头儿说：“这瀑布的源头就是个泉眼，说它是灵泉有什么不对？”

叶老头儿引着陆则到瀑布底下，先掬起一捧泉水往嘴里送，喝完还一脸享受得不得了的模样。

比起叶老头儿先前越变越小、越来越虚化的身形，喝完灵泉之后他的身体状况明显好多了，又变回了最开始那个精神抖擞的小老头儿，看起来已经没有消失之忧。

不过由于陆则给叶老头儿配备了豪华无比的全套通信设备以及专业计算机，现在叶老头儿的爱好是在医学论坛上舌战群雄，每天引经据典地和专业人士、业余爱好者们大战三百回合，没有特殊病患的话他对出去溜达的兴趣不是很大。

由于叶老头儿战斗力太强，论坛上很多人恨他恨得牙痒痒。

好在还是有不少人透过现象看本质，看出叶老头儿专业水平过硬，私下和叶老头儿交换了联系方式，遇到什么疑难问题时就找叶老头儿讨论。叶老头儿每天都过得非常充实，甚至学会了灵活运用表情包!

意识到自己把好好的狂热医学爱好者变成了网瘾患者，陆则觉得自己好像干了件坏事。不过，千金难买老来乐，叶老头儿高兴就好。

陆则自己也试了试功效。在感知能力完全开启的状态下，他能够察觉到身体里的所有变化。进入身体以后，灵泉对普通细胞有很好的滋养作用，对异常细胞则是能进行辨别和清除。要是利用得好，这灵泉水的用处会非常大，绝对不仅仅是清除疲劳、增强灵力那么简单。

陆则问叶老头儿："这灵泉会枯竭吗？"

叶老头儿几百年来都在琢磨药庐里的一切，对这个还是有点儿心得的："只要保证相信你、喜欢你的人能和现在一样多，它应该不会枯竭的。"叶老头儿又提起另一件事，"有了灵泉，药田和药山还扩大了不少，产出的好药越来越多了，你得把它们拿去用掉，不然药庐塞不下。"

植物不是永生不死的，就算他种的药草生长周期再长也有不得不收获的那天，瞧瞧，不就用不完了？药草和灵泉要在外面被使用，总要有个合适的出处，少量也就罢了，自己人能消化完，没有人会问怎么来的，量大的话，肯定得遮掩一下。他弄个药材基地再借机对外搜罗大江南北的药材，以后拿出多少好东西都说得过去了。

陆则说："一会儿我托人帮我找找周围有没有可以承包的山，改天我去实地看看。"因为延迟了去医院报到的时间，陆则现在的时间还是挺灵活的，腾出半天时间不成问题。这种事陆则当然不会找别人，和卫父说了一声，说想要一个山头种药草，最好山上有活泉的那种。卫父一口答应："我让人去打听打听，有消息了再和你说。"

省会城市周围可以对外承包的山头其实已经不多了，不是早被人弄走就是牢牢把握在所有者手里，外人很难插手。但对卫父来说这不是难事，卫氏企业搞过土地开发，对周围土地的情况门儿清，都不用重新做调查的。知道是陆则这位少东家要的地，卫氏的人很快行动起来，跑去实地考察了几处后整理出资料送到陆则手上。

陆则拿到资料后跟实验室协调了一下，腾出半天去了看起来最符合他的需求的地方。正好裴舒窈飞回来休假，陆则约上她一起来了一次"郊游"。

能被卫父的人列入备选范围的，环境自然不会太差。陆则开车到山脚下，发现山上树木繁茂，入秋了叶子染了秋霜，或红或黄，层层叠叠，秋色满山，美不胜收。

"看起来不错。"裴舒窈呼吸着山底清新的空气，转头问陆则，"要上去看看吗？"

"去看看。"陆则说。

前面车开不进去了，两个人停好车，转了个弯准备上山，突然看到不远处站着一个老人，一脸沧桑地望着山上的树木，眼中充满难言的眷恋。

陆则和裴舒窈对视一眼，停下脚步。那老人注意到陆则两人的到来，收回远眺的目光，转过头来看向两位来客，惊讶于他们的年纪，不太确定地问："你们是来看山的？"

天气已经转凉，不仅山野换了颜色，人也穿上了秋装。老者年近七旬，身穿相对厚实的棉质衬衫和毛线背心，虽须发皆白、已见老态，身板却依然挺得笔直。人的精神气往往能展现一个人的性格，他们看得出这是个有学问、有涵养的老人家，不像是普通的护林人，只是他脸上满是疲惫。

古时医道不分家，研习玄学的人往往能借助医学知识忽悠人，从人的气色、神态、动作等方面分析出对方的处境，说些笼统的推断让对方对号入座。陆则从药庐之中得到了不少东西，这从外表察人内里的技巧也掌握得很通透，只看上几眼便知道这老人心事重重，明显不怎么愿意把这座山卖掉。但他又不好问别人的私事，既然来了，打算看看再说。

回想起来之前看过的资料，陆则点头说："听说山脚有个育苗基地，您可以先带我们过去看看吗？"

老者略一犹豫，应了下来，默不作声地带着陆则两人往育苗基地的方向走。那里说是育苗基地，其实已经废弃好几年了，周围杂草丛生，无人打理，看起来十分荒凉。

走到育苗基地的大门前，老人驻足看了眼锈迹斑斑的老招牌，神色怅惘，眉宇之间有着深深的忧色，对陆则说："这是我妻子一生的心血，几年前她走了，我却没保住它。"

陆则和裴舒窈还没说话，只听入口处传来一阵吵嚷声，有男有女，一个个声音又高又激动。

"爸他真的要卖掉这山？"

"凭什么啊？山是妈留下的，我们也有一份，爸凭什么自己卖掉？"

"那个混账东西自己输了钱，别人要剁他的手就剁，要拆他的房子就拆，钱全给他还债我不同意！"

"就是，赌债可是无底洞，这次还能卖山，下次卖什么？我们得拦着爸！”

“就算要卖，卖的钱得分我们才行。”

“爸一辈子没和人做过生意，指不定会被人骗，还是我们来找买家吧。”

“山上光是那几棵老樟树就值不少钱，上次我想要爸还不让砍，这山卖之前还是把山上的好木材都先砍了吧，可别便宜了别人。”

这群人你一言我一语地讨论着，中心意思是这山要转让给别人可以，山上的成木先砍了，买家得挑出高价的，他们要把钱均分。

老人隔着草木听着外面的对话，面色涨得通红，明显是被气着了。气到后面，老人一脸颓然。

“老伴啊，你怎么就走了呢？”老人望着那育苗基地的招牌喟叹一声，语气满是悲伤。他和妻子一生无子，虽有遗憾，却也不强求，而是收养和资助了许多孩子。他的收入、妻子的育苗基地的收入几乎都用来资助上不起学的小孩儿，剩下的就是供给收养的养子养女们。可孩子一多，教养起来就很困难。

他是搞文学研究的，和书本打了一辈子的交道，工资不算特别高，人情世故不是很懂，平时连怎么和孩子们交流都不太懂，更别提好好教育他们。妻子在世时，孩子们还会时不时聚在一起，一家人看起来也算其乐融融。可在妻子心脏病发去世之后，整个家就散了。养子养女一次次登门，说育苗基地反正已经撑不下去，不如把它转让出去，大家把钱分掉了事。从法律上来说，养子养女虽然和他们没有血缘关系，却也是父母与子女，有权利分走妻子留下的遗产。

不过这座山和育苗基地，他不签字，没人转让得了。

这次是一个养子染上赌瘾，把自己分到的钱败了个精光不说，还欠下一屁股赌债。老人也知道赌这东西是无底洞，还了一次就有无数次在后面等着。可养子都被人追债追到家门口，别人扬言要剁手、砸屋子了，难道他还能眼睁睁看着别人逼死养子？

想到老伴生前最疼这个小儿子，老人又是无奈地叹息。他转卖掉这山后把钱分了可能不够还赌债，他再把自己名下的房产卖掉兴许就够了。等他没了存款也没了房产，这些儿女就不会再找上门了吧？

这山上的每一株树木，他都记得清清楚楚，那是他和妻子一次次在林间散步时仔细看过的。当时妻子眼里闪着光，和他说起她小时候自己天天跑山里玩耍的事，这座山对她来说是一段回忆、一个念想，她那么努力地赚钱，为的就是凭借自己的努力护它几十年。他的妻子是个温柔又善良的人，爱山爱水，爱花爱木，也爱每一个孩子。

只是并非所有的善意都能有回报，她曾经疼爱的孩子们却在她去世之后马上盯上她的毕生心血。这让老人有些怀疑妻子当初的善良是不是一种错误。可如果再来一遍，看到这些孩子无家可归、没学可上，他相信妻子还是会做同样的选择。

老人满含歉意地对陆则两人笑了笑。他最近表露转让这座山头的意向后，一切是老朋友帮他联系的，老朋友说想要承包这座山的年轻人叫陆则，正在做世界瞩目的心肌再生项目。他妻子就是突发心梗去世的，老人对这位据说很年轻的小医生很有好感，想着要是这座山能转给这样一个人也很不错。

他没想到养子养女会闻讯而来。老一辈的人还是讲究家丑不外扬，在家里闹得再难看，也不想在其他人面前撕破脸，结果还是被陆则他们撞个正着。老人沉默，那几个中年人也找了过来。老人一脸木然地看着他们。

几个中年人见老人脸色不对，知道自己刚才的话都被老人听了去，脸上有了一闪而逝的赧然。

其中一个穿着玫红色外套的中年女人上前说：“爸，听说今天有人要来看山，我们也过来看看。”说话间，她和其他人的目光都落到了陆则和裴舒窈身上。

看到他们的相貌，几个中年人都是一愣。再推断一下他们的年龄，他们的眼睛都亮了起来。他们年纪小好啊，涉世未深的年轻人比较好哄！看两个人的衣着打扮，说不定是有钱有闲的富二代想要盘个山头玩玩。这样的肥羊，不宰他们宰谁？几个中年人对视一眼，都殷勤地上前和陆则两人说话，直接把老人挤到了一边。

陆则话不多，安静地听着他们七嘴八舌地介绍。

他们先是说当年这个育苗基地也辉煌一时，曾经供给几个大公园的园林树木，让市里的一把手都赞不绝口；接着又说这山上的树木树龄非常大，母亲在世时照料得非常精心，山里没有一根歹木；最后还表示，山上的野花野草种类繁多，说不定还有什么珍稀种类。

陆则和裴舒窈听下来，感觉山确实是好山，老人的妻子生前也确实是个能干又善良的人。

老人这些养子养女其实也知道这座山的价值，只是一来没有周转资金和管理才能，二来谁占了大便宜其他人都不会满意，索性把它转手分钱。本来这些人还想把山上的树木先收光再卖山，榨光这座山的所有价值，但是看到陆则他们后又改变了主意，想他们直接出高价把山上的树木也拿走，不用自己费心费力去忙了。

“你们说的我们都知道了。”眼看老人的这几个养子养女还要滔滔不绝地想办法抬价，陆则礼貌地说，“我们先上山看看，回头再谈具体的转让事宜。”

裴舒窈点头：“我们有好几个备选，这是我们看的第一个地方，还是先上山看看再说。我们是准备种药草的，这山树木长得好，不一定适合种药材。”

听到陆则和裴舒窈的说法，那几个中年男女对视一眼，都不再多说，怕再说下去这两只看起来少不更事的肥羊被转让价吓跑了。

知道签合同肯定会让他们在场，老人的养子养女也没坚持跟着上山。他们都四十出头儿了，想爬山有些吃力，还是让老人自己带着人去看算了。一直被挤到外边的老人又被挤回陆则和裴舒窈身边。

陆则先进育苗基地看了一圈，虽然里面已经荒弃，设备也被搬空，但基本的布局还在，稍微修缮之后可以用来培育药草苗，非常方便。他们看完育苗基地，剩下的就是看山。

到了山上陆则和裴舒窈才发现，这里虽然不是景点，沿途却都依着山势精心设计过，路很好走，树木明显也经过修剪和移栽，布局自然又巧妙，可见这是两位老人为自己准备的养老之地。只是他们能看出来，老人的老伴走得太突然，两个人对此都毫无准备，一个没交代好育苗基地的事务就去了，一个根本没想过怎么接手妻子留下的一切。

陆则和裴舒窈跟着老人走到半山，对山上的情况非常满意，很多树林不必砍伐也能利用起来，种植一些喜阴药材，比如山参就适合长在林下；至于必须迁走的树木，陆则也已经有个去处安排给它们——他们的私人图书馆和实验室那边基本装修完毕，但绿化还没有好好搞，挖一些老树移栽过去应该很不错。

陆则把对山林的初步规划和老人讲了讲，简单来说就是不会破坏太多原有植被，不得不拔除的也会让它们在别的地方继续生长。

老人听着陆则的话，眼眶不由得湿润了。妻子费心费钱收养的儿女个个只想着分钱，眼前的两个年轻人明明是外人，却愿意替他妻子保全这片山林。别人家的孩子那么好，自家的却是那副模样，难道真的是他们不会教孩子？想到自己的木讷寡言，老人叹了口气，忍不住痛恨自己的性格。

走了这么久，老人也有些累了，在一块石头上坐下边歇息边和陆则两人说话。

陆则和裴舒窈虽然体贴地什么都没问，他却忍不住说起了这些年发生的事，说起妻子去世后的种种，最后忍不住落下两行老泪。

陆则和裴舒窈一直耐心地听着。资助学生或者收养孩子这种事，确实不一定能得到自己想要的结果。每个人的资质不同、性格不同，这决定了他们各自的未来，有时候父母师长不怎么尽责，依然能养出人人艳羡的孩子；有时候父母师长尽自己所能地给孩子提供他们需要的一切，孩子还是长歪了。别说养父母，就是亲生父母也不能保证自己教养出来的孩子有能力、有良心。

裴舒窈说："《韩诗外传》里有这样一段话——'春树桃李，夏得阴其下，秋得食其实；春树蒺藜，夏不可采其叶，秋得其刺焉。'意思是春天种下桃李，夏天可以享受它带来的阴凉，秋天可以享用它结出的果实；可春天要是种下蒺藜，不仅夏天没法乘凉，秋天还得面对一片利刺。这说明培养人需要先进行挑选。但是你们当年好心地收养了他们，当时他们大多已经有了自己的想法、有了相对固定的观念和性格，你们既没有办法从他们出生开始教育他们，也不可能挑拣着孩子选择性收养，他们会这样不是你们的错。"

孩子没法挑选自己的父母，父母也没法挑选自己的孩子。影响一个人成长的因素实在太多了，孩子不长进、不成器父母确实要反思，但也没必要把所有过错揽在自己身上。

老人听了有些诧异地看着裴舒窈，《韩诗外传》是汉代韩婴的著作，很少有年轻人会去读，裴舒窈看着年纪那么小，引用起里面的内容来却信手拈来。向人倾诉往往就是为了有人聆听和得到安慰，不可否认，裴舒窈的宽慰让老人心里舒服了一些。

一番交谈过后，老人很愿意把这座山转让给陆则。不过在价钱方面有些犯难，要是他自己卖的话价格低一点儿也可以，可他还有那么多不省心的孩子，他怕自己报的价钱低了他们会闹起来，让眼前的两个年轻人陷入麻烦之中。

陆则看出老人的顾虑，开口说："我们只是来看山的，估价和议价会有专人负责，到时你们可以好好谈谈。"他们不会让老人吃亏，但也不会当冤大头。

老人听陆则这么说，也就放下心来，浑身轻松多了，带着陆则和裴舒窈一路走到山顶。

这时秋日高悬，金灿灿的阳光落在层层叠叠的树叶之上，给满山秋色镀上了一层光晕，叫人心旷神怡。看到这山顶的风光，陆则和裴舒窈对这座山的喜爱更添一重，即便最后商量出的价钱比市面转让价要高一些他们也愿意接受。

两边商量妥了，陆则和裴舒窈开车离开，在附近找了个地方吃饭。

既然有了决定，陆则给卫父借给自己的人打了个电话，让他帮忙谈合同。对方打包票表示一定不辱使命。既然陆则想要这座山，负责人立刻犯了职业病，决定先去了解一下谈判对象。不去了解还好，一叫人去搜集相关的信息，负责人被查出来的东西震惊了。世上居然有这么多狼心狗肺的白眼儿狼？饶是负责人见多识广，自觉不是个孤陋寡闻的人，看完资料都久久无法言语。

老人家的这些养子养女，大多是父母皆亡或者被家里遗弃的，当年要是没被养母捡回家说不定都活不下去。老人夫妻没有儿女，自己的开销也不大，钱都用来供养这些孩子以及资助一些面临失学的儿童了。

偏偏就是这样的养子养女，没一个心存感激的，各有各的狼心狗肺法。

比如其中一个本来在养母去世后负责经营育苗基地，结果见其他人天天上门要求分钱，这人直接卷款跑了。再比如本来育苗基地还有一些订单在，凑点儿钱就能让它运转下去，结果早些年出去单开了一个育苗基地的另一个养子，堂而皇之地把这边的订单拿走了。有这两个“自己人”狠踩两脚，好好的育苗基地就这样垮了。要不是老人坚持不签转让合同，说不定这座山早几年前就被他们瓜分了。

这是典型的农夫与蛇、东郭先生和狼啊！

要只是这些事的话，那也只是普通的家庭纠纷，亲生父子还有闹上法庭的，更别提没有血缘关系的养父母。

负责人恰巧得到消息，老人夫妻俩收养的小儿子并没有欠下巨额赌债，相反，他其实和那群“追债的人”往来甚密。这些事一般人很难打听得到，但负责人不一样，他刚跟着组内老大搞完新城区的开发，正巧和不少三教九流的人有过接触。得知他有意接手那座山，有人就主动提供消息，说苏老家收养的那个小儿子他见过，是个白眼儿狼，追债根本是假的，其实他就是想把苏老手里的钱都骗光。

负责人听完没说什么，只考量起这些狼心狗肺的家伙会不会在陆则接手这山头之后找陆则的麻烦。要是能在签合同之前解决这些麻烦事当然最好。

负责人正琢磨着，机会就来了，那个提供消息的人打电话来说晚上苏老的小儿子要和那些“债主”碰头喝酒，选的还是他家的场地。对方明显是看热闹不嫌事大，非常积极地提议：“我这边正好有人和他的一个哥哥是同学，要不我到时让他打个电话通风报信？”虽然他现在也算是开场子的，但是绝对没有不法经营，不仅证件齐全，安防措施也十分到位。自从发现自己能挺直腰杆赚钱之后，他就有些瞧不上那些没本事、没良心的混混儿，更何况那混混儿连知恩图报都做不到。他要拱拱火，最好让这几个白眼儿狼打起来！

负责人感觉这简直是想睡觉马上有人递枕头，有人主动提供这样的内幕不说，居然还把后面的局都做好了，顺利到让人难以置信。负责人道了谢，麻利地把事情安排下去，看看事情会怎么发酵。

要是这群白眼儿狼狗咬狗把事情闹开，老人家应该彻底看清楚他们的真面目了吧？考虑到老人家可能不擅长处理这些事，负责人还未雨绸缪地联系好律师团队，让他们做好准备。他们这位少东家做事，经常得出动律师团队，负责人安排起来早已驾轻就熟，根本不需要思考。

入夜，一处装修得金碧辉煌的歌舞厅内灯光闪闪，震耳欲聋的音乐响遍全厅，不管坐在哪个角落都可以欣赏到劲歌辣舞。

老人的小儿子叫苏志涛，三十岁出头儿。他因为学习不好，早早辍了学，家也不回，常年和三教九流的人混在一起，吃喝嫖赌样样精通。

前几年养母去世，苏志涛分了笔钱，潇潇洒洒地呼朋唤友，交了不少新朋友。只是等他的钱花完了，这些狐朋狗友也作鸟兽散了。

苏志涛年过三十，一事无成，口袋空空。最近他搭上一条门路，只要弄点儿本金就可以开线上赌场，轻松把人哄去网上赌博。线上赌场怎么开苏志涛不太懂，不过上家已经答应只要他孝敬点儿钱就带他，包教包会，学不会退钱。

这玩意儿来钱快，有人赌红了眼一晚上能砸进去几万，甚至几十万块钱。最重要的是他入了门以后，拿出的成本几乎为零，躺着就能赚大钱。上家已经给他讲过最容易来钱的操作，首先找到当地的拆迁村，把那里的人拉到一个群闲聊一段时间，不着痕迹地引人去赌博网站。这些拆迁村里的人的特征是人均身家百万以上。他们的钱来得容易，挥霍起来也不心疼，有不少人哄他们去吃喝嫖赌骗走他们手里的钱。

老人的小儿子在和人喝酒聊天，跟那群扬言要砍他的手指的人称兄道弟，大肆嘲笑老人的天真可笑，还说养父没能力就不该收养那么多人，如果只收养他一个，这些东西就全都是他的了，现在还要和那么多人分。苏志涛因为给上家当过几次托，对操作流程非常熟悉，也和上家混了个脸熟，对方答应要带他赚大钱，这不，他想出了这么个法子来凑本金。对出场表演的“债主”，他也答应将来赚了大钱要带他们一起发财。既然是狐朋狗友，大家闲下来怎么能不凑一块好好乐一乐？

苏志涛猛灌一杯酒，当着其他人的面给养父发了一张门口被泼红漆的照片，唱作俱佳地发语音说自己又被堵上门了，让养父快打钱帮忙还债。苏志涛一放下手机，其他人都哈哈大笑，对他竖起大拇指：“行啊你，涛子，你这演技不去当演员简直白瞎了，快去影视城看看有没有活儿可以接吧！”

苏志涛笑嘻嘻地说：“一般一般，骗傻老头儿够了。我听我三姐说，已经有人去看山了，是两个有钱的年轻人，一看就是冤大头，这次我肯定又能分到不少钱。”

“我怎么遇不上这么傻的人？”狐朋狗友们颇为遗憾，“要是这次你把钱骗到手以后再把事情都告诉你养父，是不是能把他也气死？”

“还是别了吧。”苏志涛说，“我那几个兄弟姐妹可都贪心得很，要是被他们发现我在骗钱，肯定要来分一份。而且我这次要的钱这么多，要完之后老头子估计也没钱了，被气死说不准还要我凑丧葬费，还是算了。”

一群人嘲笑完苏家二老太傻，又热热闹闹地喝起酒来。

等他们喝得都有些大舌头了，苏家其余的几个养子养女齐齐赶到，径直往最角落的隔间里走。歌舞厅的人早被老大打过招呼，不仅没拦着，还主动给他们指了路。这群来势汹汹的苏家兄弟姐妹就把苏志涛逮了个正着，认出了那几个曾经扬言要砍苏志涛的手指的“债主”。见他们坐在一起把酒言欢、俨然一副好哥们的模样，苏家兄弟姐妹还能不明白是怎么回事？

“好你个苏志涛，居然联合外人来骗爸的钱！”

“你个狼心狗肺的东西，真是个没良心的！”

“走，跟我们去见爸，让爸看看你都干了什么！”

苏家兄弟姐妹纷纷上前揪苏志涛的衣领，要把他带走。苏志涛不可能轻易就范，抡起拳头就往自家兄弟姐妹脸上招呼。早就过来等着看戏的歌舞厅老板是个促狭的人，早叫人悄悄地给那个角落打了亮亮的灯光，让监控拍的画面可以更清晰些。他舒舒服服地坐在监控室看苏家兄弟姐妹扭打成一团，还抓了把瓜子咔嚓咔嚓地嗑。

苏家兄弟姐妹边打边相互揭短，你说我骗了养父母多少钱，我也说你诓了养父母多少东西，还都说出了时间、地点、事件，看起来不像是假话。苏家兄弟姐妹压根儿忘了自己还在外面，为了堵住对方的嘴，两边打得越来越狠，话也说得越来越狠。到后来，躲避到一边或拿着手机录视频或交头接耳的人都惊呆了：他们的养父母收养他们那么多年，养条狗都能养出感情来了，他们却都只想着怎么哄骗走养父母手里的钱！

这已经不能算不孝了，他们简直是人间渣滓啊！

最后也不知是谁报的警，警察迅速过来阻止了这场荒唐的闹剧，把人都带走了。

免费看了一场好戏，歌舞厅老板一点儿都不怕警察上门影响生意，特别积极地配合调查，还让人拷了录像给警察回去当证据，方便他们了解这些人都干了什么勾当。

这一查之下，还真了不得，一个警员看过录像之后发现事情不是那么简单：苏志涛骗钱的初衷居然是加盟一个经营线上赌场的犯罪集团！

盘问过程不是很顺利。苏志涛是个混混儿，对进局子这种事毫不畏惧。光脚的不怕穿鞋的，事情都露馅了，钱很难再骗到手，他有什么好怕的，只管说自己什么都不知道，不管警察问什么都说自己只是吹吹牛而已，根本不承认自己打算弄线上赌场。

苏志涛成了锯嘴的葫芦，警察只能先按规定将他们拘留。

虽然从苏志涛嘴里问不出什么，但只要是发生过的事总会留下痕迹，想追查苏志涛和上家的往来记录并不困难。很快，网警就了解清楚了苏志涛和上家的接触情况，也摸清了这个犯罪集团的运作模式。

警方通过某个拆迁村的线人打入对方内部，套出了更多更详细的信息，准备把这个线上赌场产业链一网打尽，争取做成典型案例让其他地区的同行们可以参考。

这个时候，一个打群架的视频引爆了网络。视频是一个围观的人拍的，还附带拍摄者在现场听到的八卦消息，说是一对夫妻好心收养了好多个孩子，结果这些养子养女没长大成人，一个两个全成了畜生，不赡养养父母，还想方设法地从父母那里骗钱。要不是他们兄弟姐妹自己说出口，谁都想不到他们会那么丧心病狂，装病骗钱、装家里的小孩儿读不起书骗钱、装自己欠下巨额赌债被追债骗钱……只有你想不到的，没有他们做不出来的！

苏老的朋友们纷纷打电话给他，让他上网看看那个视频，看看他掏心掏肺养大的是怎样一群人。他们早就劝过苏老，让他考虑一下是不是该和养子养女解除收养关系。那些钱捐出去给真正有需要的人多好，何必分给这些个喂不熟的白眼儿狼？

苏老本来想着孩子们是妻子收养的，妻子肯定不想解除收养关系。现在他想，她念着孩子，孩子什么时候念过她？苏老沉默许久，对老朋友说："我会好好想想。"

挂断老朋友的电话，苏老又陆续接到几个学生的电话。这些年他也带了不少学生，从网上得知苏家的事后大家都打电话来关心他，还询问老师需不需要帮助。苏老本来有些心灰意懒，接连被老友和学生关心之后心情好了许多。

苏老冷静了下来。他不是法盲，既然他们退休之后养子养女从未履行过赡养义务，还用各种不法手段谋夺养母留下的产业，法院会判定他们解除收养关系。

养子养女一天比一天过分，说到底是因为他一直以来的心软和不作为。只要他强硬起来，完全可以让他们讨不到一点儿好。苏老拿定主意后，拨通了陆则留下的电话号码。

解除收养关系可能需要点儿时间，这群不省心的养子养女很可能还会上门闹，他不想连累那两个真心想要接手这座山的年轻人。陆则他们白天已经说了还有别的选择，苏老打算把自己起诉的决定告诉对方，让他们早些去看别的山。

负责人接到苏老的电话时，已经看到了网上的热门话题。这个互殴和揭短的视频实在太精彩了，精彩到负责人都怀疑他们是不是被下了降头，要不怎么能在大庭广众之下什么都往外说。现在好了，大家都知道他们狼心狗肺了，甚至还带起了关于收养、资助和教育问题的讨论。

在这个物欲横流的社会里，善良应该摆在什么位置？父母与孩子该怎么交流、该怎么引导才能让他们走到正确的道路上？

能让人"喷"得尽兴的话题，热度自然不会低。

了解了苏老打这通电话的初衷，负责人主动说："如果您愿意的话，我们可以为您提供法律援助。小陆先生很喜欢这座山，如果能帮到您他会很高兴的。"负责人还表示，就当是请律师也行，到时谈转让合同适当降低一下价格就好。

苏老本不想给陆则惹麻烦，听到负责人的话后又动摇了。这次要是错过了陆则，他不知道还能不能找到这种愿意善待他妻子留下的山林的买家。

苏老考虑了一会儿，终归还是答应下来。

负责人得到肯定的答复，向陆则汇报了进展：合同虽然还没谈好，但是麻烦差不多能解决了。老人的事的解决过程再怎么压缩也得一两个月，然而陆则不在意，对负责人说："麻烦您了。"

结束了通话，陆则看向坐在自己对面的裴舒窈。

他们身在裴舒窈的工作室里，在电话打进来之前，陆则正对裴舒窈说："我有一件事要向你坦白……"然后，他们的对话就被负责人的这通电话打断了。

裴舒窈看向放下手机的陆则："山的事情解决了？"

陆则说："比较复杂，可能需要一点儿时间。"他把视频在网上传播开以及苏老的决定简单地和裴舒窈讲了。

"这样也好。"裴舒窈说，"感情是双向的，如果只有单方面的付出根本不可能长久。事情闹成这样苏老爷爷应该不会再心软才是。"

陆则点头。

裴舒窈又好奇地问："你刚才说有事要和我坦白，是什么事？"

陆则沉默，没有马上回答。

自从他接手灵玉、开启由灵玉控制的"小世界"之后，往药庐里带过不少东西，诸如种苗、种子，再诸如平板电脑、手机，后来为了进一步提高上网的"丝滑度"，还给叶老头儿组装了台式机放了进去。药山"解锁"以后，陆则按照生态原理试着弄了些传粉动物和分解者进去，进一步拓展“小世界”的物种丰富度。

由于药庐里没有四季变化，常年都有鲜花盛开，自然也常年都有蜂蝶飞舞。

叶老头儿与时俱进地网购了一批搭建蜂房的工具，在药庐里面养起了蜜蜂，还上网搜索什么蜂种产的蜜又多又好，非让陆则给他弄来。

俗话说“七十老头儿，半大小孩儿”，叶老头儿闹腾起来也不省心，陆则只能托出去野外实习的生物系熟人帮忙弄点儿回来。事实证明叶老头儿眼光不错，蜂房搭起来后出蜜很快，据说非常香甜，前两天叶老头儿就在微信上联系陆则让他去取。

自从陆则谈恋爱后，叶老头儿非常注重陆则的隐私，能微信联系时绝不现身打扰陆则。而且，现身还挺累的，微信发消息多方便不是？

现在陆则对怎么把活物带进药庐已经很有经验。陆则没有做多余的解释，而是伸手抓住裴舒窈的手。两个人身体相触之后，陆则心念一动，二人就到了“小世界”里。

药庐永远飘着淡淡的药草香。裴舒窈睁开眼，只见眼前是连片的药田。打理药田的人显然非常用心，不仅阡陌整齐，药草的长势也非常好。微风徐徐吹来，送来一阵馨香，只见一处药田上开满了花，绵延地开了一整片，花上蜂蝶齐舞，热闹非凡。她再往远处看去，只见群山连绵，最高的那座山头被银练劈成两半，白玉般的飞瀑嵌于其中，哪怕离得很远都能感觉到那巨大水帘送来的阵阵凉意。

裴舒窈睁圆了眼，很确定刚才他们在她的工作室里，也很确定陆则没给她用什么脑机连接技术。眼前的情景让她想到在不少文学作品中，主人公拥有奇遇，获得传承或异宝，从此开启全新的人生的情节。但是她和陆则认识那么久，比谁都清楚陆则的天赋，陆则现在所掌握的一切绝不是靠奇遇得来的。

“就是你看到的这样。”陆则说，“我满二十岁那年身边突然出现个姓叶的老人，一直说要把毕生所学都教我，但是我没答应，直到去年我才正式接手这个药庐。我在这里面可以得到充分休息，所以白天做再多事也不会困倦，晚上不需要休息身体也能得到恢复，所以在我们约定好的书单之外我还会看些别的书，也会做点儿别的研究。”

简单来说就是，他背着裴舒窈作弊偷跑了！

饶是裴舒窈爱好广泛、接受能力强，也很久没回过神来。

“这个‘小世界’还藏着很多东西，但是想开启需要一定条件。”陆则简单地把关于“小世界”的一些规则和叶老头儿的情况告诉裴舒窈，“前段时间因为鼠疫的事引起了大家广泛关注，灵泉才活了过来。有了灵泉，这里才能支持另一个人进来。”

裴舒窈认真听着，没有插话。

无论谁遇到这种事都不可能轻易告诉别人，要知道匹夫无罪，怀璧其罪。要是有人得知陆则自带一个“小世界”，不知会引来多少麻烦。裴舒窈一把抓住陆则的手问：“你没有和别人说起过吧？”

“没有。”看到裴舒窈眼底的关切，陆则认真地说，“我不会告诉别人的。”陆则不缺亲人，不缺朋友，他有很多熟人，也有很多对他很好的师长，走到哪里都会有人和他打招呼向他问好、殷勤地关心他的近况，但是从某种程度上来讲，遇到裴舒窈之前他依然是孤独的。

这种孤独与他是否身在人群之中、是否有人关心爱护无关，而是他缺少心灵上的共鸣。

再爱他的人，有时也无法理解他的想法、无法听懂他的话。他时常深入“宝藏”孜孜不倦地挖掘新事物，但是当他捧着自己找到的宝贝给别人看时，别人却无法跟他有同样的喜悦。虽然这些人很努力地赞美、很努力地尝试理解他的发现，却永远没法给出裴舒窈这样的回应。所以在灵泉开启之后，他就打算把药庐的事告诉裴舒窈。比起言语描述，当然是他直接把裴舒窈带进药庐最直观。

陆则注视着裴舒窈说：“我只告诉了你。”

裴舒窈心底一片软和。其实有不少亲人朋友在得知她和陆则在一起之后，私下找过她，他们认为陆则是个很优秀的人，但不一定会是个好伴侣，陆爸爸和陆则的母亲的婚姻就是前车之鉴。有些人也许天生适合站在高处，注定成为最耀眼的星辰，但是他们并不适合结婚。

但裴舒窈不怕。感情是可以经营的，他们合作起来能解开世上最难解的难题，不可能连小小的恋爱和婚姻都攻克不了。

裴舒窈眉眼温柔地说："带我去见见你那位老师？"

陆则说："好。"

两个人牵着手走向药庐。

药庐里，叶老头儿已经等了很久。

叶老头儿以前见过不少晚辈成亲，对这种会面不算陌生，但粗粗一算那些事都已过去几百年了，这算是他几百年来头一回和陆则以外的人正式见面。这么重要的时刻，叶老头儿当然是打起十二分精神认真对待。

自从得知陆则要把裴舒窈带进这方"小世界"，叶老头儿就把自己拾掇得一派仙风道骨，看起来很有世外高人的模样。裴舒窈看到身穿长袍的叶老头儿，跟着陆则上前问好："您好，叶前辈。"

"你就是窈窈吧？"叶老头儿一开口，仙风道骨的人设就崩了大半，"话痨属性"暴露无遗，"以前我就见过你，不过你那会儿看不到我。当初我还和陆则这小子说这么好的师妹，他该加把劲追到手，他嘴里说不要，行动起来却很积极。"

裴舒窈笑了起来，眼睛亮亮的，显然不在意叶老头儿拿这件事打趣。

叶老头儿觉得这女娃对胃口，完全不拘谨，和裴舒窈抱怨起陆则的冷淡脾气。他这么能说的一个人游说了那么久都没能说动陆则，可见陆则有多铁石心肠！

气氛非常不错，叶老头儿邀请他们坐下喝蜜茶。茶是他茶田里的，蜜是他的蜂房里产的，冲蜜茶的水是竹管引来的灵泉水，喝了延年益寿。

陆则和裴舒窈坐下喝茶，只觉蜜茶甘而不腻，入口就是令人精神一振的清甜，随着它滑入喉中，经行的每一处都像是被一只无形的手抚摩过一样，每一个细胞都舒展开来。

“好喝！”陆则和裴舒窈都毫不吝啬地夸赞。

叶老头儿给了他们一人一罐子蜜和一罐子茶。

灵泉还不能引到外面，携带起来也不方便，所以他只准备了蜂蜜和茶叶。他们不方便随时进来，但可以随时泡上一杯提神醒脑、消除疲劳。

叶老头儿谆谆教诲道：“身体是革命的本钱啊，年轻人要注意爱护自己。再过几天，我种的枸杞就能收获了，回头我晒干给你们泡水喝。”

陆则和裴舒窈只能应和道：“好。”

见面礼都送了，陆则识趣地和裴舒窈一起离开。他们还没走出大门，就听到叶老头儿的电脑里传来洪亮的嗓音：“呼叫老叶，呼叫老叶，老叶你忙完没？该下副本了，就差你一个，快上线啊！”

陆则和裴舒窈面面相觑，顿时明白叶老头儿为什么拿出东西来送客了，原来是和别人约好要打游戏。

陆则一边带着裴舒窈在药田间散步，一边和裴舒窈说起叶老头儿深陷游戏的过程：叶老头儿在网上搜索关键词想看看相关讨论，结果看到某某游戏玩家在痛骂负责治疗的游戏角色。他发现游戏里也有类似医生的职业，就进去体验了一番。作为一个从来没接触过游戏的人，一开始叶老头儿的操作很烂，经常被人无情辱骂。身为一个中医圣手，叶老头儿怎么能容忍别人说他“治疗”玩得烂，果断决定要下功夫把“治疗”玩透！

在这个过程之中，叶老头儿遇上了热情的队友，对方经常带他一起下副本，还拉他进了帮派。人一旦和别人建立了相对亲近的关系，想潇洒地抽身非常难，叶老头儿就这样被带进了游戏的深渊，稳扎稳打地往全服第一治疗进军。

这充分说明，年纪多大不重要，只要保持一颗爱玩爱学、永不止步的心，你就永远是年轻的。

陆则带裴舒窈在“小世界”里转了一圈，边走边聊怎么调整买来的那座山的布局才能合理利用药庐里的灵泉和药草，不觉已是夜深。

裴舒窈送陆则出门。

接下来的一段时间，两个人白天忙自己的事，晚上则凑在一起琢磨建立药材基地的事，还顺便在药庐里整理出了属于他们的工作室，好方便以后一起在里面看书和搞研究。

一个月后，负责处理承包事务的负责人打了电话过来，说是山已经包下来了，苏老也和那群不孝子女解除了收养关系，那些人将什么都分不到，甚至还有几个要面临牢狱之灾。

苏老和养子养女解除了关系，目前住在单位分的房子里，有老朋友照应着，境况还不错，只是提出希望以后还能时不时去山上看看。这点儿小要求，负责人已经替陆则答应下来。

陆则对负责人的办事效率很满意，向对方道谢，挂了电话，正式安排人手按照自己和裴舒窈的构想去改造苏老的妻子留下的育苗基地。

临近年关，修缮一新的药材基地迎来了挂牌的日子。陆则特意腾出空去验收成果，结果在路上却接到了蒋饶的电话。

年节来了，缺钱的人多了，这时属于各类偷抢拐骗案件的高发期，《普法在行动》节目组要录制一期相关内容的节目。

“防诈骗”这玩意儿就像“交通安全提醒”，相关部门年年讲，年年有人闭起眼睛跳坑，天天讲，天天有人当耳边风。考虑到观众对无论是自己的还是别人的教训的记忆都比较短暂，节目组每到年底还是要变着花样做一些相关专题，一来说明偷抢拐骗的犯罪后果，震慑试图伸出罪恶之手的人；二来让观众提高警惕，不要往稍微一想就明白是坑的地方跳。

在选题策划的过程中，蒋饶注意到了这段时间由S省开始、多省联合办案的案子。这案子非常引人注目，从家庭纷争牵扯到线上赌博犯罪团伙。那场家庭纷争还曾在网上引起热议，有不少人出来讲述自己的身边事。

平时在身边看到这种事很多人不会插手，毕竟大家都说“清官难断家务事”，别人的家事管太多没好处，还容易惹来一身“骚”。

大部分人生活在普普通通的家庭里，平日里虽然和家人会有大大小小的摩擦，但日子还是照常过。所以，很多人无法感同身受地认识到，世界上会有把妻儿往死里打的丈夫，会有骗财骗婚、抛夫弃子的妻子，会有把儿女往绝路上逼的父母，会有骗光父母财产后把父母赶出家门的儿女……

就拿苏老家这件事来说吧。老夫妻俩的善心是值得肯定的，他们一生帮助了那么多人，照理说好人应该有好报。事实却是善良的苏老的妻子早早病故，而苏老不得不和养子养女对簿公堂。

蒋饶觉得这期节目可以分成两集，上集通过剧情表现一下这几个养子养女从父母手里坑钱的手段，让观看节目的老人们警惕同样的事发生；下集陈述线上赌博的危害，讲解线上赌博骗人的手段，再展示几个受害者沉迷赌博、家破人亡的案例，让观众过年期间警惕这类陷阱。

这期节目的标题蒋饶已经想好了：“一座诱人的山”。

这次蒋饶来S省面对面采访了苏老。采访很顺利，苏老是学者，谈吐很有涵养，虽不善言辞，但只要稍加引导就能配合得非常好。

临到分别时，苏老也准备出门，蒋饶顺口问了一句，没想到两个人的目的地居然一样。蒋饶准备带着摄影团队去实地拍摄一下那座“诱人的山”，苏老则是受邀去看药材基地挂牌。距离签下转让合同已经过去了两个多月，苏老很想知道育苗基地和山上变成了什么模样，所以答应了要过去看看。

既然目的地一致，蒋饶便邀请苏老上车一起过去。也是到这时，蒋饶才知道要接手那座“诱人的山”的不是卫氏集团，而是两个年轻人，其中一个人叫陆则。

这不就巧了吗？

上了车，蒋饶拨打了陆则的号码：“小陆啊，你的药材基地今天挂牌？”

陆则微微惊讶道：“对，蒋哥怎么知道的？”

“是这样的，我在拍新一期节目，和你这药材基地还有点儿关系。”蒋饶把《一座诱人的山》这个选题简单地讲了讲，对陆则说，“现在我要去你的药材基地拍点儿素材，没问题吧？”

这种私人地域远远拍一拍没问题，可想深入实地拍摄就需要主人同意。既然山被陆则承包了，蒋饶自然想拍得更深入些，好好展示一下这山有多“诱人”。如果陆则同意，蒋饶还希望陆则露个脸。

自陆则和《普法在行动》结缘以来，他已经以各种方式上过节目了，观众反响非常好。而这一次，陆则终于能以符合他“富二代”身份的方式出场：这个山头被我承包了！

蒋饶相信陆则会给这期节目带来更多关注。

蒋饶抵达药材基地时，陆则还没到，倒是药材基地新请来的看门大爷早早地等在外边。

药材基地的大门已经修缮一新，大门上方覆盖着十分传统的红绸，看起来很喜庆。

看门大爷是当地人，常年劳作，脸上满是褶子。

一开始有消息说这边请人看门，大多数人不太相信，就一座山，要看门的做什么？因为很多人不相信，所以看门大爷试着过来打听消息时一下子被录取了，现在每个月拿着五千元的工资，还有五险一金，可把他高兴坏了。他每天精神抖擞地在药材基地里巡视，比对自己家上心多了。

看门大爷刚接到陆则的电话，说有节目组的人要过来，让他先接待着。他还以为是地方台节目组，一阵紧张，觉得自己可能要上电视了。可惜不知道人什么时候到，要不他肯定要去弄点儿定型水给自己弄个发型！等看见节目组的车开过来，看清车上国家电视台的标志后，看门大爷更激动了：怪不得老板给他开这么高的工资，看看这排场，谁家能有啊！

看门大爷决定等会儿跟电视台的人拍一张合照，发到村里的微信群让别人羡慕一下。叫他们说他傻，他们才傻，这么好的机会都没把握住，让他这个傻子捡了便宜！看门大爷激动地上前迎接蒋饶一行人。

于是陆则和裴舒窈到自家药材基地时，看到的就是看门大爷拉着蒋饶在大门口拍标准的游客照：两个人戳在高高的大门前，看门大爷站得笔直笔直的，衣服下摆也被拉得很直，一看就特别严肃认真。蒋饶的脸上带着礼貌的微笑。

陆则解救了蒋饶，又向苏老问好，邀请他们一起入内。

这次挂牌陆则没准备弄得多正式，所以没请别人，倒是侯志洲听说后提出过来搞团建，章有的整个团队就呼啦啦地过来了。

天气冷了，侯志洲他们没法再靠单薄的格子衬衫过活，因为这次可能要爬山，他们穿的是五花八门的运动服，乍一看五颜六色的，花哨之余又莫名和谐。

人都到齐了，看门大爷表示吉时已到，让陆则他们去揭红绸，算是正式给药材基地挂牌。

蒋饶也不急着去拍素材，和摄像师们一起去看热闹。

到了大门口，看门大爷颇为遗憾地说："可惜现在不许放鞭炮，要不然肯定要放个一万响的！"

侯志洲热心地说："没事，鞭炮我们准备好了。"他掏出手机给看门大爷看，"您看这个APP，我们刚开发的，只要轻轻一按就能模拟鞭炮声。和外面那些假得要死的模拟器不一样，我们这个保证逼真，听着跟真放鞭炮一模一样。别说一万响，一亿响都有！"

侯志洲还小声地给看门大爷演示了一下。

看门大爷："给我也弄一个。"

陆则和裴舒窈不知道侯志洲和看门大爷在嘀咕什么，于是在他们分站两边，听着其他人"三、二、一"的倒数声拉下红绸时，噼里啪啦的鞭炮声同时响起，不仅震耳欲聋，还此起彼伏。原来为了增强效果，侯志洲他们还每人在口袋里带了一个蓝牙音箱，鞭炮声同时外放，效果十分惊人，堪比某些非禁燃区大年三十半夜接财神。

陆则："……"

裴舒窈："……"

他们自己的耳朵不疼吗？

看到连章有的口袋都鼓鼓的，陆则觉得人和人之间真是奇妙，明明当初那么孤僻消沉的一个人，现在也能干出这种合伙闹腾朋友的事了。

欢乐的挂牌环节过去，"岐山药庐"这四个大字终于映入众人的眼帘。陆则的毛笔字写得一般，这四个字是叶老头儿写的，由陆则找人做出来，效果还挺不错，看起来古色古香。

原有的建筑经过一番改造，里面有不少现代化设备，外观却加入了不少古建筑元素，使得这里看起来不像个药材基地，倒像古意盎然的度假村。空气里飘来淡淡的药香。原来的育苗基地的主要作用还是培育种苗，现在还加了药材处理区域，陆则带着大家参观了一圈，苏老都有些认不出这个焕然一新的地方了。

等上了山，苏老看着山上的草木，忍不住又红了眼眶。

陆则遵守了最开始的约定，只移栽走了几棵影响布局的老树，剩下的都保持原样。

苏老的妻子去世之后，山上缺乏打理，杂草横生，现在沿路仍有杂花杂草，却显得错落有致。在林间处处可见不少新移栽的、安排得非常自然的药草，仿佛它们天生就长在那儿似的，远远看去叫人赏心悦目。

不仅苏老红了眼眶，蒋饶一路走来也觉得吃惊。这山太美了，美到有种让人想要在这里住下来的冲动。

文化人或多或少有个隐居梦，不过同样，文化人大多不擅长打理生活，他们理想中的隐居和现实中的田园生活肯定不一样。如果“种豆南山下，草盛豆苗稀”，他们肯定就没什么心情“采菊东篱下，悠然见南山”了。

这座山却完美地符合文人理想中的“南山”。它很美，只是它的美不在高也不在险，而在于漫步其中令人身心完全放松、烦恼全无。

蒋饶现在觉得，“一座诱人的山”这个名字起得名副其实，一点儿都不“标题党”！

中午，江老父子也要过来，江老是为了看看药材基地，小江则负责开车。

“环境真好。”在路上，小江忍不住感慨。

江老点头。省会周边一直在控制开发，这一带处于上风口，没有工厂，环境自然很不错，哪怕没打开车窗，他们也会觉得这里的空气比别处好。

路过一处村口时，小江发现有人在赶鸭子。鸭子又肥又大，鸭掌十分宽大，踩在泥泞的地上有啪嗒啪嗒的响声。小江对这鸭子一见倾心，下车和那位赶鸭人交谈了几句，拎了好几只肥鸭塞进车里。

车子在鸭子嘎嘎的叫声中抵达药材基地。

看门大爷见又有车来，立刻上前招呼。得知来的是陆则的老师，是位很有名气的老中医，看门大爷又热情地求合照。

陆则还没下山，江老父子被引进药材基地。小江拜托看门大爷找人料理好鸭子，自己则去找药材。上回陆则给小江整理了一批药膳食谱，小江本身有中医底子在，掌握起来不难，现在已经略有小成。小江准备把这些个鸭子料理成药膳，给陆则打了电话，问清楚药材摆在哪里就和江老一起去看药。

这一看，小江没觉得有什么，江老却看入迷了。

陆则这两个月大量收购药材，又把药庐里的药材混进去，把占了好几面墙的药柜填得满满当当。

江老见猎心喜，一样样地辨认过去，越看越喜欢。药材是医生手里的剑，不同于作用于外表的手术刀，它们是在人的身体里进行“微创手术”。好的药，可以直达病灶，药到病除；差的药，效用差不说，还可能含有许多有害成分。所以看到好药，江老自然忍不住多看看。

陆则一行人从山上下来时，侯志洲手里还提着两只肥兔子。

这兔子在山上野生野长，本应该挺机灵的，也不知道为什么，在陆则经过时两只撞到一起，同时撞晕在陆则面前。侯志洲他们啧啧称奇，麻溜儿地把两只兔子提下了山。

两队人马会合，陆则对小江委以重任，托他中午带人多做几个菜，留蒋饶他们在药材基地吃饭。

药材基地以后是要卖药的，也改建了专用的宴客厅，不过这么多人坐下来吃饭还是挤了点儿，可山上山下哪里都不缺地方，又不是正式聚餐，大伙想坐哪里吃就坐哪里吃，压根儿不用考虑座位问题！

午饭十分丰盛。两只兔子撞晕在陆则面前的神奇事件也在饭桌上传播了一圈。

临别时，蒋饶给陆则看准备采用的片段，要是陆则觉得不方便往外放他们可以剪掉。陆则认真看完，觉得没什么问题，都是很普通的素材，大致展现了挂牌过程和山上的风光，他露脸的时间也就那么几秒。就是那两只兔子比较抢镜。

不得不说这座山被保护得挺好，一般山上到这个季节已经很难看到活物，这山可能是因为山上有活泉的关系，聚集了不少野生动物，走在林间时不时能看到它们一闪而过的身影。

“没问题。”陆则说。

“那行，我们回去就剪辑，”蒋饶说，“档期可能安排在腊月

二十八、二十九，算是今年的最后一期节目，播出时你们可以看看。”

陆则一口答应：“行。”

蒋饶看了一眼陆则身边的裴舒窈，从口袋里掏出两张票，说：“这是春节晚会的内部票，你们有时间的话可以去看现场表演。如果没时间，你们提前一天告诉我，我再把票转给别人。”春节晚会是大型直播节目，观众席最好不要有空座。蒋饶是因为有幸在晚会上露几秒脸才蹭到几张内部票。这次来S省受到陆则的盛情款待，尝了好吃的药膳，还被指出并解决了身体上的几个小毛病，蒋饶决定把其中两张票送给陆则和裴舒窈。

在裴老爷子的盛情邀请下，今年过年陆则和裴舒窈一起去裴家过，那时他们正巧在首都，这票倒是正好用得上。陆则收了蒋饶送的票，并向蒋饶道谢：“谢谢蒋哥。”

“不用，我们也算是合作伙伴了。”蒋饶笑着和陆则挥挥手，和节目组的人一起上车离开了。

转眼到了年底，陆则的项目组暂时放假。

章有不想回首都，带着几个同样“无家可归”的项目组成员自愿加班，算是留守项目大本营。

陆则和裴舒窈一起飞往首都。

裴正德依依不舍地送他们到机场。裴正德本来也想去首都过年，毕竟他有些年没回去住过了，结果裴老爷子说：“小陆他们回来就好，你不用回来了，你回来家里没地方住。”话里的嫌弃之情简直要溢出来。

裴舒窈和陆则抵达首都时正好是腊月二十八。

过年忙里忙外的都是小辈，裴老爷子反而很清闲。

从裴舒窈那里知道陆则又要上《普法在行动》，裴老爷子决定来一场别开生面的老朋友聚会：大家一起喝茶聊天，“顺便”看看他的准孙女婿要上的节目。

电视台把大年三十的夜晚留给春节联欢晚会，《普法在行动》倔强地播到腊月二十九。于是从腊月二十八开始，《一座诱人的山》开始播出。

看到这标题时不少人愣了一下，放下了遥控器，准备看看这山怎么个诱人法。开始是一段种树视频，一对年过半百的夫妻合力把一棵树苗放进挖好的坑里，庆祝他们的结婚纪念日。这段视频是当时去拜访苏老的一个学生录制的，得知《普法在行动》要曝光那群白眼儿狼的所作所为时，该学生主动提供了这个视频的存档。蒋饶感觉适合，就把它作为片子的开头了。

十年树木，百年树人。种树很容易，养儿育女却很难。《一座诱人的山》的上集算是把这座山的“魅力”展现得淋漓尽致：几个养子养女轮番上阵，各显神通，最后连设骗局的事都做了出来，各种照片和视频还伪造得十分逼真……一集看下来，不少人感觉自己的世界观被刷新了。大家都等着看这群人的结局，结果节目组来了一个“请看下集”！大家骂了节目组半天，还是决定等第二天的下集。

老爷子们也觉得节目组不厚道。平时他们是不看这些节目的，毕竟他们不需要被科普法律知识，这次可不一样，这不是要看老裴的准孙女婿吗？这期节目好像压根儿没出现他的准孙女婿啊？

“老裴，你不是说有小陆吗？”

“没看到还有下集吗？肯定是在下集出来！”

“这些白眼儿狼真不是东西……”

老爷子们的话题又围绕儿女的问题展开。他们的儿女倒还算孝顺，只是有不少不是整天忙，就是满世界飞，经常一年到头见不了几次，还有些连过年都回不来。家家有本难念的经啊！

电视机前的观众在节目结束之后纷纷展开讨论，网络上却有不少人意识到这案子讲的就是当初引起热议的“狗咬狗”事件，便翻找出那段打架斗殴视频重温了一遍，还积极地给没看过的人科普说下集肯定更精彩。

到腊月二十九，《普法在行动》正式播出本年最后一期节目——《一座诱人的山》下集。

陆则、裴舒窈和老人们一块看这期节目。

下集一开始就是苏老的养子养女在歌舞厅打架斗殴的场景，十分吸引人。节目播到这里，几个养子养女的真面目都露出来了，剩下的就是警察深入调查骗钱背后的原因并发现一条线上赌博产业链。节目组归类整理了几类诈骗聊天群，并从其中筛选出了具有代表性的受害家庭。

网络犯罪成本低，影响却不小，因为一切发生在网络上，很多人根本不觉得自己动动手指头就是在犯罪，也不觉得警察能够穿过网络逮着自己，所以他们一直肆无忌惮，像韭菜一样割了又长。《普法在行动》就是想通过这期节目展现线上赌博的危害，呼吁深陷赌博陷阱的人回归家庭，看看家中的妻儿老小；同时震慑网络犯罪团伙，让他们知道网络犯罪并非零成本。

一屋子老人时不时地讨论几句，觉得这些为了一时痛快连家都不要的赌徒又可恨又可怜。这样的案例多了，社会也将动荡不安。

这两集探讨了家庭伦理问题、社会治安问题，许多人看了心里都很沉重。但是当他们看到最后一部分内容时，这份沉重顿时烟消云散。这一部分出场的仍是苏老，他说最后他还是把山转让了，山的新主人是两个年轻人，他们年纪不大，但是很有主见也很有想法；他老了，未来是属于年轻人的，他把山转让给他们，希望他们能让它重现当初在妻子手上的光辉。节目组带领观众和苏老一起去看了那座山如今的模样。

看到陆则和裴舒窈入镜时，屏幕前的观众很惊讶。紧接着大家又恍然觉得这才对，一般人哪里当得起苏老刚才的那一顿夸？后面入镜的就是挂牌时的“环保鞭炮”和硕大的“岐山药庐”四个大字。

前面苏老已经介绍过，新主人是准备把育苗基地改造成药材基地，现在大伙都知道了，小陆医生搞了一个药材基地，叫岐山药庐。他们有空的话可以去“打卡”，就算进不去，在大门前拍照也行的，这可是小陆医生亲自揭的牌！

本来大家以为拍完挂牌仪式就是极限了，没想到后面还有大招：蒋饶把山上的美好风光和两只肥肥的野兔撞晕在陆则面前的画面剪辑了一下，剪成了长达半分钟的旅游风光片！这下子所有人都把前面的糟心事忘得差不多了，满脑子想的都是：这山到底在哪儿？我要去玩！我要去爬山！我要去捡兔子！

于是，“岐山药庐”占据了腊月二十九当天的热搜榜前排，力压几个春晚的预热话题。

陆则后援会在年底迎来这么大一颗糖，开开心心地转发各种相关新闻，并自发地统计有意愿的成员，要是将来陆则的药材基地对外开放，在本地的粉丝可以去岐山药庐当志愿者。说不定他们拿出完整的志愿者计划，陆则真的愿意对外开放呢？

陆则后援会的组建者叫圆圆，是一个大学毕业才两年的年轻小姑娘，她因为车祸没了两条腿，情绪一直很低落，父母都担心她会想不开。直至她给一个叫陆则的医生组织了后援会，脸上才重新有了笑容。圆圆的父母非常感激陆则对圆圆的激励作用，圆圆想做什么他们都支持。

这一次所有人都积极响应志愿者计划，圆圆心情有些黯然。她从来没有和别人说起过自己的情况，不想在网上也接受各方同情。对身体或精神有缺陷的人来说，关心和帮助是需要的，但有的时候他们更想被当成一个正常人，而不是别人怀着怜悯和同情小心翼翼地和他们相处。后援会里不少人已经在现实里见过面了，甚至有两对情侣在他们的目睹下诞生，圆圆很为他们高兴，但她还是鼓不起勇气参与一次次的线下聚会。

圆圆认真地做着志愿者计划，往里面一个一个地填名字，填到最后停了下来，眼泪不断地往外流。她也好想去。

夜深了，圆圆的母亲见圆圆的房间的灯还亮着，悄悄过去看了一眼，见圆圆伏在桌上肩膀一耸一耸的，心顿时揪了起来。圆圆的母亲叹了口气，没有打扰圆圆，而是回房和丈夫商量：“你不是说，小陆医生牵头的神经义肢项目正在招募自愿参与试验的志愿者吗？你说，我们要不要把这个消息告诉圆圆，让圆圆去试一试？”

圆圆也接了义肢，但是使用感很差，她的情况又挺严重，根本没法正常行走。

圆圆的父亲之所以知道陆则的这个项目，还是因为圆圆的情况在医院登记过，对方对目标人群进行初步的意愿咨询时联系过他。当时圆圆的父亲觉得这项目是一群年轻人搞的，不太靠谱，又怕女儿因为对陆则的喜爱而盲目答应，所以一直拖着没和女儿说。

听妻子说女儿哭了，圆圆的父亲咬咬牙，说：“那我们就问问那边还要不要志愿者吧。”哪怕不成功，让女儿出去透透气、接触一下新朋友也不错。至少，知道这个消息后女儿过年肯定能有好心情。

圆圆的父母打定主意，先打电话问项目组那边还有没有志愿者名额，得到肯定答复后一起去了圆圆的房间把这个消息告诉她。

圆圆听到这个消息时觉得难以置信。这半年来陆则没去实习她是知道的，只是不知道陆则到底在忙什么，这次要不是在《普法在行动》上看到陆则，她都不知道陆则要搞药材基地。没想到除了跟进心肌再生靶向药的研发，陆则还筹备了这样一个新项目。既然已经对外征集志愿者，那说明他们的项目已经出了成果，需要做临床试验！

“我要报名！”圆圆坚定地说。她相信小陆医生绝对不会让她失望，哪怕目前这种神经义肢还不太完美，但在不久的将来她这样的人肯定能拥有一双不那么冷冰冰的腿。

大年三十晚上，裴老爷子提前和陆则他们吃了团圆饭，差遣二儿子送他们去春晚现场。这样的机会他们以前也有过，不觉得有多稀罕，但年轻人嘛，哪能一天到晚拘在屋里，不管因为什么一起出去，两个人能一块就算是约会了，能增进感情！

陆则和裴舒窈按照入场时间到了会场外，还没拿出蒋饶给的内部票，就被负责春晚预热的记者注意到了。记者带着摄像师往他们这边走，摄像师给了手牵手的陆则和裴舒窈两人一个特写。

记者：“小陆医生，您和小裴师妹也来看春晚啊？要不你们给电视机前和网络平台前的观众们拜个年？”陆则和裴舒窈对视一眼，一起对着镜头说：“大家新年好。”

小记者依依不舍地拍摄完陆则和裴舒窈相携入内的画面，才继续去拍摄其他预热花絮。

这个片段传到网上，陆则后援会马上行动起来，在粉丝群内部发起“一起在春晚观众镜头里找小陆医生”的春节特别活动。这下原本不想看春晚的人都准时蹲到了电视机前，时刻准备靠自己的利眼找出陆则所在的位置。现场导播也很懂，看到陆则相关话题迅速攀升时特意和蒋饶沟通，确定了陆则的方位，决定一会儿给镜头的时候多给几次那个方位。

春晚要持续一整晚，有时候得适当转移一下观众的注意力，这个年纪轻轻的话题人物可不就是个适合的人选？

于是一方想“抠糖”，一方暗中“发糖”，陆则这一对成了春晚最具话题度的观众，讨论度比上台的许多明星都高，名副其实地红遍了全国。

新年伊始，陆则回到S省，跟进了两件事：一件是心肌再生靶向药临床二期志愿者的征集，另一件则是神经义肢临床一期志愿者的征集。

心肌再生靶向药一期试验圆满成功，药物的副作用非常小，除了个别对这类药物不敏感的患者服药后效果相对较弱，很多人吃完后很快出院了。

很多人在生病以后会选择加入病友群，交流哪家医院权威、哪种药物疗效好，大家互帮互助，争取少走弯路。这次去参加临床一期试验的人也有几个是有群在手的，一期试验结束，他们都在病友群里游说相识的人报名参加二期试验——说不准二期试验还没结束，他们已经痊愈了！

所以在陆则问起这事时，实验室的相关负责人表示名额已经报满了，还有不少求着要加塞的人，只要符合条件，实验室都把他们加进来了。

神经义肢项目的名额也满了。

陆则亲自参与督造一期试验志愿者们的神经义肢。每个伤患截肢的断口不一样，每个瘫痪患者的身体情况也不一样，所以神经义肢需要进行个性化设计。

个性化设计图将由专门的设计软件完成，软件能接收患者的全身扫描结果，在系统内建模补全肢体，完成神经义肢的初步设计。再通过专门的生产线按照设计图开工，针对患者的情况制造出专供对应患者的神经义肢。

整个流程看起来简单，却凝聚着整个项目组的心血。

因为需要达到让患者找回触觉的效果，需要的运算量巨大，义肢每时每刻都在耗能，这能量却没法由身体提供，只能依靠外部能源补充，所以，这就决定了神经义肢必须使用体积不大、供能持久的新能源电池。光是这个电池，就让陆则又单独开了一个新能源电池研究项目。

还有其他材料学、信息工程学的问题就不用多说了。

总之，这个项目投入巨大，要不是章有拉来了补助，说不定陆则要去向继父求助了。即使有国家帮扶，项目开展以来砸的钱也不少，每天都流水一样往里投钱。

所幸所有的付出都有了回报，神经义肢项目已经出了成果。

在给最后一位志愿者安装神经义肢时，陆则发现对方情绪有些激动："不要紧张，放松就好。"这位志愿者就是陆则后援会的圆圆会长。圆圆努力平复好情绪，眼眶却还是红了："小陆医生，我是你的粉丝。"喜欢上这样一个偶像，对他们来说真是一件幸运的事。

"谢谢。"陆则礼貌地回应。

说话间，圆圆的神经义肢已经安装好了。和以前冷冰冰的义肢不一样，新的义肢刚开始让她有些不习惯，但是当她小心翼翼地把脚踩到地板上时，清晰地感觉到了久违的触觉。

她再一次有了脚踏实地的感觉。圆圆难以置信地伸手去触摸自己的腿，手上有感觉，腿上也有感觉。圆圆的眼泪又涌了出来。她的腿回来了！

同样的震惊和欣喜还发生在所有来参加这次试验的人身上。他们一开始并没有抱太大的希望，这一刻却清晰地感觉到自己失去的那部分躯体重新回到了他们身上。一时间，有人哭，有人笑，有人抹着眼泪和亲人拥抱。

这一年的三月，正是草长莺飞的好时节，岐山药庐正式对外设立开放日。每到开放日这天，身穿红色志愿服的志愿者们穿梭在山上山下给游客们指引和讲解，这座原本没有名字，如今名为“小岐山”的美丽山峰终于向所有人展露了它的全貌。

裴舒窈的生日也在三月，陆则把他们的图书馆开幕日定在裴舒窈的生日这一天。对私人图书馆的设立，政府是非常欢迎的，尤其是文教设施还没有跟上的新城区，所以给开幕日活动做报备时，那些没收到邀请的人也决定到时过来看看。

裴舒窈和陆则一起抵达图书馆门前时，被乌泱泱的人群吓到了，外面的围观群众和记者就不提了，裴舒窈敏锐地发现自己的爷爷奶奶、外公外婆、父母，还有卫家人、陆则的师父们全都到了，甚至连常年没有空闲的陆爸爸都在。

裴舒窈心有所感地看向陆则。陆则牵着裴舒窈走到所有长辈和亲友面前。他和裴舒窈走到一起，他主动的时候少，裴舒窈和两家人推动的时候多。

感情虽然不可能靠谁付出多、谁付出少来分辨深浅，但是其中一方永远被动、从不主动，那他对这份感情的诚意必然是值得商榷的。

陆则看了看亲朋好友们，又看了看他们商量着建起来的“据点”，紧握住裴舒窈的手说：“我记得初中的时候你和我说过，你想住在图书馆里，每天看有趣的新书，听有趣的讲座，交志同道合的朋友，那样的日子你过一百年都不会腻。现在我们的图书馆建好了，”陆则注视着裴舒窈，“窈窈，你愿意嫁给我吗？”

裴舒窈想努力地露出笑容，眼泪却不争气地涌了出来。她抱住陆则，将脸埋进他的怀里：“我愿意。”

陆则伸手回抱怀里的人。

在所有人的见证下，他们仿佛在举办一场特殊的婚礼，没有婚纱，没有戒指，只有在他们身后沉默的无尽书海。

这一天天空蓝得惊人，映衬得云朵格外洁白，移栽过来的老树在微风中徐徐摆动枝丫，证明这是个天气晴朗、温风宜人的好日子。

番外一

小小陆的一天

小小陆是在爸爸妈妈婚后第二年出生的。

小小陆很聪明，还有点儿好面子。别人学走的时候，他不动，他先看同龄小伙伴跌来倒去，直至老人家们忧心忡忡地怀疑他可能发育过缓时，他才表演熟练的行走动作，脚步稳稳当当，也不知是不是自己背着大人练过。

好面子的小小陆在上幼儿园前，活得很辛苦。因为他有一次听到了爸妈的讨论。

“儿子识字是不是有点儿慢？我两岁的时候已经背完唐诗三百首了。”

“我也是。爷爷他们对他期望很大，不过我不想给他太大的压力，只要他能开开心心地长大，普普通通的也挺好。”

“也是，我们又不是养不起。他不爱文科，以后学理科也行。”

“理科也有点儿悬，我感觉儿子数学天赋也不太好，我两岁的时候已经能算乘法了，可他一点儿都不感兴趣。”

小小陆听完偷偷翻了个身，憋着泪，等爸妈关灯睡着了，他才抬起小爪子伤心地抹眼泪。怎么办呀，他好像是个小笨蛋。这太让人难过了。

小小陆没有气馁，每天白天开开心心地和小伙伴们玩耍，晚上故技重施——背着大人们刻苦努力。

幸运的是他继承了爸妈的智商，背书轻而易举，算数也轻松掌握，稍微学一学就赶上了爸妈说的进度。

小小陆放心了。小小陆根本不是小笨蛋啦，只是没有好好学而已！

上学的第一天，小小陆在爸妈的陪同下前往幼儿园。

幼儿园离家很近，老师很温柔，和他们热情地打招呼。

“老师好。”小小陆很有礼貌地问好。

“早上好啊，小朋友。”老师笑着回答。

小小陆背着小书包往里走，走到一半时忍不住回头瞄了一眼，看见爸妈还在和老师说话，鼻子酸酸的，想回去再让妈妈抱，又想起自己是个男子汉，只好继续迈开步子往里走。

幼儿园的生活，小小陆已经偷偷和小伙伴们了解过了，对所有流程了如指掌，上课时也在观察了两轮以后混入举手群体之中，成功通过回答问题攒下了几朵小红花。

攒小红花这么幼稚的事，小小陆当然不会特别喜欢，不过别人都有，他肯定也要有。

中午吃饭的时候，小小陆坐到自己的位置上，身边坐着的是刚才玩得小脸红扑扑的小胖墩。小胖墩吃相很对得起他的体形，普普通通的幼儿餐，他吃得很香。小胖墩吃到一半，见小小陆坐得端端正正，吃起饭来也特别斯文，也不由自主地正了正身体。

吃过午饭，有点心和水果。小胖墩忍不住问小小陆：“水果我不爱吃，要不和你换点心？”

“不行。”小小陆无情地拒绝，绷着小脸说，“挑食不好。”

“哦。”小胖墩失望地咔嚓咔嚓地吃起了苹果，看上去一点儿都不像不喜欢吃。小小陆有点儿疑惑，但小小陆不说。

下午开乐高班，老师要求分组玩，小小陆和小胖墩被分到了一组。这个课程小小陆和小伙伴们打听到过，自己在家练习过几回，觉得很简单，上课玩起来很从容。

接收到小胖墩崇拜的目光，小小陆一点儿都没有骄傲，只是挺直小背脊实话实说：“我在家里玩过。”

“我也玩过，不过好难哦，根本拼不好，我就看电视去啦。”小胖墩积极地和小小陆聊天，“你看了《超级赛车王》没有，哇，太好玩了，我已经叫我爸帮我买赛车，改天我们一起玩吧！”

小小陆停下动作。这个动画片他没看过，也没有买赛车。新朋友看过的东西，小小陆怎么能没看过？新朋友想一起玩的玩具，小小陆也应该有。

“好。”小小陆回应。

小胖墩得到新朋友的回应，非常高兴，约好改天偷偷把赛车塞进书包带来玩。小小陆严肃地答应了下来。小小陆在乐高课上表现优异，小红花卡上贴了许多小红花，成功赢得了许多小朋友的崇拜，小朋友们有问题都过来问小小陆。

一天学上下来，小小陆成了班上最受欢迎的小朋友，老师把他选为班长。

小小陆没有骄傲，傍晚在老师的亲切道别中被爸妈接走。

“在幼儿园有没有交到新朋友？”爸爸问。

“有！”小小陆挺起小胸脯回答。

“要好好和新朋友相处啊。”妈妈说。

“我会的！”小小陆一口答应。

上了车，小小陆边回答爸妈的问题，边把手伸进口袋里捂着里面的小红花卡，捂到小红花卡都变得热乎乎的。

爸爸妈妈不问，他才不会拿出来。这种东西一点儿都不稀罕，不值得他骄傲的啦。可是一直到车开回家，爸爸妈妈都没问他得了多少朵小红花。小小陆有点儿失望，不过还是把手从口袋中抽出来，牵着妈妈的手回家。

一家人吃过晚饭，小小陆提出想看一会儿电视。妈妈和他约法三章，说只能看半小时。小小陆点头。

半小时已经够了，他可以用两倍速看，再配合剧集简介，完全可以把《超级赛车王》看完。这类竞技动画他和小伙伴们看过几部，内容大同小异，看几轮比赛基本就能知道剩下的剧情了。

小小陆严肃地拿着遥控器，坐在沙发上补起了《超级赛车王》，先把剧情简介看了一遍，大致了解几个人物。接下来他要快放着看内容陆。可这个动画片制作了一百多集，哪怕用十倍速，想半小时看完也不太可能。小小陆决定看完头尾，再转到视频网站看看别人的解说，了解了有什么车型，再决定自己买什么车型带去和小胖墩玩。他们可是约好了的，明天一起偷偷带模型车到幼儿园的沙池玩！

小小陆有条不紊地按计划把《超级赛车王》的第一集和最后一集看完，把主角团的主要人物认完了，又拿出小本本打开解说边看边记录车型，很快决定好购买哪几辆模型。

在他们家，帮忙做家务是有奖励卡可以拿的。半小时一到，小小陆按照约定关掉电视，跑回自己的房间，拉开自己的专属抽屉抽出三张蓝色奖励卡，又噔噔噔地跑去找爸爸。爸爸正坐在电脑前非常专注地工作，小小陆走进书房时都忍不住放慢了脚步。小小陆迈着小短腿走近，昂起脑袋看爸爸的电脑屏幕，上面是很多小小陆看不懂的图表和文字。

听来家里玩的叔叔阿姨们说，爸爸最近又拿了几个奖，他们还说爸爸的电脑上的这些东西可以帮到很多人。

小小陆忍不住多看几眼。很多字他认识，看了几行却不明白是什么意思。这些东西太深奥了，真的好难懂。

爸爸好厉害啊。等他到爸爸这么大的时候，一定也要看懂这些东西！小小陆绝对不能当笨蛋！

“爸爸！”小小陆仰起头喊。

爸爸这才注意到他的到来，停下手里的工作转过来问：“怎么了？”

小小陆有些肉疼，但还是举起三张蓝色奖励卡，奶声奶气地说：“爸爸，我想买玩具，买三辆小赛车。”说完他还掏出小本子递给爸爸，表示自己已经选好车型。

“好。”爸爸收下三张蓝色奖励卡，把小小陆抱到自己的腿上，打开购物网站给他挑选小赛车。

在本地就有卖小赛车的实体店，下单以后没过多久小赛车就送来了，小小陆接了包裹拆封，在房间里认真地摸索小赛车的玩法。等确定自己已经完全掌握小赛车怎么玩，小小陆才把它们偷偷地塞进书包里。

一通忙活下来，差不多到睡觉时间了，小小陆想到自己花了三张奖励卡，又忍不住拉开抽屉数了一遍，越想越心疼。他仔细想了想，想起今天没有给花浇水，跑去客厅的大阳台，拿起小喷瓶仔仔细细地把阳台上的花花草草都浇了一遍，然后去旁边的扭蛋机前抽奖励卡。

扭蛋机里的小扭蛋们叽里咕噜地转了几圈，有一颗可爱的扭蛋掉了出来。小小陆拿起来拧开一看，里面是张黄色的奖励卡。蓝色奖励卡可以换东西，黄色奖励卡可以让他出去玩。虽然没有补回蓝色的卡，不过黄色奖励卡也不错！

“宝宝，该睡觉了。”妈妈走过来温柔地提醒。

“知道啦！”小小陆一口答应，乖乖去刷牙漱口。

睡觉前，小小陆“不经意”地把小红花卡放到桌子上，手脚并用地爬上床睡觉。现在，他自己睡一个房间，妈妈说男子汉要独立、勇敢，不能整天黏着爸爸妈妈。小小陆可勇敢啦，一个人睡也不害怕。他关掉顶灯，打开灯光偏暗的小夜灯，闭起了眼。

迷迷糊糊间，小小陆听到了妈妈的脚步声。小小陆把眼睛闭得更紧，装作已经睡得很熟。妈妈的脚步声停顿了一下，她好像发现了什么。小小陆的小心脏咚咚直跳。妈妈的脚步声又响了起来，离床边越来越近。妈妈坐到了床边，帮他掖好了被子。

其实根本就不需要，他的小被子盖得好好的，他才不会让自己着凉！

妈妈俯身往他的额头上亲了一下，唇软软的，热热的。

“宝宝真棒，第一天就拿了这么多朵小花。”妈妈夸他。

小小陆的嘴角忍不住弯了起来。他也没有很厉害，也就一般般啦。别人也拿到小红花了，只是没他这么多而已。

小小陆有点儿骄傲地想着，开开心心、舒舒服服地抱着自己的小被子进入了香甜的梦乡。

番外二

小小陆的周末

周末，小小陆在家。

这一天是一个很重要的日子，因为他的祖父要回家了。听妈妈说，他是见过祖父的，不过那时还小，他不记得。

祖父叫陆和光，也是个很厉害的人，小小陆看过关于他的纪录片，认真记住了祖父的脸。

小小陆一早起来，自己穿好衣服，跑到桌边吃早餐。吃过早餐，他们就该去火车站接祖父啦！小小陆怀着期待自己爬进儿童安全座椅，啪嗒一下扣上安全带，乖乖地跟着爸爸去火车站。

火车站人很多，小小陆被爸爸抱在怀里，好奇地看着周围的人群。忽然，小小陆注意到有个小男孩儿眼睛红红的，脸也红红的，有气无力地趴在一个中年女人的肩头睡着。

“爸爸，他好像不舒服。”小小陆指着那个小男孩儿对爸爸说出自己的发现。在小小陆心里，他爸爸是很厉害很厉害的医生，发现有人不舒服肯定能治好。

陆则往小小陆指的方向看去，也发现小男孩儿的脸上有不正常的红晕。他上前想要看看孩子的情况，那中年女人却如临大敌，抱着孩子就要跑。

小小陆见此情景，不用人教，马上大声喊：“人贩子！”其他人一听，这可不得了，马上围了上去，把中年女人围住。

中年女人见挤不出去，反倒冷静下来，振振有词地说：“你们什么意思？小孩子瞎嚷嚷你们也信？你也不看看这孩子才几岁！”说完她还对陆则怒言怒语起来：“年轻人你怎么当父母的，你的孩子胡言乱语你也不管管，遇到脾气暴的非打他不可。”

“才不是！”小小陆生气了，一张包子脸气鼓鼓的，瞧着比平时更圆润了些，说起话来声音却依然清晰又响亮，“他不舒服！你不管！你不是他家里的人！人贩子！”

其他人闻言也看向中年女人抱着的小男孩儿，发现那小男孩儿脸色潮红、神色恹恹，很没精神。中年女人眼里的慌乱一闪而逝，她矢口否认道：“我早买好火车票了，准备回去再给孩子看病。”

围观的人没散开，七嘴八舌地议论起来。

“我看这孩子不像你生的。”

“孩子穿的衣服的牌子我认识，几百块钱一件，和你身上几十块钱的衣服不是一个档次。”

“你哪里人啊？你这肤色和孩子都不一样，你生不出这样的孩子吧。”

越说疑点越多，大家一步不让，坚决不让中年女人离开。

中年女人终于慌了，开始号啕大哭：“这都什么事哟，孩子长得好点儿，他就不是我生的了？”她这是见形势不对开始胡搅蛮缠了。好在已经有人去喊周围当值的警察。警察把中年女人带走询问。

陆则怕他爸走丢了，确定小孩儿只是普通发烧后没跟着去。倒是有几个不赶时间的旅客踊跃地表示可以做证人。

到了人少的地方，小小陆就主动要求下来。他是小男子汉，不能老让爸爸抱着走!

父子俩很快接到荣升为祖父的陆爸爸。

小小陆冲在最前面，奶声奶气地喊人：“爷爷！”陆爸爸看到一只可爱的小团子朝自己跑来，有些手足无措，看了眼站在不远处的陆则才伸手把小小陆抱起来。陆则小时候不亲人，陆爸爸没怎么抱过小孩儿，抱着小小陆的时候手都不知道往哪儿搁，还是小小陆体贴地指挥着爷爷，这才拥有了一个舒服的被抱姿势。

小小陆想起妈妈教过他，如果想要交很多很多朋友，面对主动的人要多配合，面对不主动的人要多主动。祖父显然不是主动的人，小小陆窝在祖父怀里主动出击，和祖父说起自己刚才发现的事。他不生气的时候说起话来更有条理：“要是自己的孩子生病了，爸爸妈妈肯定很着急。爸爸妈妈教过我的，坏人才躲躲闪闪，那肯定是个坏人。”

陆爸爸适应了一会儿，抱孩子的姿势才不那么僵硬了。他沉默地聆听着小小陆说的话，等小小陆说完，才认真地应和：“对。”

陆则眼见儿子要被陆爸爸的单字回应弄得没声了，忍着笑插话：“现在应该出结果了，我们去看看那人到底是不是人贩子。”

小小陆两眼一亮：“好！”

三个人过去一看，很快得到结果：小小陆的判断没有错，那个中年女人确实是人贩子。

昨天市区有人报案说丢了孩子，刚刚报案人看到本地新闻推送的消息之后马上打电话表示他们这就过来，孩子应该马上能回到家人的怀抱了。得到这个结果，陆则三人才上车离开。

不过陆则还没发动车子，就有人打电话过来问他要不要压一压网上的消息——有人把小小陆入镜的视频发到了网上。陆则一直很注重保护小小陆的隐私，从来没在任何社交账号上发布小小陆的照片，偶尔有粉丝拍到他们一家人出游的照片也没有外传过。

小小陆三岁了，虽然有很多陆则的粉丝想知道小小陆长什么样，但也遵循基本的“不打扰”原则，偶尔有偷拍偷发的也都被人劝着删掉了（或者被律师函“劝”着删掉了）。这次却是个意外。

小小陆指出人贩子的时候周围有人拍下了视频，对方跟到警局确定那中年女人确实是人贩子，立即把视频发到网上谴责那个人贩子。小小陆长得实在太可爱了，很多人看完视频后都自发转发，强烈谴责行径恶劣的人贩子，顺便哀号表示“别人家的孩子怎么这么聪明”。

等视频被网友们顶上热搜，沉寂已久的陆则后援会炸锅了：抱着小小陆的人不就是他们的小陆医生！

“这么聪明的孩子是怎么教出来的？想看小陆医生出的育儿书！”

“我的天，小小陆这是既继承了小陆医生和小裴师妹的美貌，又继承了小陆医生和小裴师妹的头脑啊！”

“这样会不会不太好？会不会有坏人盯上小小陆啊？小陆医生一直很注意不让小小陆曝光，我们是不是不要转发？”

…………

陆则看过网上的讨论，有不少人说要把视频给孩子看，教育他们警惕人贩子，他想了想，给通知自己的人回复“不用管了”。

自己的孩子自己知道，小小陆虽然总是努力装出很听话、很懂事的样子，本质上其实是活泼好动且好表现的，可想而知，他的成长历程肯定不会太低调，因此一直捂着也不是办法。

陆则载着一大一小两个人回到家时，裴舒窈也知道了网上发生的事。她自己也是从小在众人瞩目的情况下长大的，虽然觉得小孩子太受关注不是什么好事，但真意外曝光了却也没太担心。她笑着和陆爸爸问好，告诉陆爸爸裴正德一早过来了，在厨房煲他钟爱的老火靓汤。

裴舒窈说：“我爸还订了游乐场的票，约您下午一起带宝宝去游乐场玩。”陆爸爸听了这项安排，有些紧张，他活了这么多年，从来没带小孩儿去过游乐场。转念想到还有裴正德在，陆爸爸才稍微松了口气：“好。”

一家人吃了顿饭，稍作休息，小小陆开始做出行准备。小小陆翻出自己的小帽子，见裴正德和陆爸爸都没有帽子，跑去爸妈的房间找了找，给他们一人找了一顶，然后继续往小书包里塞需要用到的东西。裴正德和陆爸爸在陆则他们的示意下没帮忙，都在一旁看着小小陆忙里忙外。

出门前，小小陆戴上了小帽子，和陆则、裴舒窈道别："爸爸妈妈再见！"陆则殷殷叮嘱："照顾好爷爷和外公，带他们好好玩。"

小小陆感觉自己的小肩膀有些沉重，但还是一脸认真地回答："我会的！"

裴正德开车载着一大一小抵达游乐场。小小陆自发地去游客中心取了张地图，拿出笔对着游客中心打了个圈，像煞有介事地对陆爸爸和裴正德说出意外预案："爷爷、外公，要是我们走丢了，就到这里来找人！"裴正德和陆爸爸对视一眼，都乖乖点头，一副"我们都听你的"的受教了的表情。

接下来三个人就对着地图找适合小小陆玩的项目。对陪玩这件事裴正德很熟练，陆爸爸却有些生疏。裴正德全程没和陆爸爸抢，机会基本让给他，让第一次见面的爷孙俩慢慢熟稔起来。

虽然很多设施没玩过，但陆爸爸学习能力很强，和小小陆磨合了几个项目就已经很有默契了，爷孙俩一路玩过去，在许多小朋友羡慕的目光中拿下不少积分，离开游乐场时换了个大大的玩偶。

小小陆很开心，心想：祖父话不多，但是玩起来好厉害啊；外公虽然很爱玩，但是拿积分没有祖父厉害！

不过，他不会和别人说的，外公和祖父他都超喜欢的！

三个人回到家后，小小陆表面上很谦虚地表示"也就一般厉害啦"，睡觉的时候却抱着积分换的软乎乎的大玩偶不撒手。

小小陆的意外曝光，对陆则一家人的生活并没有带来太多改变。因为不管小小陆有没有进入公众视野，他的一生都注定不平凡。至少没有任何一个小孩儿能有像他那样一双父母：就在他踏入幼儿园的第一年，陆则实验室研发的心肌再生药物完成了漫长的临床试验，正式投入生产，每年都有数以千万计的心血管疾病高危患者因此获救；同时神经义肢也进入了市场，其灵活程度甚至帮助一位被截肢的舞者重新登上舞台。

也就是从这一年起，他的父母几乎每一年都会出新成果、拿新奖项。这些成果有些是他们在各自的领域所得，有的是他们共同努力的结晶，每一项在当时都算是超前甚至颠覆性的研究成果。还有人大胆预言：“如果有人能以一己之力将全球平均寿命拉高十岁，那必然是陆则无疑。”

有这样一双父母在，小小陆从小所见的、所学的、所接触的，注定都不可能平常，他所想要走的路也注定不可能简简单单、普普通通。当然，这时候的小小陆还没有想过那么长远的事。

小小陆正无忧无虑地做着梦。梦里他遇到一只小怪兽，他叫上祖父和外公，冲上去一顿拳打脚踢，小怪兽被他们打得呜咽着保证以后再也不干坏事啦。

小小陆有点儿骄傲。

他翘起了嘴角，眉眼也弯弯的，把怀里搂着的软乎乎的玩偶都压扁了。

番外三
家

自从有了孩子，陆则在公众面前出现的次数逐渐减少。曾经被戏称为《普法在行动》常驻嘉宾的他，现在在节目中也鲜少露脸，粉丝们有些失望。

不过这也是可以理解的，陆则不是艺人，在业内也已经有了很高的知名度，频繁曝光对他来说弊大于利，对孩子来说更不是什么好事。

对偶像有意识的低调行为，陆则后援会表示理解，事业重要，家庭也非常重要，能两不耽误当然最好。

虽然陆则逐渐淡出公众视野，影响力却并没有因此而削弱。因为陆则实验室的存在，S省成了许多科研人心中的圣地。陆则实验室以医学为中心，辐射出一系列衍生研究项目。随着前期项目开始盈利，陆则还设立自主创新项目鼓励资金，只要你有想法、有决心，都可以带着你的项目到S省来。

最初过去的都是些年轻人，经过陆则多年教导（压榨），其中许多人已经和同龄人拉开距离。意识到这一点之后，有不少人追悔莫及，削尖了脑袋想要来投奔陆则。

陆则为他的师父们弄了个“小岐山养老项目”，在小岐山一带打造了一个养老设施完备、配有娱乐项目和医疗资源的养老胜地。这个养老胜地不仅环境宜人，还毗邻如今声名大噪的小岐山，老人们闲下来就可以去爬爬山，赏玩美景、锻炼身体。

随着陆则的师父们入住，不少人眼热他们的养老生活，各个领域的人都提出想去养老。

最先行动起来的自然是裴老爷子一行人，四合院住着也算舒服，不过住了那么多年了，再好的地方都住腻了，想换个地方感受感受。

这一感受，他们就不想回去了。没办法，这边风景好、气候好，吃得也好，每天聊天的都是在各个领域堪称一霸的人物，你说了什么，有人会心一笑；你的烦恼，有人能懂，有什么养老生活能比这更舒心呢？

就这样，陆则都没发出邀请，老人之间已经相互打好招呼，纷纷要求参与这个小岐山养老项目，钱不要紧，提条件划线也没问题，反正肯定难不倒他们。

一开始还真没太多人注意到这件事。那不就是个养老的地方吗？

对许多人来说，养老院都是儿女不孝、没人肯养老的老人才去的地方。许多老人宁愿死在家里，也绝对不肯入住养老院，就怕丢了面子。后来有人看到环境和介绍很向往这个“小岐山养老项目”，但是再看看配套设施就知道这地方肯定不可能向大众开放，因此关心的人不是很多。

众多厉害人物齐齐入住小岐山的事，是在S省科研成果突增、许多困难项目被轻松解决时才引起有心人的注意的。

等这些人仔细数了数陆则到底“拐跑”了多少老人，才开始痛心疾首地痛骂陆则狡猾无耻。

“要是一个两个就算了，你把各个领域的大佬全部忽悠去你那里养老是怎么回事？”

“怪不得你整天组织实验室的人搞社区慰问，原来是去向大佬们请教难题！”

“你这是作弊啊！你知道吗？”

各地都有人才引进计划，相关政策也搞了很多，但大部分是面向年轻人的，像陆则这样另辟蹊径专挖退休人士的非常少，可以说基本没人想到这么干。毕竟老人不比年轻人，他们都有家庭，有儿女，有自己的执念，想鼓动他们外迁并不容易。

不说别的，就是老人们的儿女也不会赞同：父母都一把年纪了，为什么还要往外地跑？去了人生地不熟的地方，有个什么事难道还要儿女千里迢迢地跑过去照顾？

再说，都退休了，他们还有什么引进价值？他们体力不行，脑力也在退化，甚至耳朵听不清楚、嘴巴说不利索，拿个试管都会手抖，接过去后很可能没法得到什么好处，只会白白地付出巨额养老成本。

可是陆则证明了，老人们依然能发光发热。哪怕他们中有很多人的身体确实出现了问题，他们活跃了一辈子的头脑也依然能给迷茫的年轻人指引方向。

小岐山养老项目的成功，意外带动了各地的养老政策。虽然不是各地都有小岐山那样的条件，可是稍微上点儿心整饬一下，打理出一个像样的养老社区还是不难的。

陆则已经做了一个优秀的示范，各地政府也就都紧锣密鼓地筹备上了，免得自己动作太慢，让隔壁省市的人把自家人才挖了过去。家有一老，如有一宝！大项目他们可能搞不了，小项目他们还是可以吃下的。

单小云毕业之后，没有去省院当医生，而是参与了小岐山养老项目。几年过去了，她已经成为老人们喜爱的“小单医生”，还把外婆也接过来养老。

因为养老社区医院的网络、安保等系统是侯志洲负责构建的，所以侯志洲一开始时常过来调试和指导。一来二去，侯志洲和单小云熟悉起来，慢慢地了解彼此，最后两个都没对象的人索性试着在一起了。虽然侯志洲比单小云大好几岁，可单小云因为曾经的遭遇正好对同龄人兴趣不大，更喜欢年长的、能包容她的人，所以最终两个人正式确定关系，在众人的祝福之下结婚了。

侯志洲脱单，对章有的团队来说是个巨大的冲击：说好一起当一辈子的“单身狗”呢？在侯志洲的刺激之下，团队成员陆陆续续摆脱单身，甚至有两个在团队里一起打拼了十年的成员突然相互看对眼坠入了爱河。

在一片恋爱的酸臭味中，章有倔强地单身着，一副不为所动的冷淡模样。直至有一天，侯志洲看到一个美女把章有压在墙上，气势磅礴地问：“章有，你娶不娶我？”

侯志洲心中有一串感叹号飘过，他完全不知道章有什么时候背着他们勾搭了大美女，什么时候背着他们谈婚论嫁的！等他再仔细瞧瞧，才发现那美女也是熟人，是和陆则、裴舒窈很熟的褚盈盈。

算起来，章有和褚盈盈两个人出身差不多，都是首都人。他们都比较倒霉，褚盈盈是被不靠谱的娃娃亲拖累了，无心恋爱，只想干出一番自己的事业；章有则是被偏心眼的父母弄得在家族里被边缘化，性格也因此变得冷淡，对恋爱结婚没什么兴趣。于是他们都一直单着。

这几年褚盈盈的服装品牌发展得不错，国际时装展都参加了好几回，奖项拿了不少，在国内外都挺有知名度，也算是达到了自己的目标。

褚盈盈在陆则结婚时看上了章有（的身材），当场加了章有的微信好友，时不时“骚扰”他，想让他试穿一些自己设计的衣服。用褚盈盈的话来说，美丽的人、美好的事物是最能给她提供灵感的，她只要多看章有几眼就会灵感爆发，创作出连自己都难以相信的作品。

褚盈盈突然“逼婚”，是因为章有家出了事。

章有那个弟弟小时候走丢了，后来又被找了回来，一家人都挺高兴的，只有章有直接去了S省，明显不太喜欢这个弟弟。一开始不少人私下还说章有太薄情，弟弟在外面吃了那么多苦头，父母疼爱他一些有什么错呢。

结果今年就出事了。章有的弟弟被指控犯罪，警方说他回国后多次利用家族便利收集国内情报。他不在的这些年根本没受什么苦，而是被人专门培养，引导他回章家窃取机密。由于人证物证俱全，章有的弟弟已经被控制起来。

这些事一般人不知道，褚老爷子却了解得清清楚楚。

褚盈盈从褚老爷子那里听说了这件事，老爷子还让她考虑清楚要不要和章有走下去。

其实褚盈盈在恋爱方面迟钝得很，要不是被褚老爷子点破，她还不明白自己一看到章有就高兴、一想到章有就有灵感到底是因为什么。

一想到章有可能会被父母找上门，让他赔上自己想办法帮弟弟或者让他回家做牛做马，褚盈盈立刻来到S省。她有许多话想说，想劝他不要心软，想让他别理会那些人，想告诉他世界上还有人心疼他，还有人爱他，可一见到人，她说出口的话却是“章有，你娶不娶我”。

她想替他挡住那些来自至亲的明枪暗箭。她想余生陪他一起走下去，再不让人肆意伤害他。

褚盈盈仰头看着被自己堵在墙边的男人，眼里满是坚定和希冀。

章有注视着那张近在咫尺的脸。他也是人，也有感情，就算亲缘淡薄，心里并非没在意过，但失望的次数多了，渐渐也就不再心存期望。

褚盈盈和他是完全不同类型的人，她开朗热情，每天都过得很开心，有着与年龄和成就都不太相符的天真。只有被保护得很好、从小被爱护着长大的人，才会有这样的性情。一开始他没有想过和她有太深的牵扯，只是这些年来除了团队成员，只有她坚持不懈地找他，时常找他闲聊，时不时拉他出去玩。

他心里并非没有波澜，不然他也不会一次次地答应她的邀约。

如果余生有她陪在身边，他们也将拥有一个属于自己的家。

“我娶你。”章有郑重地回答。